一半是火焰
一半是海水

王朔

著

北 京 出 版 集 团
北京十月文艺出版社

图书在版编目 (CIP) 数据

一半是火焰　一半是海水 / 王朔著. — 北京：北京十月文艺出版社，2024.4（2025.7重印）
ISBN 978-7-5302-2307-9

Ⅰ. ①一… Ⅱ. ①王… Ⅲ. ①中篇小说—小说集—中国—当代②短篇小说—小说集—中国—当代 Ⅳ.
① I247.7

中国国家版本馆 CIP 数据核字 (2023) 第 083385 号

一半是火焰　一半是海水
YIBAN SHI HUOYAN　YIBAN SHI HAISHUI
王朔　著

出　版	北京出版集团
	北京十月文艺出版社
地　址	北京北三环中路6号
邮　编	100120
网　址	www.bph.com.cn
发　行	新经典发行有限公司
	电话 010-68423599
经　销	新华书店
印　刷	河北鹏润印刷有限公司
版　次	2024 年 4 月第 1 版
印　次	2025 年 7 月第 4 次印刷
开　本	880 毫米 ×1230 毫米　1/32
印　张	12.25
字　数	270 千字
书　号	ISBN 978-7-5302-2307-9
定　价	58.00 元

如有印装质量问题，由本社负责调换
质量监督电话　010-58572393

目录

一半是火焰　一半是海水

上 篇

一

"喂，两对都进房了。房间号927、1208，还有一只野的，进了1713。"

"知道了。"

我放下电话，马上穿上西服外套，提起书包，招呼正在看电视的方方，三步并作两步跑下楼。我那辆花四千元买来的旧"白茹"车停在街角的便道上。我们坐进车里，把汽车迅速地开上马路，直驶远处灯火辉煌的"燕都"大饭店。在饭店旁边的一条林荫道上，我把车停在一溜轿车的后边，下了车，"乒乓"关好门，快步加入一群刚从一辆大旅行车下来的日本游客中间，走进"燕都"饭店富丽堂皇的大厅。彬彬有礼地站在总服务台里的卫宁不易察觉地给我们使了个眼色：一切正常。我和方方走进盥洗室，打开皮包，拿出两套警服换上，走出盥洗室，沿安全楼梯爬上去。爬到第九层，我们都有点气喘吁吁，待呼吸均匀了，我们走向服务台，坐着的服务员抬头诧异地看我们。

"我们是公安局的，请开927房间。"

服务员顺从地拎起一串钥匙领着我们走向长廊尽头的一间客房。

"里边有客人。"服务员看到门上挂的"请勿打扰"的小牌，回头对我说。

"知道，打开锁。"我命令道。

服务员扭开锁，站在一旁。

"你回去吧。"方方粗鲁地挥手赶开服务员。

服务员消逝在走廊的另一端，我和方方立即开门冲了进去……

我和方方带着亚红出来，皮包里塞着几千崭新的钞票，神情严肃地走过服务台，进了电梯间，方方和亚红忍不住笑起来。

"你们笑什么，真他妈没劲。"我说着也忍不住笑了。我对亚红说，"你在下面酒吧等会儿，我们还得上去收拾十二层那小子。"

我们把电梯开到底层，让亚红出去，又开上十二层。

十五分钟后，我们换下警服带着另一个姑娘在酒吧找到亚红，一起喝了杯酒，亚红挽着方方先出去。我给总服务台的卫宁打了电话，告诉他事已办完，十七层那只野鸽让她舒舒服服睡一宿，早晨报警。我挽着另一个姑娘坦然走出饭店。方方已经把"白茹"发动了，我们一上车就开走了。

早晨，我被电话铃吵醒，睡在我旁边的亚红接了电话。告诉我，卫宁说那两个受到我们讹诈的倒霉蛋已经结了房钱走了，那只野鸽也被在大门等着的警察塞上车抓走了。亚红翻身又睡了。我却睡不着，一支接一支地抽起烟。阳光从厚重的窗帘后倾泻出来，我轻轻走到窗前，从窗帘缝隙看了会儿外面车水马龙、阳光明媚的街道，把窗帘拉严。我不喜欢晴朗的早晨，看到成千上万的人兴冲冲地去上班、上学，我就感到形孤影单。白天我没什么事可干，也没什么人等我，我的朋友们都在睡觉。我又抽了五支烟，看了看日历，然后穿衣服，洗脸刷牙，走出我住的这套公寓。我走过街角停放的"白茹"车，径直走向公共汽车站。尽管上班高峰已过，车内还是十分拥挤。一个坐着的中年男人下车，我刚要坐下，看到一个抱小孩的年轻妇女，便招呼她过来。

"谢谢。"年轻妇女坐下后，又逗弄着小孩说，"谢谢叔叔。"

"谢谢叔叔。"

我冲小孩笑笑。小孩从衣兜里掏出一块彩纸包装的巧克力，剥开纸刚要往嘴里填，看我瞅着他，举起巧克力给我。

"不要，叔叔不吃。"

"吃吧，没事。"

"真的不吃，叔叔要下车了。"

我挤下车，沿街走了一站，到单位医务室要了张"三联单"，打电话约了一个肝不太好的朋友去医院替我抽了一管血。又在商业区的两个储蓄所把我昨晚挣的那笔钱分别用我去世父母的名字存了进去，然后去邮局给一个交钱即可注册入学、不须考试的函授大学汇了报名款和一年的学费。我报的专业是法律。办完这些事，我到一家人不太多的豪华餐厅吃午饭。这家餐厅菜做得十分讲究，我看着漂亮的图案喝了不少红酒，又吃了几个浇了巧克力汁的冰淇淋，下午才走出餐厅。在报亭买了当天所有的日报和晚报，坐在电报局等长途电话的排椅上细细浏览。黄昏时我给家里打了个电话，方方接的。我们聊了会儿，他正在和卫宁下围棋，卫宁一早就来了，他们下了一天棋，他四胜三和五负，晚上准备凑人搓麻将。我告诉他我晚点回去，就挂了电话。

暮春时节，树木草地都绿遍了，花丛怒放。我走进一个举办晚间音乐会的公园，在音乐亭前等退票。一个老人送了我一张，我又转送给一对只有一张票的青年伴侣，坚决不要他们加倍的票款。在高大、油漆剥落的廊柱间，我看到一个美丽少女坐在汉白玉石台上看书，悬在空中的两条长腿互相勾着脚，一翘一翘。她一手捧书，一手从放在身旁的一个袋袋中抓瓜子嗑，吐出的皮儿拢成一堆，嘴里哼着歌，间或翻一页书，悠闲自在，楚楚动人。我悄悄走到她身后，踮脚看那本使她入迷的书。是一本很深奥的文艺理论著作，我一目十行地看了一会儿，索然无味，正要转身走开，忽听女孩说：

"看不懂吧。"她仰起脸，笑吟吟地望着我。

我脸红了，感到不知所措，因为我还会脸红。片刻，我镇静下来，说："就是学生，这会儿在公园看书也有点装模作样。"

"我在这儿坐了一下午了，你瞧，我看了多少。"

她快速地把看过的页数捻了一遍。我捏捏那厚厚的一叠，联想到书的内容，怀疑地问："你看这么快？"

"我也看不懂呗，就看得快。"

我们都笑了。

"不看了。"女孩把书撂到一旁，"你有事吗？"她问我。

"没有。"我说，"没人约我。"

"聊聊？"

"聊聊。"我在她旁边坐下，她把瓜子袋推给我。我不太会嗑瓜子，嗑得皮瓤唾液一塌糊涂。

"瞧我。"女孩示范性地嗑了一个瓜子，洁白的贝齿一闪，我下意识地闭紧自己被烟熏得黑黄的牙齿。女孩倒没注意，晃悠着腿四处张望。

"你是哪个学校的？"我注意到她里面毛衣上别着一枚校徽。

女孩龇齿咬着瓜子看着我笑起来。

"这就叫'套瓷'吧。"女孩说，"下边你该说自己是哪个学校的，我们两校挨得如何近，没准天天都能碰见……"

"你看我像学生吗？"我说，"我是劳改释放犯，现在还靠敲诈勒索为生。"

"我才不管你是什么呢。"女孩笑着瞅着自己的脚尖，似乎那儿有什么好玩可笑的，"你是什么我都无所谓。"

我半天没说话，女孩也没说话，只是美滋滋地看着天边夕阳消逝后迅即黯淡下来，却又不失瑰丽的云彩："那块云像马克思，那块像海盗，像吗，你说像吗？"

"你多大了？"

女孩倏地转过头看我，仔仔细细打量了我一遍："你，过去没怎么跟女孩接触过吧？"

"没有。"我面不改色心不跳地骗她。

"我早看出来了，小男孩！刚才我看书时就看见你远远地，想过来搭讪又胆怯，怕我臊你一顿是不是？"

"我和一百多个女的睡过觉。"

女孩放声笑起来，笑得那么肆无忌惮，那么开心。

"你笑起来，"我说，"跟个傻丫头似的。"

女孩一下不笑了，悻悻地白了我一眼："我不说你，你也别说我了。实话告诉你，我已经谈了一年多恋爱了。"女孩又笑了，有几分得意。

"是你的傻帽同学吧。"

"他才不傻呢，是学生会干部。"

"那还不傻？傻得已经没法练了。"

"哼，你这种只被爸爸妈妈吻过的小毛头也配说他。"

"我要是他，就敢跟你睡觉。"我微笑地说，"他敢吗？"

尽管天色已经很暗了，我也察觉得出女孩的脸绯红了："他很尊重我。"

我哧笑："嚯，尊重，别说了，咱甭说了。你也别装傻了。"

女孩闷了半天没吭声。我吹起口哨，叼起一支烟，把烟盒递给她，她摇摇头。

"又完了不是？"我取笑她，"敢在光天化日之下看书，不会抽烟，时髦半截。"

"你别来劲。"女孩不服地说，"给我一支！"

我把嘴上的烟给她，她抽了一口，"呼"地全吹了出去。我伸胳膊搭在她肩上，她哆嗦了一下，并没拒绝。我把她搂过来，她近在咫尺地看看我，拨拉掉我的胳膊，强笑着说：

"我有点儿信你和一百多个女人睡过觉了。"

"干吗有点信，就应该信。知道我外号叫什么吗？老枪！"

我听到窸窸窣窣收拾书的声音，恶意地笑着说："我叫你害怕了。"

"才没有呢。"女孩站起来，"我只是该走了。"

"敢告诉我你叫什么，住哪儿吗？"

女孩跳下石台，亮晶晶的眼睛在黑暗中闪烁，笑着说："啊哈！我还以为你能始终不同凡响，闹了半天，也落了俗套。"

"好，我俗。你走吧。哎，"我叫住她，"咱们要是再见了，就得算朋友了吧?"

"算朋友。"女孩笑着走了。

我笑眯眯地在石台上坐了一会儿,也跳下石台走了。

二

我和方方开着车在大街上兜风,看到路边有漂亮姑娘就把车靠过去嬉皮笑脸地搭讪,挨了白眼便哈哈大笑,在后面挖苦奚落人家一番。两个女孩子从一家食品店出来,捧着一纸袋果汁加应子,边说边笑边走吃。方方把车开到她们身边停下,我摇下车窗叫她们:"嘿!"两个女孩子停下脚看我。

"不认识了。"我说。

"是你呀。"其中一个女孩子绽开笑容,"真巧,你干吗去?"

"找你,"我说,"那天分手后我一直挺想你。"

"哟,"女孩子笑着说,"脸皮真厚。"

"你认识他?"另一个女孩子小声问女伴。

"不认识。"和我一起在公园里聊过天的女孩子含笑看着我,"他自称是个老流氓。"

我们一齐笑了。我欠身推开后车门,对她们说:"上车吧,我带你们一段。"

两个女孩子钻进车里坐好,方方换挡驶上快车道。

"认识一下吧,我叫张明,他叫方方。"

方方回头冲两个女孩笑笑。和我有一面之交的女孩说:"她叫陈伟玲,我叫吴迪。"

"迪,噢,美好的意思。"

"是。"吴迪笑着点头。

"你们去哪儿?"

"前面拐弯那个礼堂。"

"什么电影?"方方不回头地问。

"不是电影,"吴迪说,"是'五四青年读书演讲会'。"

"那是什么玩意儿?"

"大概是她们学生搞的什么时髦东西。"方方撇撇嘴。

"你们是学文科的吧?"

"你怎么知道?"吴迪快活好奇地问。

"很简单,丑姑娘才去学理工。"

"诬蔑。"吴迪哧哧笑个不停,挺欣赏我的恭维,"我们是学英语的。"

"你们是干吗的,司机?"有着一双冷冷的大眼睛的陈伟玲问。

"我告诉过吴迪,劳改释放犯。"

吴迪笑,陈伟玲皱眉头,不屑地把脸扭向车窗外。看得出来,她不信我的话,认为我们至多是无所事事的花花公子,所以不屑一顾。

"他跟我说,"吴迪看着我笑着对陈伟玲说,"他和一百多个女的睡过觉。"

陈伟玲几乎是轻蔑地瞧我一眼。我知道她对我不会有好印象了,她和吴迪不是一路子人。不过我不在乎,我对她也不感兴趣。

汽车停在那个礼堂前,很多男女学生仨一群、俩一伙地聚在门前台阶上说话,走来走去。我叫吴迪凑过头来,咬着耳朵小声说:"明天下午四点我在人民英雄纪念碑下等你好吗?"她光笑不置可否。方方试图跟陈伟玲聊聊,被她噎得直背气。

"你怕你朋友吃醋是吗?"

"他不管我和别人来往,他很开通。"

"那怕什么?"

"嗯,你也去听演讲会吧,散了会我再告你去不去。"

"我才不听这裤裆里拉胡琴的扯淡呢,听他们的还不如听我的。"

"你要不听,我就不去!"

"你说去吗?"我问方方。

"去就去吧。"方方无所谓地说,"反正也没事,哪儿待着不一样?"

"好,我们去。"我跟吴迪说,"你也得来。"

"到时候再说。"她笑着推开车门下去。陈伟玲问她:"他叫你去哪儿?"

"没叫我去哪儿,叫我找他们玩去。"

"你去呀?"陈伟玲严肃起来。

"我没说要去。"吴迪含糊其辞。

我和方方下了车,跟在吴迪和陈伟玲后面走进礼堂。她们俩碰见同学站住说话,我们俩先进去在边上找了两个座。一会儿,吴迪和陈伟玲走过来,我把旁边空座上的两个书包扔开,帮同学占座的一个女孩嘟嘟囔囔冲我们翻白眼。吴迪一坐下就给我们打预防针,说演讲如何如何好,如何有教育意义,能打动人的心灵,百听不厌。

演讲会一开始,第一个女工一上台,我和方方就笑起来。演讲者工农兵学商都有,全部语调铿锵,手势丰富。也不乏声嘶力竭,青筋毕露者。内容嘛,也无非是教育青年人如何读书,如何爱国，是一些尽人皆知、各种通俗历史小册子都有的先哲故事，念几首"吼"派的诗，整个一个师傅教出的徒弟。等到一个潇洒的男大学生讲到青年人应该如何培育浇灌"爱情之花"时，我笑得几乎喘不过气来，已明显异于听众不时发出的会意的笑声。陈伟玲生气地瞪我，吴迪则开始用指甲悄悄却十分使劲地掐我。

"你们注意点。"陈伟玲不客气地说我，"自己没受过什么教育，就该好好听。"

"实话跟你说。"我也故意使人难堪地大声说，"我受这种教育的时候，你还是液体呢。"

陈伟玲气得满脸通红。吴迪又羞又不知怎么办好，为了回避四处投来的目光，装作什么事也没发生的样子，全神贯注地盯着台上演讲的人。

"瞧你那操行！"方方也辱骂陈伟玲，"还他妈受教育呢，胶鞋脑袋，长得跟教育似的。"

"走走，咱走。"我推方方，"甭跟她废话，挤对起咱们来了。"

我跟方方走到休息室，点上烟，抽了两口，又嘻嘻笑起来。"嘿。"方方捅我，我一转身，见吴迪走进休息室，看到我们，怯怯地、红着脸走过来。

"你们生气了吧?"

"没有，这点事我们哪会生气，没生。"

"你那个同学太不客气了。"方方说。

"她被你们骂哭了。"吴迪看看我们说，"正在座位上哭呢。"

"你替我们跟她道个歉吧。"我说，"我们可不是成心想得罪她，她是你的好朋友吗?"

"还可以，同学呗，也不是什么特别好的朋友。"

"吴迪。"

"嗳。"吴迪倏地转过身。那个演讲的男大学生笑着向我们走来。

"这是我朋友。"吴迪轻声给我们介绍说，看到我们眼中的笑意，脸绯红了。

"你们是吴迪的朋友？"那个小伙子热情地说，"演讲得不好，让你们笑话了。"

"哪里哪里，挺好挺好。"我客气地说。

"比前几个好。"连方方也有些过意不去。

"应付差使，准备得也不充分。"小伙子挺实在。

"韩劲。"很多人拥进休息室，一群男学生叫吴迪的男朋友。

"你们聊吧。"这个叫韩劲的小伙子匆匆走开。

"你朋友不错。"我欣赏地看着走到另一边去的小伙子。

"我知道，你们看不起他。"吴迪一脸沮丧，一脸委屈。

"哪儿的话，"我由衷地说，"我们胡说你别认真。我们敢看不起谁呀？劳动人民，粗鄙不堪。"

"得了吧，这会儿又踩乎起自己了。"吴迪斜了我一眼，嗔道。

"史老师。"吴迪和一个走过我们身边的三十多岁的男人打招呼。

"噢，吴迪。"那个三十多岁男人停住脚，笑着跟吴迪说话，看见我和方方，不笑了。

"史老师。"方方嘲讽地叫他。

史义德不自然地笑："你好，张明，方方。"同我们握手。

"当老师了，人模狗样的。"我跟史义德开玩笑，"到底成了专职团干部，有志者，事竟成。"

我对愣愣地站在那儿、摸不着头脑的吴迪说："我们是同学，都没念到毕业。他加强到校团委去了，我们哥儿俩是勒令退学。"

三

我坐在人民英雄纪念碑的长长石阶上等吴迪。我也不知道她会不会来，爱来不来，反正今儿天气不错，暖风熏熏。天安门广场上很多老人和孩子在放风筝。蓝天上，凤凰伫立，老鹰翱翔，沙燕翩翩。最惹人注目的是一个老者放的数十米长的五彩大蜈蚣，悠然起伏，飘飘欲仙，引得广场上的中外游客个个翘首望天，拍手喝彩。西边人民大会堂前，国务院总理正在主持一个大国元首的欢迎仪式。礼炮声中，军装笔挺的军乐队手执金光闪闪的管号吹奏着两国国歌，两位国家首脑在侍从的陪伴下踏着红地毯检阅三军仪仗队。

我看看手表，已经四点多了，站起身，走上纪念碑基座俯瞰广场。远远地，一个穿米色真丝绣花衬衫、蓝底白花蜡染土布短裙的女孩穿过人丛，急急跑来。她一直跑到纪念碑前花坛才站住，东张西望找人，目光扫过我也没停下。我也不叫她，耐心地看着她低头拨着腕上的手表，一步步慢慢走上纪念碑基座，走到我面前——猝然停下，才笑着开口：

"我倒要看看你到底看得见看不见我——我就那么不显眼？"

她光笑，瞅着我不说话。

"你晚到了十分钟。"

"没有！"她抬起自己纤细的手腕让我看她的表。

"别赖了。"我戳穿她，"我看着你拨的表针。"

她不好意思地嘻嘻笑。三军仪仗队执枪走分列式，两位国家首脑庄严地站在检阅台上。

"我以为你不一定来呢。"

"为什么?"

"我想史义德和陈伟玲一定不会饶我。"

她笑，看我一眼："史义德倒没说你什么坏话。他说尽管你们当年关系并不融洽，可他一直认为你是个极聪明的人，就是有点自暴自弃。"

"陈伟玲呢?"

她无声地笑，不说话。

"说嘛。"

"不好听。"

"没关系，我还怕人骂吗?"

"她说你们是流氓、无赖、社会渣滓。你们也确实把她骂得太狠了。"

"叫没叫你别再理我们?"

"叫了。"

"那你还来?"

"噢，谁叫我干什么我就干什么呀!"

"成，不易。"

"那是。"

人民大会堂前的欢迎仪式已经结束，官员们和外宾乘着黑色豪华轿车，在摩托警察的开道下，鱼贯驶出。围观的人群慢慢散开。

我和吴迪沿着前门东大街向崇文门方向走去。一开始还彼此保持一段距离，后来路上人多车多，不是被人流忽然隔开就是碰碰撞撞，她也就自然而然地挽上了我。我今天晚上没行动，可以和她消磨一晚上，说实话，我今晚唯一的目的就是勾搭上她。昨天下午我和方方听完演讲出来，在车里我就对方方说：

"那臭丫挺的简直不是女人，镶嵌体。"

"你说哪个，陈伟玲？"

"就是她。我看吴迪还不错，你说呢？"

"你和她约了一道？"

"耶斯。"

"有戏，老外一定着迷。"

"挺可爱的啊。就是太单纯，叫人不忍下手。"

"别恶心我了，就跟你第一次干这种事似的。"方方把车开得飞快，急促地转弯。

"一看就是从高中直接念大学的傻孩子。"我抽着烟评论说，"什么都新鲜，什么都想试试，往人家枪口上撞的年龄——你那套房子的钥匙给我。"

"我可事先警告你，我是个危险的、怀有不可告人目的的朋友。"

我们在一家很清静的餐厅吃饭，服务员上完菜就远远地退到一旁。我知道，同一个蔑视世俗看法、喜欢自己有独立见解的女孩子谈话，最好把自己说成一个坏蛋，这会使她觉得有趣甚至更抱好感。就如同拼命形容一个人如何丑，不堪入目——实际并不那么丑。她会细心地去找优点，而不是处处挑剔，去观察你的缺点。

"我贪财、好色、道德沦丧，每天晚上化装成警察去敲诈港商和外国人，是个漏网的刑事犯罪分子，你要报告警察可以立一大功。"

"我早看出来了。我就是便衣警察，来侦察你的。"

"你手提包里一定有个录音机了。"

"有。"

"那个人是不是你的同事？"我指一个垂手肃立、看着别处的服务员。

"是。"吴迪看看那个服务员，回过脸笑着说，"这儿到处都是我们的人。"

我们笑了一阵，聊起别的。吴迪问我："昨天的读书演讲会你是不是觉得特恶劣？"

"那倒没有。"我喝了口酒说，"道理能牛成那样，也就不错了。"

"我看你昨天完全是一副轻蔑嘲笑的样子。"

"我只是觉得你们大学生喜好这套有点低级，想了解什么，自己找书看不就行了。而且这几位演讲者的教师爷口吻，我一听就腻。谁比谁傻多少？怎么读书，怎么恋爱，你他妈管着嘛！自己包皮还没割，就教起别人来了。"

"这么说，您是自己看书，自己寻找真理了。"

"错了。"我嬉皮笑脸地说，"我是压根儿就不从书中学道理、长学问的人。活着嘛，干吗不活得自在点。开开心，受受罪，哭一哭，笑一笑，随心所欲一点。总比埋在书中世界慨然浩叹，羡慕他人命运好。主人翁嘛。"

"多了解一些别人的经验教训，不也能使自己少犯错误，少走弯路，目的性强些？"

"我可不喜欢什么事都清楚地知道结局，有条不紊地按部就班地逐次达标，那也太乏味了。多一分远见，就少一分刺激。如果我知道下一步、每一步会碰到什么，产生什么结果，我立刻就没兴趣活了。"

"所以……"

"所以我一发现大学毕业后才挣五十六，我就退学了。所以我一发现要当一辈子小职员，我就不去上班了。"

"但你肯定会死……"

"所以我抓得挺紧，拼命吃拼命玩拼命乐。活着总要什么都尝尝是不是？每道菜都夹一筷子。"

"你不是已经体验了一百多个，还没够？死得过儿了。"

"每一个和每一个不一样，连面条现在也能做成一桌面条宴，世界是那么日新月异地发展。譬如说，一周前，我做梦也没想到会遇到你，现在我们却在一起吃晚饭，推心置腹地谈话。天知道往后会发展成什么样，没准会很精彩，全看我们俩了，这不是很有趣，很鼓舞人活下去？"

"你说，"吴迪感兴趣地问，"我们还会有什么发展？"

"没准你会爱上我，"她上钩了，我很高兴，"我也会爱上你。"

"可我已经有朋友了。"

"那算什么，没准你这个朋友，韩劲，是你将来最憎恶的人，没准你还会死在他手里。一本书，我翻开头，就能告诉你下面是怎么回事。可生活，只能走一步、看一步，甚至自己还能决定是喜剧还是悲剧。你看电影喜欢悲剧还是喜剧？"

"悲剧！能让我哭的电影我就觉得是好电影。"

"我肯定能让你哭。"

"你想害我?"

"怎么能说是害呢?假如说你爱上了我,假如啊——"

吴迪笑着点点头:"你说吧。"

"你爱上了我,吃完饭就跟我走了。我也爱上了你——这不是没可能的——深深地爱上了你,别笑嘛。可你是个水性杨花的姑娘,又爱上了别人,我悲伤而高尚友好地和你分了手。几十年过去了,我们都老了,又在这家饭馆偶然相逢。我孑然一身,你也晚景凄凉,感时伤怀,你哭了。"

"我看你不是什么书都不看,"吴迪笑得刚喝的一口酒赶忙吐进碗里,张着湿润的嘴唇说,"伤感小说就没少看。"

"你说可能不可能吧?"

"才不会呢,故事只能是这么个故事:我爱上了你,可你根本不爱我,我为你而死,你……"

"我看我们都可以当小说家了。"

"都是男的坏。"

"好啦好啦,往后看吧,关键是咱们得把这故事进行下去。现在,第一章,我已经爱上你了。"

"我还没爱上你。"吴迪笑,红着脸正视着我含情脉脉的目光。

服务员来结账时,吴迪坚持要由她付款。为了保持她的自尊心,使这个阴谋更像一个纯情的故事,我随了她。

从餐厅出来,天已经黑了,街上人仍然拥挤,车流活泼。吴迪再次挽上我时,我知道我已经成功了。这不是技术性的、在人群中走路的正常反应,而是恋人那种含羞带怯的紧紧依偎。

如今是传统道德受到普遍蔑视的年代,我没费多大劲儿,就

19

完全克服了她对韩劲残存的一点责任感和因此引起的微微踌躇。方方这套房子是那种大批兴建的普通公寓，墙壁很薄，房间闷热，脱衣服很顺利。我没开灯，这样可以使她勇敢些。她的确很镇静，甚至在接吻时我还觉得她挺老练。当然，她告诉我她是"第一次"，我也跟她说我是"第一次"。后来，她疼哭了。她竭力忍着，我没听到一声啜泣，房间一片漆黑，什么也看不见，但我已经感到有点不对头了，她没骗我！我摸她的脸，摸到一脸泪水。

"你真是第一次？"

她没吭声，我有几分惊慌。我知道第一次对她意味着什么，这对下一步的诱惑实在不利，我还可能被她死死缠住。我不爱她，不爱任何人。"爱"这个字眼在我看来太可笑了，尽管我也常把它挂在嘴边，那不过是像说"屁"一样顺口。

到了清晨，我迷迷糊糊醒来，无动于衷地看看我身边坐着的那个女孩子。她一夜没睡，鬓发散乱，泪光莹莹地俯身端详、亲吻着我。

"醒了。"她冲我一笑，笑容里带着讨好和谦卑。

我闭上眼，由于过着放荡、没有规律的生活，我的身体亏得很厉害，这会儿是又累又乏，连还她一个微笑都没力气也没兴趣。再说，我也用不着再向她献殷勤了。

"你爱我吗？"她抚着我的脸轻声问。

"爱。"我想着怎么才能摆脱她。

"我也爱你，真的，你不知道我多爱你。"

"我知道。"

"你和我结婚吗？"

我哼哼笑了两声，不想破坏她的好兴致。

"我们俩将来一定会幸福。"她兴致勃勃地搂着我遐想,"我要对你好好的,把你伺候得舒舒服服的,永远不吵嘴,不生气,让所有人都羡慕我们。你想要个男孩还是女孩?"她问我。

"二尾子。"

"讨厌。你别睡,别睡。"

我睁开眼:"困着呢。"我欠身看看桌上的手表,"你该上课去了。"

"我不去了。"

"那怎么行,你还是去吧,学哪能不上?"

"我不想去,我要一直在这儿瞧着你。"

"有你看够的时候,现在我想睡觉了……怎么啦?"

她紧咬着嘴唇,眼中噙满泪水,一言不发。

"好啦好啦。"我拍拍她的脸蛋,"课不能落,下午我给你打电话。别生气了,我是为你好。"

我用嘴碰碰她的嘴,她的脸色柔和下来,抱住我亲了亲,下床穿衣服。

"你送我吗?"她穿好衣服,对着镜子用皮筋扎好头发,回过头来问我。

我已经有几分烦了,还是说:"这儿的邻居挺讨厌,看见咱们俩一起出去会说闲话。"

"好吧,我不用你送了,下午几点给我打电话?"

"睡起来就打。"

"早点打。"

她走过来,捧住我的头,使劲、长长地亲了我一下,我差点窒息过去。

"再见。"她喜洋洋地走了。

"再见。"我愣了会儿神，翻身睡着了。

四

"好吧好吧，我去，你在门口等我吧。真要命。"我挂了电话，生气地点着一支烟，走回牌桌看亚红的牌。

"又是吴迪?"方方看看自己的牌，打出一个"白板"。

"简直是追杀。"我帮亚红打出一个"红中"，"这玩意儿留着干吗?"

"你去吗?"方方抽了口烟，碰了另一个姑娘的"幺鸡"，问我。

"不去，听哪门子音乐会呀。待会儿，你替我跑一趟，跟她说我不能去，有事。"

"你叫我去，我可不客气了。"

"随便，你能勾搭上她，我谢你了。"

"要不，我去吧。"亚红冲另一个姑娘挤了下眼，笑着说。

"别起哄，起什么哄呀。"

方方"和了"，我们推了牌，坐着说了会儿话。方方看看表："你跟她约的几点?"

我也看看表："现在就可以去了，知道哪儿吧，海淀影剧院。"

"车钥匙。"

我把车钥匙扔给方方："你可快去快回，别误了晚上的事。"

"这种人。"方方接了车钥匙，站起来说，"放心，我不氅你。"

"我才无所谓呢。"我笑着说，"你也没戏，她现在正是刀枪不入的时候。"

方方走后，我和亚红她们下楼到街角小饭馆吃了点烧麦，又回到家里看电视。今晚有场亚洲杯足球赛的中国队比赛实况。皮球在绿茵茵的草地上滚来滚去，双方球员在屏幕上争抢，我靠着亚红斜眼看着电视。中国队一个著名中锋在中场拔脚怒射，球飞向观众台，"臭大粪。"我们齐声骂。

方方走进来："谁臭了？"

"你回来了，这么快。"我坐直身子。

"她也来了，非要跟我来。"

我向门口看去，一个黑黢黢的人影迟疑地往前走了两步，在电视屏幕的荧光下，吴迪的脸雪青。亚红也回头看了看，站起来："坐这儿吧。"

"谢谢。"吴迪冲亚红笑笑，亚红冷眼打量她。吴迪在我身旁坐下，一声不吭。

"我不是让方方告诉你我有事嘛。"

"他跟我说了。"

"我一会儿就得走。"

"我也一会儿走。"

我们不说话了，继续看电视。中国队大门被对方一脚射穿，看台上的外国观众立刻跳起来；五颜六色、旗帜挥舞的观众席像波涛一样涌动，欢呼震天；中国队门将从草地上沮丧地爬起。

"妈的，"我骂，"一群废物。"

"哎，我们得走了。"亚红叫起那个看得津津有味的姑娘跟我说。

"好，一会儿见。"

方方开门送她们出去，回来坐在吴迪旁边和她说话。我只顾闷头看电视，不理睬吴迪。中国队拼死拼活终于在终场前攻进一球，把比赛扳成平局。比赛完了，方方关了电视，我的心情也好了一点，对吴迪说：

"你该走了，过会儿没末班车了。"

"我们宿舍一个人的妹妹来了，今晚睡在我床上。"

"我这儿也没地方。"我不高兴地对她说，"晚上她们还要回来。"

"我不在你这儿住。"吴迪把脸扭到一旁，盯着书架上一只造型活泼的熊猫。

"我不是撵你……"

电话铃响了，方方伸手去接，嗯哼了几声，放下电话，对我说："该走了。"

"我得走了。"

吴迪拿起她的包，站起来，我望着她。她看我一眼："走啊。"

我站起来，穿上西服外套，我们三个走出门，下了楼。街上已经人车稀少，很安静了，楼区大部分窗户也熄了灯。方方去发动车，我跟吴迪说：

"明天我给你打电话。"

"不打也可以。"

方方把车开过来，停在我面前。

"你去哪儿？"我问吴迪。

"反正我有地方去。"

"要不，"我哦吟片刻，觉得实在对她太恶劣了，"你就在这儿住吧，我一会儿就回来。"

"不用！"

"送你一段？"

"不用！"

吴迪向灯火通明的街上走去，我注视着她的背影，方方催我，我拉开车门坐进去。汽车追上她、超过她开走了。

"燕都"饭店的大厅很冷清，今天没有夜航班机。酒吧里正在播着最后一支曲子，喝酒消遣的外国客人已陆续散去，侍者在收拾桌子。一个经理模样的人在总服务台和卫宁交代着什么，卫宁看到我们进来，就分了神。

"等会儿上去，卫宁好像有什么话要对咱们说。"

我和方方坐在门厅能看到总服务台的沙发圈里。抽完一支烟，经理还没走，卫宁的样子已经很焦灼了，又不能跟我们明白地示意。这时，两个男人从降下来的电梯间出来，经过沙发圈时看了我们一眼，我吓了一跳，这两个人是饭店保卫科的干部。

"坏了。"我小声对方方说，"今晚要出事，咱们得马上走。你去给亚红她们打电话，叫她们也赶快出来。"

"好。"方方站起身去酒吧打电话。

两个保卫科干部走到总服务台同经理小声说些什么，总服务台的人都转脸看我。与此同时，我听见由远及近的警笛声。两辆警车闪着灯驶到饭店门口停下，关了警笛，跳下七八名警察。他们逐个通过转门，进了门厅，保卫科的干部迎上去，和为首的警官握了握手，一个保卫干部领着警察去乘电梯上楼。方方打完电话回来，问我：

"走不走？"

"现在不能走。"我看着那个留下来的，不时用眼睛瞟着我们的保卫干部，轻声说。

一会儿，电梯间开了，亚红她们被警察带出来了，还有几个不认识的姑娘。亚红走过我们身旁没看我们，径直上了警车。上楼去的那个保卫干部和留下来的这个嘀咕了几句，留下来的这个向酒吧走去。一会儿，领着一个女招待出来，指点我们，女招待点点头。他走过来问我们：

"你们刚才往楼上房间打电话了？"

"没有。"我说，问方方，"你打了吗？"

"没有。"方方看着那个保卫干部说，"我给市里的一个出租车站打过电话要车，你们饭店的车都出去了。"

"你听见他电话里说什么了吗？"保卫干部问女招待。

"没有。"女招待摇摇头，"就看见他打了个电话。"

另一个保卫干部和那位警官远远地看着我们。这个保卫干部又问：

"你们是在这儿等出租车？"

"是的，怎么啦？"我反问他。

"没什么。"

他挥手叫女招待回去，自己也走回总服务台。那个警官叫上他的部下，一齐走出饭店。警车发动驶走，警笛声在街上响起。

我们又坐了会儿，站起来走到总服务台问仍站在那儿的保卫干部和经理："你们的车有回来的没有？"

"没有。"一个保卫干部冷冷地说。

我和方方走出饭店，在门口站着，他们隔着玻璃墙看我俩。一辆出租车从街上驶过，我和方方叫着追出去，出租车靠路边停下，司机打开灯问："去哪儿？"

"哪儿也不去，看错车了。"

司机骂了一句，关了灯，呼地把车开走。我和方方走到停自己车的地方，摸黑坐进去，也很快开走了。

"你说，亚红会不会把咱们抵出去？"路灯一盏盏闪过，方方问我。

"我想不会，那样对她没好处。这种事弄好了也就拘留几天，弄不好，也不过劳教两年，要是加上团伙敲诈罪，那就是十年八年的大刑。况且她也不是第一次进去。"

"可警察已经看见咱俩了，他们不会傻到真相信咱们是等出租车的过路人。要是警察诈她——肯定得诈，逮着一个，没破的积案都拿出来诈一遍。"

"我相信这段时间没人报过案。"

"你怎么知道有没有别的笨蛋也在干这号买卖。"

"起码今晚没事。"我把车拐进楼区，停下，"我只担心亚红送了劳教，咱们这挺带劲的买卖就干不下去了。现找别的姑娘，又得费一大通劲。亚红人真不错，合伙干那么长时间，一点娄子没出。"

"吴迪怎么样？我看她不赖，又有味又会外语。"

"她不行。"我们下来锁了车，点上烟往我们住的那栋楼走，"她跟亚红不一样，你让她倒贴她都干，可叫她卖，打死她也不干。"

"没那事，她有什么了不起，身上是不是人肉？"

我们进了楼门，边上楼边说。

"你得了吧，别打她的主意，我已经决定不理她了。"

"你是不是，"方方说，"有点爱上她了？"

"没有。"停了下，我承认，"我挺喜欢她。她一哭，我有点受不了。"

"嘀嘀，就跟你肚子里还长了点良心什么的似的。"

"嘘！"我一把抓住方方，僵立在楼梯上。楼道里没灯，黑漆漆的，我们住的单元门口站着一个人。我第一个念头就是：警察！接着想到：跑！但我们离得是这么近，跑能跑几步？再说，也不可能只来一个警察憋在门口。我真后悔没观察观察就贸然上楼。很快，我又感到怀疑，这个人看到我们并没动，而且好像是个女的。

"谁？"

我强作镇静走上最后几步楼梯，看清了，是吴迪。

"你在这儿干吗？"

"我没地方去。"

尽管我被吓了一跳很恼火，但不是警察，也松了口气，掏钥匙开门，拧亮灯。吴迪进了门，一副受了天大的委屈的样子，往沙发上一坐，包一搁，不笑也不说。方方垂头丧气跟进来，看到吴迪的样儿，倒给逗乐了，冲我挤下眼。我到厨房看有什么吃的，找出两袋方便面和几个鸡蛋。我把方便面撒开一锅煮了，支上平底锅准备煎鸡蛋。

"吴迪吴迪。"我喊她。

她悄没声地进来，站在我身后看锅里渐渐化开的猪油。

"会煎鸡蛋吗？"

"会。"

我把位置让给她，她默默地、麻利地磕了个鸡蛋放进油里，蛋清在热油里鼓起泡，变得雪白。

"煎老点。"

"嗯。"

吃完夜宵，方方去睡觉，吴迪收拾碗盘。

"搁这儿吧，明天再洗。"

吴迪没理我，端着碗盘去厨房。

我上了床，打开台灯，想了会儿亚红。吴迪擦干手进来，坐在一旁。

"到这儿来。"我叫她。

她不说话也不动地方。

"赌什么气，你要在那儿坐一晚上？"

我下床走过去，一把将她抱上床，她紧抱着我，嘤嘤哭起来："我恨你。"

"你呀，也是鸡屎拌面——假卤（鲁）。我的确有事，你也不是没看见。今晚差点回不来，让狗子兜进去……"我胡乱解释着，解着她的衣扣。

我在床上躺了很久，似乎睡了一觉，看看表还不到三点。吴迪一点动静也没有，可能睡着了，我凑过去看看她，吃了一惊，她在黑暗中大睁着眼睛。

"老流氓。"

"什么？"

"老流氓！"她一字一板地说。

五

亚红被警察逮走后，尽管我估计她不大会牵连到我们，卫宁也来说，那次只不过是饭店保卫部门的一次突然清查，警方只是协助，并不是真发现了什么问题，我们还是采取了些预防措施，停止了活动，分散居住。我住到方方那套房子里。吴迪从那天晚上后，对我有了清醒的认识，但她还是经常来找我。她十分矛盾，加上我无事可做，也不像前些时候那样冷遇她。有时还骗骗她，说我和其他女人早断了来往，使她将信将疑，越发难以自拔。

"我可以不在乎，你过去干过什么我都可以不问不管，只要你从现在起对我好点。"

"挨揍打呼噜——假装不知道。你说你不在乎，现在你是不在乎，将来呢？我可以向任何人公开，就是不能授柄于我的老婆。"

"你打算和我结婚吗？要我当你老婆？你不必忙于答复，我不催你，只要将来有一天就可以，我就等你。能给我点希望吗？"

"你都听什么了？"我不想给她哪怕是一根稻草，"我不会跟你结婚的。不是不跟你结婚，跟谁都不结婚，我根本还没考虑过结婚。"

"……"

"其实，你也是鬼迷心窍，你跟我结婚有什么好？要说结婚，你还是找韩劲那样的老实小伙子结婚好，一定会对你好一辈子的。我可就说不准了，即便现在喜欢你，一旦你老了，十之八九会去另觅新欢。"

"我也知道。"她凄凉地说，"我不是不知道韩劲爱我是一心一意。那天我一个人夜里在街上逛来逛去，伤心得不行时，也想过去找韩劲。"

"为什么没去？"

"他那么好，那么相信我……我不忍让他喝人家的洗脚水。"

"什么？这话也出来了！闹了半天，你新潮来新潮去，骨子里还有这么多封建积垢。白念那么多书了，都尿出去了？"

"这不是封建！"

我们谈话常常这么结束，我讽刺挖苦她一顿，她忍泪生气而去。

不久的一天下午，我在吴迪的学校门口等她时，陈伟玲从校园里出来，要和我谈谈。因为陈伟玲上次给了我一个愚蠢的印象，所以我在这里犯了一个本来不该犯的错误，以为她是受了韩劲之托前来说项。后来吴迪坚决地对我说，韩劲不会这样做，就像她不会这样做一样。我倾向于相信她的说法，这就更使我当时显得傲慢粗俗，低级下流。

"谈什么？是咱们俩的事呢，还是别人的什么事？"我先这样轻薄地问她。

"吴迪的事。"

"噢，吴迪，我认识她，而且不是通过你认识的。"

"的确，"她平淡地说，"我也没有你这样的朋友可以介绍给她。"

"你很清白。"

"直说吧，我认为她认识你后，并没有给她带来好处，她的学习成绩，精神状态都下降、变糟了。"

"你不是她妈妈吧？我猜你现在连她的朋友也不是。"

"是的，"陈伟玲脸上掠过一丝痛楚，"我没什么权利指责你，指责她。我只是想对你提一个请求，一个忠告……"

"请求我不要再纠缠她？忠告我不要再打扰她？我很乐意照办。"我微笑地说，"其实我也曾为此做过努力，问题是她，不是我，是她在纠缠我、打扰我。"

"我知道，是她无力自拔。"陈伟玲沉重地说，"我并不是请求你躲开她，离她远远的。我是来请求你对她好点，要是你真……爱她——起码你也该做做样子。就是你不想理她了，也委婉点，别把她当成个婊子！"

我沉吟片刻，也斜着眼看看她："我想，这也是韩劲内心发出的饱含痛苦的请求吧？"

她没说话，实际上是气得说不出话。

"既然你这么赤诚以待，我也无妨肝胆相照。请你转告韩劲，我也觉得我不能给吴迪带来什么益处，给她以'向上'的力量——用句时髦话说。她最合适的配偶应该是韩劲，这话我也跟她说过。我愿意和韩劲合作，使吴迪弃恶从善，真的，这是肺腑之言。我可以保证，从此不再来找吴迪，不再给她打电话，甚至我可以搬家，使她找不着我，彻底忘掉我，完璧归赵。"

"我过去，"陈伟玲慢慢地、一字一顿地说，"一直认为你是个高级恶棍，文明流氓，倒也讲究个方式，讲究把事情做得尽可能得体。现在我才明白，你其实和街头歪着膀子遛来遛去的'小晃'没什么太大的高低之分。要说区别，就是那些'小晃'还有点江湖义气，有点令人钦佩的担事的勇气，而你，整个就是一个大混蛋！卑劣无耻，彻底堕落的坏蛋！过去我总不大信，总认为有些书里描写过分，左了，谢谢你让我长了见识。"

我目瞪口呆，尽管竭力想克制自己，可血液还是一齐涌上来，脸红得近乎紫涨。

"你真是堪称炉火纯青了，脸红得多么及时，恰到好处。练这一手要很长时间吧？一般小无赖可真不行。"

她转身走了。吴迪迎面走来，正要对我笑，没笑出来，害怕地看着我脸问："你怎么了？"

我冷笑一声，没说话。

她扭脸看远去的陈伟玲："她跟你说什么？"

"她骂了我一顿，为你。我还没他妈叫人这么侮辱过呢。"

"我去找她，她管得着吗？我早告诉她别管我的事。"

吴迪转身要追陈伟玲，我一把拉住她："算了算了，我倒不生气，别惹麻烦了。"

"我说，"我们在城里一家饭庄吃晚饭时我问吴迪，"你和韩劲最近怎么样？"

"吹了。"

我叹口气。从饭庄出来，我已经有点醉醺醺，扶着吴迪问："你觉得我坏吗？"

她挽着我，低头小心翼翼地走路，没回答。

"坏，是坏，的确坏！"我嘲笑吴迪，"你也是，明知山有虎，偏向虎山行。"

夏天晚上看足球赛是一件很够刺激的事。特别是对方是支有点实力的外国球队。十万人往凉风习习的体育场密密麻麻一坐，喝着汽水，吃着雪糕，说喊一齐呐喊，说哄一齐起哄，跺脚吹哨扔瓶子，热闹个不亦乐乎，还冠冕堂皇地爱国。换个地儿，姥姥也不成啊！且不说没处找那十万人跟你同仇敌忾，警察也不会睁一只眼闭一只眼，任你足折腾。那几天，北京来了支欧洲国家的甲级队，我们在工人体育场售票房外打了一夜扑克，买了几张票，方方、我带上吴迪和另一个街上捡来的姑娘一起去看球赛。吴迪是凑热闹，我和方方是真正的球迷，业余场外指导。那天中国队踢得也挺窝囊，我和方方差点喊破嗓子，到底让老外赢了两个球，散场时我心里这个气呀。坐在挨着老外球队进出场口的看台上的球迷袭击了正在退场的外国球队，水果、汽水瓶雨点般地砸下看台，汗淥淥的外国球员抱头鼠窜。我们发疯地怒吼助威，顺势往简直是国耻的中国队员头上扔了一通汽水瓶子，使观众普遍的沮丧、愤怒演变成一场骚乱。穿着白制服的警察蜂拥冲向人群。同闹事的青年人扭打起来。我拉着吴迪的手翻过看台间的栏杆，跑向别的骚乱没有漫延到的看台出口，边跑边回头看着混乱场面哈哈大笑。挤出体育场出口，我的心情已经相当愉快了，和方方、吴迪有说有笑。这时，人群中一个人狠狠撞了我一下，撞得我差点趴下。

"你他妈乱撞什么，瞎了。"我破口骂。

已经过去的一群小伙子哗啦转身围上来："你骂谁？骂谁？"

"干什么干什么，想打架？"我往后退，身上已经挨了几下。

方方跑过来："谁想打架？"气势汹汹揪住一个小伙子。

"你们干什么？"吴迪也冲进人圈，猛推逼住我的两个小伙子。

我怕吴迪吃亏，正要拉开她，一眼看见了韩劲，立刻明白了，这帮寻衅的年轻人都是他的同学，忙拽住不问三七二十一就要动手的方方。我知道方方是经常带刀的，这些大学生尽管人多，可能也打过群架，但他们绝不是方方的对手。由于吴迪横在中间，他们也停了下来。

"我不是怕你们，"我说，"但我不想打架，有什么话好说。"

"少废话。"一个小伙子说，"人这么挤，碰了你一下，你小子就出口伤人。"

"甭跟他们废话，"方方手插着裤兜说，"打了再说。居然还有找茬跟咱们打架的，不知道我是谁。"他没看见韩劲。

"别打，方方。"我按住方方的手说，"这是打架的地方吗？打了咱们谁也跑不了。"

我又走到韩劲面前说："有什么话咱们改天再说，我随叫随到。这地方不合适，你们是学生，在公共场合闹事影响也不好。"

"学生怎么啦！"旁边有人说，"学生急了也不夸秧子。你骂人先道歉。"

"可以，我刚才骂了谁啦？对不起啊。"韩劲阴郁地盯着我，我笑着对他说，"没事，我不在意，我理解你，我并非有意触犯你。我跟陈伟玲讲了，如果你乐意，我可以完璧归赵。"

事情就在这一瞬间急转直下。韩劲本来没有参加同学们气不忿采取的突发行动，刚才斗殴将要酿成时，还是他拉住了为首分子（这是后来我听说的）。但在此刻，我道了歉，说了那些"入情入理"的话后，其他人冷静下来，他却忽然挥拳打了我。人群忽拉散开，一队警察包围了我们。

"我看到的，是这帮流氓无故打了人家。他们撞了人家，人家还跟他们道了歉。"

"真不像话！一大帮人欺负一个人。"

围观人群中有正义感的人激动地向警官竞相述说。

"是这样吗？"我们全体被带到派出所，一个警官问我，"他们先挑衅打的你？"

"不是，"我说，"我们刚才在球场里就吵了架。"

"为什么吵？"

"因为我们说中国队被进的第二球是守门员犯了臭，不该跑出禁区。他们说是后卫笨蛋，没有及时回防。争着争着就吵起来了。"

"那你挨打是活该。"警官说，"看球你们就好好看吧，瞎起什么哄？往台下扔瓶子了吗？"

"扔了一个。"我说。

"你们扔了吗？"他问那些大学生。

"扔了一个。"

"都扔了一个？好，都罚款。一个瓶子十块钱。"

我们纷纷掏钱交罚款。这时，一个老警官从门外进来，看到我，像是想起什么，问我：

"你叫什么名字？"

"张明。"我慢腾腾地说。

"家住哪儿？"

我也告诉了他，目不转睛地盯着他。

"过去进来过没有？"

"没有，我一向规矩。"

"规矩？"老警官哼了一声，背着手往门外走。走到门口，他一下停住了，看见了正嘟嘟囔囔交罚款的方方。他冷不丁转身又看了一遍我，眼睛亮了一下，旋即眯缝起来，我知道他认出了我，他就是在"燕都"抓走亚红的那个警官。

六

第二天早晨，我们从派出所放出来。我做的姿态还是起了一定作用，吴迪当着她的同学们面，公然挽着我一起走了。那个警官的问话使我知道亚红没有暴露我们。由于我把真实地址告诉了他，为了在可能接踵而来的调查中不至引起怀疑，我回了家。

吴迪对我很温存，做了点吃的，安排我睡下，用"麝香风湿油"为我涂抹身上的几处淤肿。我对她也很好，一方面是感激她在危急关头毫不犹豫地站在我一边，另一方面是受到粗暴对待后感受到了屈辱而产生的悲天悯人以及对社会公正的渴望并短暂地愿意以身作则。那些天，我们相处得很友爱，很和睦，很亲密。我认识到了，我对韩劲那种殷勤的愚蠢，他对我失去冷静的一击，也使吴迪彻底和他离心离德。暑期考试临近了，吴迪天天带着功课到我这儿来温习，很多时候就住在我家。我也开始看"函大"寄来的法律教材，认真完成作业。

从派出所回来的第二天，管片民警就由居民委员会的积极分子领着来了一趟我家。名义是办理居民身份证事宜，实际是来明察暗访，我心里明白，外表不动声色。我这套房子是父母去世后，父亲机关给调的一套较小的房子，虽然在公共住宅区，但属于机关宿舍。而且这一带是新建住宅小区，派出所和居委会不完善，加上居民年龄平均较轻，老人又多有工作，"小脚侦缉队员"数量不够，尽管也勤勤恳恳地工作、巡逻，终不及老城区街道严密、可怕。我又一贯小心谨慎，自然居委会的老太太们反映不出什么情况，派出所的那位年轻民警我更是连见也没见过。房间已由吴迪整理过了，方方那天也不在，整套公寓俭朴、雅洁，摆了很多法律、文艺书籍。我和吴迪眉目清秀，良民打扮，彬彬有礼。这一切都无法不给民警以好印象。他和和气气同我们聊了会儿，喝了吴迪沏的绿茶，得知我是个身患疾病，仍不断进取的"有志青年"（我正在函授学习法律课程给了他尤其深刻的印象）。吴迪是我的女朋友，一个前途无量、忠于爱情的大学生。我们靠微薄的收入和父母的一点遗产生活，相亲相爱，默默无闻。民警很有些感动、钦佩了，这简直是新时代的一曲凯歌，够上小报的了。最后，我们成了好朋友。当然他们还要去我的单位调查，去吧，我在那个单位就没上过几天班，很多人根本不认识我。领导也只知道我有慢性肝炎，长期休养，再过一个月，就该吃劳保了。一切都无懈可击。只是他们临走时，居委会的老太太突然问：

"老停在街角的那辆小轿车是你的吗？"

"不……噢，是我的。"我很快镇静下来，否认是无济于事的，他们可以很快查到车牌照的主人。一辆汽车倒也说明不了什么问题，我小心翼翼地补充回答："那是我前年从大红门旧车场买的。"

"多少钱？"民警仅仅是对一辆私车卖多少钱感兴趣。

"四千。"

"不贵呀。"

"是啊，现在可没这么便宜了，大摩托都三千多，我捡了个便宜，但也把我爸爸留下的那点钱折腾得差不多了。"

民警笑笑，没再说什么就走了，我很热情地邀他"有空来玩"。

"会出事吗？"管片民警走后，吴迪忧虑地问我。

"出什么事？没事。"我坐下来继续看法国人勒内·弗洛里奥著的《错案》。

"别干了，好吗？"吴迪请求我。

"不干什么？"我抬头看着吴迪，装糊涂。

"我收拾房间，看见了那些军装、警服和证件。"

"打算告发我吗？"

"不，只是希望你今后别干了。你要缺钱，我给你。"

"我不缺钱。"

"那为什么？"吴迪嚷起来。

"逗逗闷子呗，要不干吗？"

"可这太危险了，早晚有一天会被人抓住，犯法的人干到最后没有逃脱的。"

"那是你的错觉。抓住了，大家都知道了，天网恢恢，恶有恶报。没抓住的人谁也不知道他干过什么，以为他一辈子奉公守法。只要干得小心点，艺术点。"

"亚红不是已经被逮了吗?"

"你怎么知道?"我霍然变色。

"你那些事，我没不知道的。"

我点起一支烟，没有说话。我实在是太粗心大意了，本来只想让她泛泛知道我坏，现在倒好，她连具体事情都掌握了。我最近怎么搞的? 接二连三犯错误，过去我总是很有分寸的。看来，我们的关系不能这么暧昧地拖下去了。

"好吧，我听你的，往后不干了。"我先稳住她。

"真的?"吴迪笑逐颜开，搂着我脖子。

"真的。"我亲亲她。

"就是，干吗要干违法的事，你什么事不能干? 又不笨。"

"也不聪明。"我含笑说。

"我们唱歌好吗?"我们缠绵了一会儿，吴迪松开我，拿来自己的单放机，戴上耳机，笑嘻嘻地说，"我特爱戴着耳机跟着磁带里的歌这么唱，自我感觉特好。"

"不学习了?"

"玩会儿再学。"

"好吧，"我痛快地答应，"干脆我们俩录盘个人演唱会吧。刚有录音机时我常录自己的歌，那会儿我以为自己也能当歌星，好久没这么玩了。"

"找磁带找磁带。"吴迪听着耳机里的歌边哼边说，十分兴奋。

我在磁带上找了找，没有空白带，就拿一盘已经不太听的音乐带放进桌上的大录音机里："开录啦?"

"你坐好你坐好。"吴迪连笑带说，煞有介事，迫不及待。

方方进来时，我和吴迪笑得前仰后合。

"什么事，笑成这样。"方方找了杯水喝。

"我们录了盘个人演唱会，给你听听。"

"谁？你，你们俩？饶了我吧。"

"听听，挺地道的。"

吴迪把磁带倒回来，按下键子，磁带开始转动，我们笑着注视方方的反应。

一阵节奏铿锵的老式爵士乐响过后，我的声音："现在由著名的吴迪小姐为大家演唱，吴小姐是从埃塞俄比亚回国，她在非洲很受人民爱戴，曾荣获海尔·塞拉西勋章……唱啊！"

"我……"吴迪的声音颤抖着出来，"我第一次遇见你，你放风筝在蓝天……"

我的声音仍在里面混杂着："吴小姐很激动，她第一次回到祖国，回来的蝙蝠。"

"线儿依旧攥手里……"吴迪笑得唱不下去，"我不会唱这首歌，不会词儿……"

"我唱，下面由青山他哥蓝天演唱：最大的人民币是十块的，最小的人民币是一分的……不管是最大的还是最小的，都是我们人民群众最热爱的。"

我的声音走调走得一塌糊涂，吴迪在录音机里笑得上气不接下气。

"长得跟人民币似的。"方方瞅着我说。

"谢谢。"我模仿广东话的声音，"多谢各位。"吴迪笑声未停又格格笑起来。

"真寒碜，"方方笑着说，"快把这附近的公猫全招来了。"

"他不懂艺术，别理他。"吴迪笑着跟我说，看方方。

录音机还在转，叮咛的爵士乐奏着。

"我找你是跟你说件事。"方方说，"我们那儿的片警找我了。"

我伸手啪地关了录音机："你怎么应付的?"

"装傻呗。没事，那片警是我哥哥的同学，就跟我说了说，以后注意点，别惹事。"

"我们这儿的片警也来过，我给他糊弄走了。吴迪装蒜也够会装的，吴迪。"我笑着转脸找她，"你干吗哪?"

"没事。"她把那盘磁带从录音机里取出来，冲我笑笑。

七

亚红回来了。

我刚刚送走吴迪，她放暑假回南方探家。

"我不在，你好好的啊。"在嘈杂鼎沸的列车站台上，她叮嘱我。

"嗯，好好的。"我笑着说。方方笑着退开几步，以示没听。

"别去胡来，老老实实等着我，要不我就不嫁给你了。"

"——你别当着人这样，我们不能在大庭广众之下接吻呀。"

"那我不上车。"吴迪紧紧攥住我的手，越靠越近，踮脚仰脸。

我满面通红地后躲，左右张望："别别，五讲四美。"

发车铃响了，列车员摘下车厢号牌上车。吴迪悻悻地松开手，紧跑两步上车，旋即，站在列车员身后笑吟吟望着我。我退后几步，和方方并排站在一起。

车头给了信号，列车员砰地关上车门，吴迪的脸贴上玻璃。列车晃了一下，开动起来，我和方方冲吴迪挥手，她的小手也五指张开地举起来。列车像弹奏的手风琴一节节叠并在一起，又一一展开在远方。

"她对你可真是情意绵绵呀。"方方说。

"你说，我跟她结婚怎么样?"我将目光从远去的列车收回。

"当然可以，她很不错。我们走吧。"

我们走下地下通道，边走边说。

"你当真想结婚了?"

"说着玩呢，你见我什么时候认真过。"

"你不是挺喜欢她?"

"这不假，我的确喜欢她。"

"亚红!"

我们回到家拧开门，亚红笑着站起来。

"你出来啦!"

我和方方又惊又喜，把刚才的一切全抛到九霄云外。

"老天，他们没拷打你吧? 跟我们说说，你是怎么坚贞不屈的，是不是像共产党员在敌人面前那样?"

约莫一个月后，早晨，我正在睡觉，被一阵激烈的对话吵醒。朦胧中听到方方在劝阻什么人:

"他不在，我跟你说他昨晚出去了没回来。"

"那你叫我进去看看呀。"这是吴迪的声音，我一下全醒了。大概方方已经阻拦了她半天，她的声音又尖又恼火:"我看看不行吗？他在不在，你得让我看看。”

糟糕，我想。昨天下午我接到了吴迪的电报，说今天早车回来，让我去车站接她。我因晚上去一家饭店"干活"，给忘了。

"里边有别人。"

"我不信！里边准是他，你放开我。"

吴迪的声音已高到足以引起邻居注意了。我在屋喊了声："方方，让她进来。"

门"哐"地推开了，吴迪闯进来，穿着短裤的方方无可奈何地站在门口。亚红也醒了，下意识地往身上拉拉毛巾被，懵懂迷糊地问："怎么啦？"

我问吴迪："有事吗？"

她直瞪瞪地呆视着亚红。

我赤膊下了床，点上一支烟走过去："噢，我忘了去接你，对不起啊——咱们到那间屋子去吧。"

她猛地甩开我扶着她肩膀的手，嫌恶恐惧地后退两步。

"我不是已经道歉了嘛。"

方方忙插进我们俩中间，对吴迪说："算了算了，我不是告诉你别进去。你回去吧。"他把我推进屋，关上门。

"你想和我睡觉吗？方方？走，我跟你睡去。"

我一下拉开门，吴迪扒着方方魁梧的身子，浑身哆嗦地往另一间屋里拖："走，走啊。"

"你冷静点，冷静点。"方方说。

"你要想用这个报复我，只能毁了你自己，我根本不在乎。"

"嗷——"吴迪像母狼一样龇牙冲我狂啸一声。

"你他妈给我滚回去。"方方冲我怒吼，拼命抱住吴迪。

我回到屋里，门外传来一阵扭打声，玻璃器皿、瓷器噼里啪啦纷纷摔在地上，吴迪歇斯底里地喊："我宰了他，我宰了他这个狗娘养的，我非宰了他！"她被方方抱进另一间屋子，门砰地关上，喊叫声微弱了。

　　我转过身冲亚红笑笑，亚红满脸怒容，边穿衣服边说："你他妈真不是东西！我早说过，别把我掺和进你那些臭事。好了，这下她要连我一起恨了。"

　　我把嘴上的烟吐到地上，一脚踢飞了地上的一只皮鞋。

　　"你少给我看脸色。"亚红扣好裙子，从皮包里摸出支口红往唇上抹了抹，抿匀，关上皮包往外走，"我可不尿你那一壶。"

　　亚红走了，公寓里变得十分安静。过了很长时间，门推开了，方方进来，吴迪垂着头跟在后面。

　　"她想跟你谈谈。"方方说。

　　我点点头，站起来。吴迪走进屋坐在一张椅上，方方关上门出去。沉默了片刻，我开了瓶可乐，倒进杯里，放在她手旁，泡沫滋滋地迸碎、漾化。她开始掉泪，一滴接一滴，又大又沉，我递她一条手帕，手帕很快湿透了。

　　"伤心了？"

　　她捂着眼睛点点头。

　　"以后还跟我好吗？"

　　她拼命摇头。

　　"这么说，结束了？"

　　她点着头，哭出了声。

　　"这样也好，我这个人本来不配你，不值得你这么哭。"

　　"你说，你是不是从一开始就在骗我？"

"是的，我一开始就是骗你，就是有目的地勾引你。"

"那么，你过去说过的爱我的话全是假的？"

"……"

"你说，是不是全是假的？"

"是——是又怎么样？你难过了？不是你想象的那个可爱、纯洁的故事，不是你想象的那个可爱纯洁的人，我告诉你，本来无一物。不要意气用事，你这样报复不了谁，只会毁了自己。"

"我完了。"

"别这么认真，想开点。现在刻骨铭心的惨痛，过个几十年回头看看，你就会觉得无足轻重。"我笑了，"你还年轻，依旧漂亮。"

吴迪抓起杯子扔了过来，重重砸在我脸上。

八

我自认是个超脱的人，在长期危险动荡的生活中，在与形形色色、三教九流人物交往中，养成了见怪不怪、处变不惊的沉着性格，因而屡屡化险为夷，转危为安。同期下水的朋友们已先后纷纷落网，我却始终逍遥法外。可这一次，我有点沉不住气了，当秋天的一个晚上我再次遇到吴迪，我终于失去了冷静。

本来我觉得我已经基本忘掉了吴迪，并克服了由于内疚带来的烦恼产生的想去找她的阵阵冲动。亚红和方方也不再对我脸上的青肿冷嘲热讽。那天晚上，我和方方穿着警服闯进一家饭店十层的一个套间时，惊愕地发现，那一对如火如荼的男女中有一个竟是吴迪。她推开那个臃肿的商人，赤裸裸地坐起来，抱膝看着我。我不能说她那副表情有点"洋洋得意"，但肯定毫不慌张或者

"感到难堪",准确地说,"挺友好"。我什么也没说,头脑昏了。那个肥胖的商人提抗议时,我殴打了他,无情地、置其于死地地殴打了他。接着一个人冲出了房间。我在"白茹"车里不开灯坐着,过了会儿,方方匆匆赶来,坐进车里,正要发动汽车开走,我用刀顶住了他。

"这事是你干的?"

他的手扶着方向盘没动,转过脸面无表情地说:"不是,我跟你一样,不喜欢刚才的场面。"

"那是谁?"我咆哮起来,"谁把她卷进这种肮脏的勾当?"

"不知道。"

"去找亚红。"

"据我所知,不是亚红干的。"

"那去找卫宁。"我咬牙切齿地说。

方方踩动油门,小汽车刮风般地驶向卫宁家。

"谁呀?"卫宁在门里问。

"我。"

卫宁打开门:"你们怎么来了?"他脸上带着笑容。

"你出来一下,有话跟你说。"

"什么话?进来说吧。"他发觉苗头不对,想往屋里退,我和方方两柄匕首夹住了他。

吴迪从屋里出来,见状护住卫宁:"干什么你们,有话跟我说。"

"没你的事。"

"你回去吧。"卫宁说,"没事,我跟他们说说。"

"告诉你,"吴迪对我说,"这事跟卫宁一点关系也没有。"

"你回去吧。"卫宁推开她，跟我们下了楼。在一个僻静的角落，卫宁说：

"是她来找我的，说她缺钱，想挣点省事的钱。她说她跟你没有关系了，一点也没有了，所以我才答应帮她牵线。要说出了什么误会，不能怪我，她是那么说的。"

我的手无力地垂下，方方也收起了刀。

"怎么，你们还没断？"

"她干多久了？"

"已经一个多月了。今天晚上她让我把她的房间号告诉你，说跟你开个玩笑。"

"你也跟她睡了吧？"

"睡过。"卫宁说，"她这段时间一直在我这儿住。怎么啦？"

"没怎么，对不起，卫宁。别生气。"

"没事，上去一块儿坐坐吧。"

"不啦，我们走了。"

"对不起，卫宁。"方方也和卫宁握握手。

"你要是不愿意让她干，我可以不再安排她。"

"算了，她乐意干就让她干吧，别管她。"

开车回家的路上，我开口笑着对方方说："我真成感情冲动的傻瓜了，真窝头翻个儿。"

方方看看我，没说话。

我吹口哨，吹得不成调。

"臭流氓，你怎么不出牌？这流氓，也不知又想什么呢，又在街上看见什么迷人的小姑娘了？"

吴迪披散着头发，描着蓝色的眼影，搽着厚厚的口红，叼着一支香烟，把骨牌出得啪啪响。她现在已公开和我们搞在一起，晚上去各大饭店拉客，白天和我们整日鬼混，谁想和她睡觉她都笑吟吟地躺到人家怀里，放荡、淫乱比亚红她们有过之无不及。对我却日趋刻薄，从不叫我的名字，一口一个"流氓""尿货"。当着众人面对其他姑娘说：

"这尿货没劲透了，我可知道，蔫得还不如七十岁的老头子，跟他睡觉简直活受罪。我怀疑他有病。"

"你甭理她。"方方私下劝我，"这姑娘已经完了，不要脸了你能怎么办。"

"我没事。"我笑着对他说，"我才无所谓呢。"

我真是从不跟吴迪置气，她爱说什么说什么，爱怎么踩乎我踩乎我，我不吭气，或者跟着笑笑。只是晚上到大饭店"干活"时，我开始揍那些嫖客，有几次方方不得不拉住我，使我别把人打坏。我也抛弃了一贯小心谨慎的做法，经常喝得醉醺醺地穿着警服在饭店里瞎转，惹人注目地调戏女招待，言语冲撞饭店工作人员，甚至向外国游客挑衅。后来，吴迪更加放肆大胆，大白天也到饭店拉客，在餐厅和外国人一起吃饭喝酒打闹。一晚上和好几个客人同时睡，这房间出，那房间进。乘挂外交牌照的汽车兜风，在外交公寓一住就是几天。方方不得不严重警告我，必须立即和吴迪脱钩，不许她再来我们这里，她已经在屁股后面招来了几十个侦探。我们也得停止活动，各大饭店的警卫已经开始注意我们了。我对方方的警告置若罔闻。

一天晚上，我没出去，方方和亚红不在，卫宁又把吴迪领来了，还带了两瓶外国酒。吴迪这段时间很少来，她显得既疲惫又憔悴，妆化得乱七八糟。我们把酒喝了，没说几句话，她就和卫宁到另一间屋子睡觉去了。半夜，我突然被吓醒，一个人紧紧抱着我，低低地啜泣。是吴迪，她什么也没穿，大概是赤脚偷偷溜进来的。

"你怎么啦?"

我扳着她脸问。她什么也不说，只是把脸深深地埋下去，紧紧拥抱我，哀恸地抽泣。

"出了什么事? 告诉我，我能帮你什么?"

她只是哭，伤心痛苦地哭，难以自抑地哭，哭了很长时间，泪水湿遍了我的胸膛。不知过了多长时间，卫宁在另一间屋里叫:

"吴迪，吴迪，过来。"

我搂住她，她推开我，下了床，拿枕巾擦干了脸上的泪，鼻子堵塞地说:"让我再好好看看你。"

她拧亮台灯，俯脸凝视我。她用手轻轻擦去我脸上的泪水，仔细地把我看了又看，凄楚一笑，关灭台灯。屋里又陷入一片黑暗，她走了。那最后一闪而逝的是张什么脸哟! 那样姣好、美丽，又充满深深的绝望和惨淡。那天晚上，我们都感到了巨大危险的迫近和前所未有的恐惧。

第二天晚上，我和方方从"丽华"饭店的一个房间刚出来，看到服务台前站着几个警察和饭店保卫人员。跑是没处跑了，我们只好硬着头皮迎着他们走过去。他们注视我们，我们注视他们。

"等等。"我见过两次的那个警官从背后叫住我们。我慢慢转过身去，方方悄悄按亮电梯呼唤板。一个年轻的警察飞快地向我们刚出来的那个房间跑去。警官走上前来:"你们先别走。"

"有事吗?"

"有事。"他冷冷地点点头，眼珠在我们脸上转来转去，"我们见过。"

那个年轻警察跑回来向警官报告："房客说，刚罚走五千元。"

电梯降下来打开门，一群客人拥出。方方一拳打倒警官，转身跑进电梯，其他警察冲过来，按住电梯呼唤板，使电梯不能开走，用电警棍击倒方方，铐上他。我也被两个警察死死扭住胳膊戴铐，疼得脸都抽搐了。警官从地上爬起来，整整警帽，不动声色地说：

"把他们带走。"

饭店大门厅里的客人和工作人员纷纷站住看我们。四个魁梧的警察分别夹着我和方方，从嗡嗡议论的人群中穿过。警车灯在门外闪转着，街上也围得人山人海地看热闹。我被推上警车，车里的一个警察踢了我膝盖一脚，喝令我低头蹲着。方方跟着被操进来，蹲在我身后。又过了会儿，亚红和别的姑娘也被塞进来，车门关上，警车拉着警笛开走。

当天夜里，卫宁也在"燕都"被捕。我们分别被关在市局看守所的牢房，根本见不着面，只是在预审时看到预审员出示他们的口供，提到他们的名字。我知道这次不是偶然的兜抄行动，而是作为重大案件立案后，经过周密侦查进行的有步骤的破获，警方已经掌握了大量证据。我对所犯犯罪事实均供认不讳。两个月后，我被正式逮捕，案件移交人民检察院。又过了一个月，检察院向人民法院提起公诉。我和方方作为犯罪集团主犯被控犯有敲诈勒索公私财物罪；以营利为目的，引诱、容留妇女卖淫罪；冒充国家工作人员招摇撞骗罪，数罪并罚，各判处有期徒刑十五年，剥夺政治权利五年，并处没收全部个人所有财产。卫宁和亚红作为犯罪集团从犯被控犯有敲诈勒索公私财物罪；以营利为目的引诱、容留妇女卖淫罪，分别处以十年和七年有期徒刑，剥夺政治权利五年，没收全部个人所有财产。

在预审和起诉乃至最后判决的过程中，我始终没有听到吴迪的消息，似乎她不在我们一案中。我真有点纳闷，从警方掌握的大量证据和同案人的口供（包括我自己）看，她决无脱逃可能，我不懂警察为什么有意疏忽这一重要线索。后来到了劳改农场，遇到卫宁，才知道，警察没有抓到吴迪，晚了一步。那天我们走后，她反锁在屋里，用刀片切开了自己手腕的动脉血管，血流了一地，没有遗书。

下　篇

一

我在劳改农场种了两年葡萄，成了劳动能手。第二年底得了重症肝炎。起初感到乏力、食欲不振，试表有点低热，没介意，以为是一般流感，抗抗就过去了。可一天早晨起来，变成黄蜡样，接着出现谵妄、狂躁等精神失常症状。管教干部立即将我送往公安医院，路上，我就昏迷了。医院的大夫给我静脉滴注了大量肾上腺皮质激素和强的松，制止了病情恶化。但由于我过去长期生活不规律，酗酒，肝功能损害严重，在治疗时又并发了严重的胃肠炎，病程迁延，转变为慢性肝炎。

我在医院住了半年，除了个别单项指数居高不下，一切阳性体征都慢慢消逝。考虑到我愈后不良，监狱农场条件也不适于隔离休养，继续劳改有可能再复发感染，导致生命危险。原审法院改判我监外执行，保外就医。狱方为我联系附亲居住。我已无直系亲属，几门远亲确实勉强。狱方征求我个人意见，我黯然说不要麻烦了，自己回家去住。入狱后，我父亲原单位还算不错，没有收回那套小单元，属我父母生前购置，不在没收之列的一些家具什物还封存在内。我在农场存下了一小笔钱，另外银行中我母亲名下尚有一小笔刚解除冻结的存款，这样，暂时我的生活还不成问题。

我到家的头几天，心情还算好，休息得也不错，想吃就吃，想睡就睡，有点自由的感觉。屋里的奢侈品悉数入官了，桌椅床柜还齐全，只是屋子长期没人住，十分阴潮，好在天气也渐渐热了，每天可以开窗通气。我终日一个人在家，亲戚自然是没人了，朋友也别提了，唯一有时来看看我的，是那个年轻的管片民警。他倒是个好心眼的人，拿我也当半个朋友看，有时，我们还聊聊天，他要不怕传染，也抽两支我的烟。

"当年，我真叫你给蒙了。"他高兴了，也无话不谈，"你那孙子装得可够匀实的。"

"那会儿是装的，这会儿可是真闹个肝炎。"

"肝炎没事，好好养能好。你也是瞎他妈折腾，怎么搂不着钱，憋那份坏，媳妇也没了。你媳妇的事你知道了吧？"

"我媳妇？"

"就是跟你合伙蒙我的那个女的。真媳妇假媳妇我也不知道，叫吴什么来着？"

"……你当时在场？"

"我领着市局的人来的。明听见屋里有人嘻嘻哈哈说话，门锁着，叫不开。踹开锁进去，窗帘拉着，人就躺在这张床上，胳膊耷拉在床沿，手腕切的口子肉翻得像小孩嘴唇，脸扭向一边，似乎自己都不敢看。血已经流尽了，遍地殷红，走不进人，你想想，几千CC血喷出来是什么劲头。她是学生吧？"

我点头。

"可惜。市局人说，其实她不死没事。她是你们裹进去的，顶多劳教两年，辩好了，当庭释放也没准。想不开，害怕，岁数太小，挺好的小妞就这么完了。"

我没说话，递给片警一支烟。抽了会儿烟，我问："你说当时屋里有人嘻嘻哈哈说话？"

"没人，她开着录音机，录音带上有人说话。这是障眼法，她考虑得还挺周全，看来是下了决心，这样的人救也救不活。"

"录音带，那录音带没收了吗？"

"好像没有，那是她的东西。本来她父亲来时，我叫他上这儿把闺女的东西认认，老头怕伤心，死活不来。也许还扔在这屋里哪个旮旯，那种老式的TDK带子，红盒，上面有颗黑白相间的多棱宝石。你干吗？"

"随便问问。"

"你们俩是不是真好过那么一段？"片警问。

"没有。"

"噢，"他颔首吸烟，"算了，甭说这事了，过去就完了。"

我们又聊了会儿，天色已晚，片警起身告辞。我送他到门口，他突然停住脚对我没头没脑地说了句：

"她死后脸上泪水还没干呢！"

门哐地关上了，我单独隔绝在这几间阴潮昏暗、悄无声息的屋子内。我走进卧室，看看那张凌乱、空荡荡的床。房间内灯泡被窗外的风吹得摇曳，人影黑黢黢地放大在墙上，像是一个面目模糊、形体虚幻却紧紧相随的灵怪。我开始翻箱倒柜，直到不抱希望后，蓦地发现那盘印着颗宝石的录音带就在桌上一个显眼的位置。我把录音带放进我的小收录机，按下去，一阵节奏铿锵的老式爵士乐响过后，出现了对话：

"现在由著名的吴迪小姐为大家演唱，吴小姐是从埃塞俄比亚回国，她在非洲很受人民爱戴……"

"我……我第一次见到你，你放风筝在蓝天。"

"吴小姐很激动……"

我蹲在楼角黑暗处，看到片警晃晃悠悠骑个车过来。他看见黑糊糊的一团，骗腿下车，犹疑地走过来，走到跟前，认清了我，大声说："你在这儿干吗？这么晚了，想劫道呀？"

"你干吗去？回所还是回家？"我问他。

"回所，今晚我值班。"

"到我那儿去待会儿。"

"出了什么事了？"他看我脸色。

"没事，想找个人聊聊。"

"嘿，你倒瘾大。那就去待会儿吧。"

我领着片警到了我家，殷殷勤勤地招待他。片警问我："你怎么不睡那屋床上，倒睡这屋地上？"

"地上宽绰，在圈里睡惯了，再者说，日本人不也全睡地上？"

片警被我逗乐了："你那会儿睡地上跟日本人是一个意思吗？"

我笑嘻嘻地跟他说："我告诉你件事，吴迪自杀，不是怕折，为什么我知道。"

"喊，你又知道了。"

"你们全弄拧了。"

"我这人，宁吃白煮蛋，不听白话蛋。"

"不是白话。她呀，"我神秘地说，"是因为爱我无望。"

"嘿，瞧你那一脸光荣。"片警十分腻味地说，"合着你巴巴儿地把我请来，就为听你这些缺德事？她怎么死的，与我无关，我得值我那班去，你呢，留神她的鬼魂吧。黑更半夜起什么腻呀。"

片警拍屁股要走，我忙拉住他："等会儿，还没说完呢，我发现我有个特异功能。"

片警停住脚，疑惑地看着我。

"我一放这盘带，"我举着那盘印有宝石的录音带，"就能让时光倒流，打破三维空间，再现两年前的情景，不信你听。"我把录音带放进录音机按响，"你瞧，瞧这堵墙，看透那屋了吧？瞧瞧，吴迪又躺回那床上了吧？侧着脸，手腕上的口子翻得跟小孩嘴唇一样。瞧那一地血，黏稠的、殷红的血，像龙头里汩汩流出来的水……"

片警没去看那堵墙，只是目不转睛地看着我，打断我严厉地问："你喝酒了？"

我嘿嘿乐。

他一把揪住我："你怎么喝得烂醉，不要命了！"

"没事，就喝了一点。"我举起一只手指头。

"缸子呢？"片警松开我，转身找水缸子，去厨房接了一缸子水，含了一口。

"你嘴鼓得跟猪尿泡似的。"

"噗"——片警把嘴里的水喷到我脸上。

"好点了吗？"他问。

我点点头，自个儿趴在地铺上。

"你真胡闹，肝有病，还喝酒。怎么啦？"

"帮个忙行吗？"我脸色苍白地说，"让我回监狱。习惯了人挨

56

人睡，一个人……睡不着。"

"这不可能。"

他冷淡地说，关了灯走了。

我知道世界上没有鬼魂，但有噩梦。假若那些身临其境般又极为逼真的梦中场面日复一日地再现、强化，便足以使人大白天也产生带有强烈真实感的幻觉，特别是梦中的环境和气氛与现实中的环境和气氛完全一模一样。譬如是同一间阴暗、昼夜变化不明显的屋子，是真实存在过的一个人和真实存在过的一些事。那么，久而久之，神经再健全的人也没法不渐渐混淆现在的真实和过去的真实。甚至被那种幻觉深深迷住，滋生出根深蒂固的信念，内心明白又无力摆脱。我正是受到了这种蛊惑。几天后，那个年轻的管片民警来到我家，一进门便大吃了一惊，我形容枯槁得不像样子，精神也极为萎靡颓唐。

"你怎么啦?"

"没事。"我竭力克制自己才没说出蠢话，让他看躺在床上的吴迪和一地鲜血。在我看来，他踩了一脚血。

"我看你不能一个人这么待下去了。"他关切地对我说，"也许，你该找个女朋友。如果你不惹乱子，我不会找你麻烦。"

"不，"我疲惫地摇摇头说，"我得这种病就像阉了一样，早绝了那份念头。再说，唾液和精液也是传染途径，不能害人。"

"你一个人，"他迟疑地说，"能行吗? 你需要个人照顾。"

"无所谓，我自己能照顾自己。"

"你可别骗我。"他说，"最近西瓜上市，事儿开始多了，我也不能老来看你。有什么事你可都跟我说，能帮的我就帮你。"

"……"

"没事我就走了。"

"别走……"

"到底怎么啦?"他急了,一把抓住我的手腕,"你他妈便秘啦?"

"我害怕。"我一下垮了,"我不能再住这儿了……"

二

南方城市夏天,黄昏仍然闷热,街上车接长龙,人如潮汐。我在一家蒸笼般的小吃店吃了两屉包子,出了一身大汗,走到街上,被风一吹倒挺凉快,便裹在便道上的人流中,慢腾腾地走着,领略着摩肩接踵的逛街乐趣。

我到这个人口密集的南方大城市三天了。这之前,我住了一个月医院,出院后便离开了北京,换房、卖旧家具的事都托给那个好心肠的民警去办。我希望这一圈兜回来,一个没有任何旧痕迹,能让我安安静静生活的新环境在等着我。尽管我并非无辜,没什么要人同情的,可我也没有义务总受那种折磨。

我喜欢这个庞大、拥挤的城市。那些高耸入云的老式巨厦,繁多的放射状的商业街区,瘦小精干的男女市民,唧唧哝哝的方言都使我产生莫名的异域感。使我和我所熟悉的那个城市的生活即便不是一刀切断,也骤然拉长了距离。我成了一个游客,旁观者,游离于千百万人的喜怒哀乐之外。我庆幸听不懂这儿人们的语言,免去交流之苦。别人笑骂奚落,冷言冷语,我一概充耳不闻,怡然自得。夜晚,在黑漆漆的地下室旅馆的一片鼾声中悄悄入睡。

我混迹在人群中,走过一家家橱窗琳琅、光线柔和的商店,什么都浏览，什么都不买。一直走到汽笛声声、轮船如梭的江边码头，在沉沉暮色中登上一艘灯火通明的华丽客轮。这艘客轮夜里将开往东海里一个以"海天佛国"著称的小岛。

我执的是三等舱票、是间二人舱室。我放下手提袋，就到甲板凭栏吸烟。天色已暗，岸上的高楼大厦或尖顶高耸或庞然矗立，在宝蓝色的天幕下形成凸凹厚重的黑色剪影。楼厦下街巷莹白，人似蚁集，稠稠蠕动。甲板上热闹起来，舷旁挤满了旅客。客轮离了码头，在江心掉了头，在黑魆魆的江里缓缓行驶，两岸景致流动。大型龙门吊犹如一具具恐龙骨架蹲踞夜空；堆着整整齐齐集装箱的货船吃水线压得低低；一条接一条靠着码头卸装的散货轮；无声无息交错驶过的长串驳船；远处昏暗的楼群突兀明亮地拔出一幢高厦。客轮开出长江口，城市微缩成一团闪烁的光斑。信号台，灯标。辽阔漆黑的江面上，海洋吹来的风阵阵掠过。最后一个码头是海军舰队驻泊地，一艘艘并排靠着的军舰，低低亮着一溜舷窗，舰面建筑呈金字塔形。再往前就没什么可看的了，滔滔江水，一弯冷月，我反身下了舱。

客轮舱内十分宽敞明亮，豪华的餐厅内，很多旅客在吃着丰盛的晚饭。商品齐全的小卖部出售啤酒和白酒。透过宽大的玻璃门可以看到候机室一样舒适的五等舱里，人们坐在一圈圈软排椅上聊天，打扑克。客轮行驶得很平稳。我沿长廊走回舱室，两个女孩子在舱里等我。

"你住在这舱吗？"

我点点头。

"换一下好吗？我们俩想住在一起。"

我这才发现这样的双人舱室，陌生的青年男女住在一起实在不方便。

"你的舱在哪儿?"我提起扔在床下的手提袋。

"旁边一间。谢谢你。"

我走进旁边一间舱室,一个女孩子在铺床。我退出来,挨间舱室找有无一男一女的。很多一男一女住在一起的,但他们都不肯跟我换,都是新婚夫妇。我只好走回那间舱室。那个女孩子正在水池旁对着镜子擦脸。我拉下墙壁上的弹折椅坐住,感到十分局促。那个女孩子擦完脸、手,又擦脚丫,最后,用水洗净手巾,方方正正晾上。找出盒护肤膏,挖在手心上,搽在脸和脖子上。她双手抚摩着光润的面颊,遇到我的视线,嫣然一笑,我咧咧嘴,低下头。

"你还没领卧具吧?"

我抬头怔一下,"噢"了一声,跑出去。女孩子笑吟吟地望着我。

我挨了久候的服务员一通训,抱着枕头、毛巾被回来。女孩子正在小鸡啄米似的吃瓜子,看双膝上摊开的一本书。见我进来,笑眯眯地问:"吃吗?"

我摇摇头,不由一笑。

"吃吧吃吧。"她抓起一把瓜子塞到我手里。

我不太会嗑瓜子,嗑得皮瓤唾液一塌糊涂。

"瞧我。"女孩示范性地嗑了一个瓜子,洁白的贝齿一闪,我下意识地闭紧自己被烟熏得黑黄的牙齿。

"会了吗?"她睁圆眼睛问。

"没有,我还是抽烟吧。"

我点燃一支烟,站在舷窗旁吸,烟袅袅飘向舷窗口,一出去就立刻刮飞了。海在月色下，银灿灿的波涛起伏，客轮轻快地行驶。

女孩把书翻得窸窣响，看得飞快。

"你看这么快？"

"看不懂呗，就看得快。"

她一笑。

我从未乘过海轮，这是第一次，我也从未见过这个女孩，第一次，可我似乎在波涛上航行了一辈子。我的头有点疼了。那个女孩子合上书，那是本深奥的文艺理论著作。

"船开始晃了。"我说。

"我看看。"女孩灵巧地从弹椅上跳起来，过来扒住舷窗往海面上看。大海横流，犹如一个巨大的、三百六十度转动的年历盘。墨蓝的天空上，暗象牙色的云追逐着月亮，奔涌着，堆积着，变幻莫测，千奇百怪，令人惊心动魄。

"那块云像马克思，那块像海盗，像吗？你说像吗？"

舱里的灯突然灭了，全船的灯都灭了。

"你是学文科的学生？"我问。

"你怎么知道？"黑暗中传来快活好奇的声音。

"很简单，丑姑娘才去学理工。"

"诬蔑！"一个女孩子的咪咪笑声，"我是学英语的。你也是学生？"

灯亮了，全船又是一片通明，我面前站着个陌生女孩。

"你看我像学生吗？我是劳改释放犯……"

"我才不管你是什么呢，你是什么我都无所谓。"

尽管夜航有不准关灯的规定，我们为了睡得好一些，还是把灯关了。门上的方窗透进走廊的灯光，舱里什物依稀可辨。躺在铺上能感觉到船下面浪的走向，但很轻微，不致引起晕眩。女孩子刚躺下还叽叽呱呱说话，得不到我的响应，也无声息了。

夜里，我被冻醒，感到有点不对头，迷迷糊糊一睁眼，登时吓得魂飞魄散。床前背光站着个女人，长头发被舷窗灌进来的强烈海风吹得拂舞，扰乱了脸部的线条，一双近在咫尺的眼睛闪着晶体的荧光。她慢慢地，动作夸张地抬起手捏了捏我的鼻子。

"醒了吗?"

我醒了，也想起身在何时何地，就是一时还说不出话。

"醒了就起来，再晚看不见日出了。"

"你先去吧。"我的嘴唇动了动，大概什么声音也没发出来。

"真懒，不管你了。"女孩说了一声，开门出去了，又伸头进来，找着电灯开关，"啪"地按亮，倾泻而下的灯光中一张姣好、美丽的脸庞一闪而逝。

我从上铺跳下来，被海风吹了半夜的肢体都僵硬了，我拉开手提袋，找了件套头衫穿上。

我走出舱室，来到上甲板，脸上、身上立刻感受到了强劲的风，这是轮船疾驶带来的风。晦暗的海面上浪并不大，无数小浪头在跳跃着，弧长的天际线很清晰。我在伏满人的舷旁找到了同室那个女孩，在她旁边挤了个地方。天边的云已经红了很长一抹，海水天空的颜色都在晨曦中变化，海水变得葱绿，天空变得蛋青色，不知不觉，一切都亮了，可太阳仍未出来。又过了会儿，嫣红的云透明了，飞絮般一片片飘开，霞光迸射出来，无数道又粗又大的七彩光柱通贯青天，呈现出一个硕大无朋、斑斓无比的扇形。这景象持续了很长时间，接着太阳出来了。海天之际乱云飞渡，太阳是从云间出来的，一出来便是耀眼的一轮，迅速上升。

"好看吗，你说？"屏息凝望半天的女孩惘然问。

"都说好看。"我懒懒地说，"我不知被人拖起看过多少次日出。"

女孩看我："你一点不激动。"

"激动。"

"激动什么啦？你说，每天升起的都是同一个太阳吗？"

"这已经被科学证实了。"

"不对，有365个太阳，每天轮流值日。"

"胡扯。"我一笑。

我们向后甲板走去。女孩轻盈地走在前面，喜洋洋的，美滋滋的，摇晃着头发，流眄顾盼，使每个注意到她的人都不由精神一振。餐厅在后甲板摆了些桌椅，供旅客沐着晨风进早餐。女孩掏钱做奋勇状，我笑着拉住她，叫她去占位子，自己转身去餐厅柜台买早餐。餐厅只供应一种雪菜肉丝面，我端着两碗面条放到女孩面前时，觉得真委屈她。她却很高兴，马上用筷子卷着面条吃起来。甲板后面推进器犁开一条白浪翻卷的宽阔航迹，犹如绿色海洋上一条连接大陆的白色大道。蓝白两色的海鸥排密集的翼形，紧紧跟随着破浪疾进的客轮。青天白日，海水明澈，一切都是那么洁净、纤尘不染。我们坐在这干干净净的画面里，同周围衣着鲜艳、容貌俊秀的青年男女一道谈笑风生，就像画中人。

轮船驶进群岛间的狭长海峡，两边出现连绵不断的海岸线，可以看到岛上黛色的山峰；缭绕山腰的白雾；影影绰绰的房屋；桅杆林立的渔港。这些岛都有雄壮的大陆感。再往前，就出现了翡翠般星罗棋布的小岛，浸浮在茫茫海洋中，在阳光下闪着玉的光泽。轮船鸣笛驶近一个郁郁葱葱中隐现着宝刹古寺、楼台亭阁的小岛。

回舱室收拾行李时，我捡起扔在床上的那本厚壳书，翻看扉页。女孩上来夺：

"不许看。"

我闪开她，念了扉页上的字："'赠给胡亦'，胡亦？"

女孩笑着拿过书，塞进包里。

三

由于水浅码头小，客轮在港湾里下了锚，旅客分批乘汽艇登陆。码头上有砾石铺的停车场，几辆旅行车往各处风景点运客人。迎面一座不高的山，山上长满低矮的松林。山间一条石板路，一些游客在林间穿行。我看了看导游图，这条路通向岛上香火最盛的普渡寺。

"你怎么走？"胡亦喘吁吁地提着包赶上来，"你打算去哪儿住？"

"我打算到镇里找家旅馆，那儿离海近，旅馆也多。"我指出导游图上小镇的位置给她看。

"那我跟你一起走。"胡亦歪头看了看我手里的导游图，说，"我也到镇里去住。"

我们挤上一辆旅行车，胡亦动作敏捷，帮我占了个位子。旅行车沿着环岛新铺的碎石公路飞驰，年代久远的玄武岩牌坊、干涸海塘内倾斜的渔船、绿油油的西瓜地相继进入视野。旅行车爬上一个山坡，我们俯瞰到海边一湾湾金色的沙滩，蓝色海水卷起的一道道长长的白浪，浓绿的海岬上朱顶飞檐的亭子和小巧的寺院。旅行车风驰电掣冲向海边，倏地一拐，驶进山麓下的小镇。

我们在一个山门宏伟、殿堂无数的大寺院前下车，立即被眼前的"佛国"风光吸引。千年古樟覆荫了寺前空地，白石栏围护的大莲英池里荷花粉翠，一座精雕细凿的石拱桥越池街道。道旁横一赭黄色影壁，上书"观自在菩萨"五个大字。古寺朱墙一端接小镇熙攘的旧街，另一端新型旅馆、商场、饭店栉比，游人如云，香客川流。树荫下小贩的瓜果桃李色艳芳香，荷池边摊上的念珠木鱼琳琅悦目。一些兜揽住宿生意的妇女围上来。胡亦和一个妇女交谈几句，兴高采烈地对我说：

"住她家吧，她家便宜，两个人五元钱，一个人二块五。"

"一间屋？"

"当然一间屋了。"那妇女说。

"有没有两间屋？"

"两间屋十块。"

我对胡亦说："她是包屋，五块钱一间。"

胡亦问那妇女："包床行吗？"

那妇女摇手。

"脑瓜真死，真不会做生意。"

"别跟她们扯了，我们找旅馆去住。"

我拉走胡亦去旁边一家寺庙改造的国营旅馆登了记。

这家旅馆条件不错，有化纤地毯、彩色电视机和卫生间，价钱比私人家庭旅馆贵一些，但比起内地同等水平的旅馆便宜得令人咋舌。胡亦住在我隔壁，都是双人房间，她的房间有个老太太，我房间就我一个。我放下手提袋，脱了鞋，光着脚在地毯上走，打开电视，电视里正在给放暑假的孩子放动画片，我调了调天线，让电视开着，去卫生间洗澡。打了香皂，喷头没了水，我一筹莫展地站着等水。胡亦进屋叫我的名字，我在卫生间瓮声瓮气地答应。她问我的龙头有没有水，我说没有，叫她去问问服务员。她跑出去，回来后站在屋里对我喊，服务员说每天早中晚供水半小时，下次来水要到晚上。我用毛巾擦去脸上的香皂，穿上短裤走出来，十分气愤。胡亦瞅着我的狼狈样笑。我见她头发脸颊湿漉漉的，问她怎么洗的，她说同房间的老太太接了一浴盆水，她都给用了。

我们下去问服务员海边有多远，服务员说不远，穿过小街就是。我和胡亦穿着拖鞋出了门，穿过寺前，丁字形旧街，上了个小山坡。坡上有一颗败的多宝塔，顺塔前小路下去，便到了两个海湾的交汇处。

我们进了有防鲨网的收费浴场。时近中午，阳光炫目，沙滩反射着红色的光晕，人不多。海潮退了很远，防鲨网距岸仅十数米，挥臂即到。我们先后游到网边，悠闲地贴着网绳横游。海水阳光披浴在皮肤上，晶莹滑润。远处慈悲岛横亘海面，犹如一尊仰面东海的巨大观音，头身足栩栩如生。横穿海湾后蓦地发现防鲨网是卷在网绳上的，安全感顿失，游回岸边，心有余悸，问及当地人，方知夏季这一带海面没有鲨鱼。我们在沙滩上一个遮阳伞阴影中躺下。我有点疲倦，海水的涌动又是那么缓慢、有节奏，一会儿便睡着了。醒来伞荫旁揶，胡亦用湿热的砂子将我全身埋了，跪坐在旁边看着我咯咯笑，继续一捧捧往我身上堆砂子。我微笑着任她摆布，只露一颗头在偌大空旷的沙滩，平视碧波万顷的海洋和湛蓝如洗的天穹，心平如镜。

"好玩吗？"她笑着俯脸问我。

我笑着点头。

"埋埋我，你把我也埋起来。"她叫。

我坐起来，推掉身上的砂子。胡亦仰面躺下，双腿伸得笔直。我把她埋起来，只剩下一颗美丽的头颅。随着砂子的堆积，她脸上的顽皮和笑容消逝了，长长的睫毛盖住阖上的眼睛，脸色变得安详、平和、苍白、熟悉，像梦里时常浮现的那张脸。那是个可怕的瞬间，就像童话里外婆幻变成狼一样。我抚了一下她的脸，想抚去幻形。她睁开眼，温柔地冲我一笑，缓缓倒流去的时空又倏地切回现实：这是东海中的一个岛，我和一个刚认识一天的女孩一坐一躺在蓝天白云下的沙滩上。

"你怎么啦？"她坐起来，困惑地问我。

"没怎么。"我恢复了平静，"我看你闭上眼，不知你在想什么。"

"我觉得，"胡亦乐滋滋地又闭上眼，"好像在这儿待了几万年似的。"

我没搭腔，却受到深深的触动。天空、云朵、海洋、礁石，触目皆是亿万年沧桑的见证。多少罪恶被冲刷了，大自然依旧纯净、透明、恒久、执拗地培植、唤起人们的美好情感。

"你怎么那么忧郁，心事重重。"胡亦望着我问，旋又笑，"我真的有点信你是个劳改犯了。"

"……"

"我就是便衣警察，来侦察你的。"她接着笑说，"这儿到处是我们的人。"

"你觉得很逗是吗？"

"我……"她不笑了，脸飞红了，低下头，"对不起，我跟你开玩笑呢。"

我没掩饰被刺痛的神情，但也没再说什么。

黄昏，我们从海滨浴场出来，在小镇的丁字街上吃晚饭。胡亦不大笑了，细声细气地说话，不时看我的脸色，我有点过意不去，就主动开几句玩笑，她也马上活跃了。小镇倚山造房，街是倾斜的，铺着青石板。两旁一间挨一间木板盖的小吃店和餐馆，临街一面完全洞开，走在街上可以看到一格一格神态迥异的顾客围着桌子吃饭，店里的年轻女孩子坐着板凳卖海鲜，螃蟹、虾、淡菜、鱼种类齐全。再就是卖观音像、香袋、瓷雕的小铺子，这种小铺子又多兼卖速冻水和烟糖，也是年轻姑娘在招揽生意。卖水果小贩的担筐集中在街口石牌楼下。穿僧鞋拿雨伞的小尼姑和健壮的赤膊渔民夹杂在衣着时髦的游客中穿街而过。游客多是清秀苗条的南方人，偶尔可见金发碧眼的高大欧洲人。整条街就像电影摄影棚中搭的布景。

我们在一家私人餐馆坐下来吃饭。这家餐馆二楼放着香港武打录像片，五角钱一位，不时有年轻人踩着木制楼梯"咚咚"上去，剧情中的搏斗呐喊声亦不时传下来。我们一边吃着新鲜的鱼虾，一边看着街上来来往往的人。天黑了，街上没路灯，但间间敞开的铺面里的灯光明晃晃地照亮了小街，人群鲜艳的服饰霓虹般地变换、流行着。店内外的游客都友好、无拘束地互相交谈、开玩笑。我们也和同桌的一群度假的青年人聊了半天。出来走在街上，一群和胡亦相仿的男女学生又和我们搭讪取笑。卖水果的小贩热情地叫住我们兜售，我们买了一个沙瓤大西瓜，几斤殷紫的李子。回到住处，切了西瓜，边看电视边吃。房间后窗吹进不易察觉的轻风，黑压压的山脉上，一轮明月悬空，回廊庭院中树影婆娑。我有点心神不宁，刚才碰到的所有人都说我们是一对新婚旅行的伴侣。

四

这儿的服务员不大讲究，一大早门也不敲就进来重手重脚地打扫房间。我被吵醒后便躺在蚊帐里看导游图。服务员走后我起来穿衣服。卫生间还是没水，我把所有龙头拧开，出门去寺前闲逛。旅行车又拉来一批批新到的游客，寺前空地十分热闹。我在一家早早开门的旅游商场买了两盒香烟，又回到饭店。刚进房间便听到水龙头哗哗响，忙进卫生间关住溢出水来的浴盆龙头，刷了牙洗了脸，照镜子时我发现，才游一次泳，就晒黑了。第二天胡亦穿着睡衣睡裤睡眼惺忪地跟进来，爬上我的床四肢摊开躺下，抱怨老太太打呼噜，早上外面又吵，没睡好。

"还睡呀？"

"嗯。"她睁眼冲我笑一下，哼一声，又闭上了眼睛。

我无所事事地坐在写字台前翻看昨天的本地报纸，吸烟。过了会儿，听到身后床的弹簧响。回头看，她睁着眼看着我："要喝水。"

我倒了一茶杯水端过去。她在我手里咕嘟咕嘟喝了阵，惬意地叹口气，又倒下去抱着毛巾被闭上眼。

"你笑什么？"她问。

"你睡觉跟小孩似的。"

"哼。"她用鼻子哼了声，脸藏进毛巾被里。

我继续看了会儿报纸，她在床上开始翻来覆去地折腾，毛巾被都牵拉在地毯上。

"睡不着就起来吧。"

她生气地坐起来，赤脚下了地，也不梳头不洗脸，问我昨天买的李子呢，"要吃。"

我告诉她在脸盆里。她去卫生间端出脸盆，蹲在地上挑挑拣拣地吃。

"劳驾，把脸洗了去。"

她不理我，啃着李子，眼珠骨碌碌转着冲我翻白眼。我把脸盆踢进床底下：

"不洗脸不让吃了。"

她沉着脸瞪我，嘴里还在咀嚼着。我好言说："怎么能不刷牙洗脸就吃东西呢？这不卫生，又没人跟你抢，这些李子都是你的。"

她转身往卫生间走，拉着长音不满地说："那么多事，跟妈似的。妈！"她回头对我做了个怪脸，进了卫生间。

等我想起来，跑进卫生间，她已经刷得满嘴牙膏沫了。

"你怎么用我的牙刷？"

"用用怎么啦？"她含着牙刷说，"又用不坏。"

"我有肝炎。"

"那怕什么。"她转脸继续对着镜子刷牙，"我不怕。"

"传染上可是你的事，我不负责。"

"没要你负责。"

胡亦洗漱完，梳好头，新鲜干净地出来，忘了李子，跳上写字台坐着，手扶着桌沿，晃荡着长腿问我今天干什么。

"先去逛庙，下午再游泳。"

外面阳光强烈，我不怕晒，就光着头走。胡亦有个凉帽，忘了戴，不时把手捂在额头上。她额头很宽耸，据说这种人聪明。

"怕晒黑了不漂亮？"我边走边问。

"才不是呢。"胡亦嗔我一眼，"晒得烫。"

她掀起短短的刘海让我摸，我一摸，乐了，果然烫手。

我们先在小街上一个小姑娘的店里吃了肉汤饺子（这岛上的饮食风味是南北大串法），然后沿着石板山路去一个最有名的尼姑庵。这庵原是东汉末年一个弃官修行的道士的炼丹洞，后来造了庵，以道士的名号做了庵名，还把这道士供在了观音旁边。这种兼容并蓄的大度精神还表现在庵里僧尼共存。当然，凡夫俗子尼姑是不理的。遇有轻浮男子试图搭讪，那些十八九岁的小尼姑便连忙摇手低头，口中喃喃念动真经。庵中有大量年轻尼姑，个个相当虔诚，在香烟缭绕的圆通宝殿里，我们见到一个瘦骨嶙峋的小尼姑在慈祥的观音塑像前立起跪下，一丝不苟，连续几个小时地磕着头，青黄的脸上洋溢着执迷的神态。令人眼前身后事如奔马激流尽涌上来，恍闻天外雷声隐隐传来。几个时髦青年趴在蒲团上叩头如捣蒜，诚惶诚恐。

"你不磕吗？"我问胡亦。

"不。"她放肆地说，"磕它干吗？迷信！"

"陪我磕磕。"

"不。"她一口拒绝。

我转身出去买了把香，燃着在菩萨前拜了拜，青烟袅袅地插在香炉上。胡亦一声不响地看着我，我犹豫了一下，还是跪下去，深深地俯首。站起来对胡亦说："走吧。"

"你信佛？"走出殿门，胡亦问我。

"不，我只是不想在神明前无礼。"

走出山门高高的门槛，我们又置身在幽幽曲曲的山路。一旁是石砌的护山墙，荫如伞盖的大树。一边是苍郁的松林，陡斜下去的山坡，林隙可见远接青天的碧海。

"你害过谁呀?"我蓦地停住脚,胡亦笑着问,"这么小心翼翼。"

"你就那么……问心无愧?"

"当然啦。"她一昂首,"我从来没对不起过谁,都是人家对不起我。"

"寡妇抱着夜壶哭——"我对警惕地望着我的胡亦说,"我不如你。"

"这是个笑话吗?"她乜着眼犹疑地问。

"不是。"我对她说,"你没发现我从不开玩笑。"

"我早就发现你是个乏味的人了。"她大声说,"我最讨厌乏味的人!中国人怎么都那神德行,假深沉,假博大,真他妈没劲!"

"小姑娘说话别带脏字。"我提醒她。

"我他妈乐意带。"胡亦气急败坏地说,"你管得着吗!谁都想管我,这不行那不行的,就跟谁能千年万世地活下去似的。"

"怎么谁都想管你了?"我笑着问。

"可不是吗?"她数着手指头告诉我,"爸爸妈妈哥哥,老师团干部里弄积极分子,谁都管我。这些人有没有自己的事?怎么就像专为谁替别人才活着似的。我才不管那一套呢,不让我一人出来,偏一人出来!哼,想怎么着就怎么着!"

"那么随便?"

她乐了,点点头,像一只神气活现的鸟。

山路尽头出现了光秃秃的顶峰。顶峰崖边突兀地屹立着一块巨石,摇摇欲坠,千年不坏,人站在下面势危如泰山压卵。这是岛上一个奇迹。在善男信女们眼里,这巨石是上苍神力使然。攀上巨石,风声呼啸,脚下山峰尽小,人如立于青天之下,万物之上。极目千里,海天浑然,云在静静疾走,浪在无声奔流,似能感到地球、天体的运动；似能眺到早已消逝在地平线外面的过去年代的人、物。绰绰约约，虚缈飘忽，历历在目。

"你看到了吗?"我问站在旁边拼命用手护住头的胡亦。

"什么?"她不解地顺着我的手指方向看去，"你看到什么了?"

"使劲看。"

"我什么也看不见!"

我定睛再看，蔚蓝的天空上，白云像被孙大圣定住的飞驰仙女，一动不动。海则如冷却了的玻璃液，凝固成厚重的一块，渐次透明，反射出温莹的光泽。列岛、船只，错落有致，浑如一个巨型盆景。

"没了。"我说。

"什么没了? 你看见什么了?"胡亦着急地抓住我的手，"海市蜃楼?"

"说不清。"

"你别故弄玄虚了。"她央求我，"告诉我看见什么了。"

"下去吧。"我说。

"我不。"她说，"你不让我看到，我就不下去。"

"我什么也没看到，开个玩笑。你不是说我乏味吗?"

"可是一点也不幽默。"她像个哭了鼻子也没多吃成冰棍的孩子那样失望，满怀怨恨，"这不是开玩笑，这是骗人。"

下山的路上，她不理我了。就连我说出"你说得对，谁也不能千年万世活下去"这样明显讨好的话，也没能使她瞧我一眼。中午我们回旅馆吃的午饭。饭后我们各自回屋休息。我睡了一觉醒来，庭院、各个房间静悄悄的。我早晨把药瓶的盖子拧得太紧，这时怎么也打不开了，我垫上手帕拼命拧。忽听胡亦迭声喊我。

她脸红扑扑地从外面跑进来，坐在我的沙发上喘气，面带紧张地往窗外看。

"怎么啦？"我问。

"我刚才自己出去了，去海边。"

我把药片含在嘴里，往杯里倒水。

"碰到流氓了！"她大声说。

我看看她，仍紧闭着嘴，直到用水把药片送下去，才张口说："是吗？"

"是嘛！你怎么一点没有正义感。"她十分委屈，"就是不认识的人也不该这么无动于衷。"

我又喝了几口水，问她："什么流氓？"

"小流氓，两个。他们跟了我一路。"她大惊小怪地说，"吓坏我了。"

"怎么你了吗？"

"怎么也没怎么，说了很多难听话。"

"说的什么？"

"说我嘴大。"她脸红了，"说我下雨不用打伞。"

我笑了。

"你还笑。"她也难为情地笑了，"真差劲。"

"他们那么说也没什么恶意，大概是喜欢你。"

"我知道！"

"知道你还生气。"

"我知道你把我当小孩！"

"没有。"

"就有！你上午对我的态度就像对小孩，跟我打哈哈，一点不尊重我。"

"没人不尊重你。"我安慰她,"你当然是大人。"

"那两个人就不尊重我。我嘴大额头大我自己知道,他们干吗在大街上说我。你帮我打他们。"

"什么?"我说,"你叫我干这个。"

"嗯,考验你。"

"好吧。"我想了想说,"去看看。"

胡亦高兴得一跃而起,我叫她等等,去卫生间换了游泳裤。她问我是不是往腰里掖了刀,我说是。

在小镇的街上,胡亦指给我看那两个正在买西瓜的"流氓"。是两个文绉绉的青年,有一个还戴着眼镜。他们看见我和胡亦过来,就冲这边笑。我也冲他们笑笑,往前走去。

"你怎么不打他们?"

"我打不过。"我跟胡亦说,"我刚才是换游泳裤,不是掖什么刀。"

她气坏了,转身要跑开。我一把抓住她的手腕子,对她说:"你以为用刀扎人像开玩笑那样随便吗?不能对别人也想怎么着就怎么着。"

她挣开我跑了。

我独自走到海边,脱了衣服游进去。海水在我四周闪着焊花般的耀眼光芒,柔软的水波从我头上后背滚滚而下,我有力地划着水,向蓝得没有一点瑕疵的、绸缎般的大海挺进。游了一阵,我四肢伸开躺在海面上,眯眼享受着阳光的照耀,随波漂浮。一个小小的人头出现在岸方向的蓝色波涛中,越来越近,我认出是胡亦。她游到我身边,鬓上挂满亮闪闪的水珠,向我击出一掌飞溅的水花。我竖起来，踩着水，她也踩着水，腼腆地笑着说：

"我又来了，你生我气了吗？"

"没有。你生气了？"

"我也没有。"她大声说。

"往前游吧。"我对她说。她点点头，我们一起向大海纵深游去。

"喂，我觉得你特像个算命先生。"

"什么？"我游慢了点，等她上来，"我不会算命，和尚会。"

"我说你像个算命先生，那么诡秘，话里乱藏玄机。"

"你像什么？"我不太喜欢她对我的这种看法，换成仰泳，瞧着她。

"我像人呗。"一股小浪激到她脸上，她闭了下眼和嘴，又纷纷张开。

"人什么样？"

"瞬息万变，唯恐天下不乱。"

"譬如……"

"譬如，"她笑嘻嘻地抢着话头说，"刚才我真恨你，转念一想，又不恨了。"

我停下来，有点喘吁吁。她游上来靠住我，我托着她胳膊踩着水。她快活地喘息着扒住我的肩膀说：

"没准以后我还会喜欢你，你也会喜欢我，天知道。不像你算命先生，老那么沉着，有条不紊。"

我松了手，她沉下去，一会儿浮出来，咳嗽着抹去脸上的水，"你想害我呀。"

"我们游得太远了。"我环顾四周海面，已经出了海湾，那尊仰躺的巨大观音脸上的白塔绿荫已十分清晰。

"没鲨鱼，渔民说了。"

"有暗流，去年已经淹死了一个人。"

我们涉水上岸，长长的浪潮翻卷着，滚动着。水花犹如无数拥挤跳跃攒动的白鼠群，冲上来，化作一摊摊水沫，渗入砂下。沙滩变得湿润褐黄。

傍晚，我们正在街边挑选玩赏一件两个接吻小孩的有趣瓷像。古寺晚祷的钟声响了，一下接一下，沉闷悠远，小镇上空梵音萦回飘荡。我们循着钟声一路走进寺院，已经昏暗了的大雄宝殿中，一个身披红黄两色袈裟的长老领着上百个黑衣和尚在佛像前做着诵经晚课。长老在一名小僧的搀扶下，连连拜倒。分立两旁的汗流浃背的和尚一手摇扇，一手掌拜，在领诵僧的带领下，整齐嘹亮地哼哦。佛脸在摇曳的烛火中闪耀着慈爱的光环，微阖的慧眼俯视着顶礼膜拜的人们，又似视而不见。

大雄宝殿后面小殿里别是一番景象。五彩灯泡明灭着，三个峨冠博带、法衣斑斓的和尚坐在佛前陛台上，吹着电风扇，嗯啊嘛吧地边唱边舞动法器。一班小和尚敲击着镲钹木鱼伴奏，声调抑扬顿挫，重复循回，就像唱着一首古老的叙事诗。

我和胡亦各求了一支竹签，上面各是一句旧诗。我那上面写的是："春雨断桥人不渡"。她那上面写的是："无端隔水抛莲子"。

五

"喂，你看见我的袜子了吗？"

我靠在床头，双手抱头看闭路电视。胡亦手上沾着肥皂沫问我："我的一只袜子脱下来怎么不见了？"

"……"

她东瞅瞅，西翻翻："你没拿？"

我仍旧看电视。

"问你哪。"她走到床边，用湿手捅我一下，也掉脸看了电视里令人眼花缭乱的武打，"你倒是说话呀，哑巴啦。"

我把目光收回，忍着气说："我凭什么得知道你的袜子在哪儿？"

"不知道你就说不知道呗。我不过就是问你拿没拿，怎么啦？"

"没拿，也不可能拿。"我愤愤地继续看电视。

"瞧你那副样子，谁欠你二百吊似的。"胡亦厉害地瞪我，转身出去，"这人怎么这样，没劲透了。"

剧里最潇洒的一条好汉被铁砂掌打吐了血，眼瞅着就要被凶神恶煞的坏蛋结果了性命。一位漂亮的小姐自天而降，雄壮地怒吼着，指东打西，挽狂澜于既倒。

我听见胡亦在窗外和人喊喊喳喳说话，话里夹笑。从纱窗看出去，见她一边晾衣服一边和下午遇到的那两个"流氓"说笑。一会儿，胡亦跑进来，拉我去打扑克，说那两个人邀请我们去他们房间玩，他们也住在这家旅馆。

"带刀吗？"我问。

胡亦笑着说："人家不是流氓。"

"这会儿又不是了。"

"走吧走吧。"

她牵着我，走到隔壁那两个满面笑容的人的房间，对他们说："这是我爱人。"

我猝不及防，先热情地和那两个人一一握手，坐下来才瞪胡亦。她嘻嘻哈哈地和那两个人开着玩笑。

　　"你们是旅行结婚？"戴眼镜的那个问我。

　　我哼哼哈哈，不置可否。

　　"我爱人不太爱说话。"

　　"性格内向？"另一个小子笑着瞅我。

　　"比较深沉。"胡亦简直是乐不可支，"他是学考古的。"

　　"是吗！"那两个家伙一阵惊叹，"属于四化人才呀。"

　　"哥儿们，"我说，"咱们不是玩牌吗？怎么改了，拿我开起心了。"

　　"没那意思没那意思。"戴眼镜的那个拿出扑克牌，洗了牌。我们四个开始摸牌，玩一种赌点小输赢的牌戏。那两位都是老牌痞了，玩得很油，也很体贴我们，赢了几局后又送了我们几局。不就是玩嘛，我也没太认真，乱叫高分。玩来玩去，胡亦成了唯一赢家，赢了几块钱硬币，愈发兴致勃勃。我已经有点心不在焉了，一边出牌一边睃眼看电视。

　　"你真是考古的？"年轻的那个牌友问我。

　　"听她胡说，不是。"

　　"那是干什么的？"

　　"街道干部，你呢？"我问他。

　　"他们是作家。"胡亦插话，俨然已相知颇深的样子。

　　"噢。"我想起旅馆某个房间门上似乎贴过一张某出版社笔会报到处的告示，原来他们就是那伙写东西的骗子。他们自报了家门，我听着耳生。胡亦又告诉我他们的作品是什么。我瞅着胡亦热心声张（真不知她怎么和这二位一下子这么熟）以及两个作家谦逊的样子十分可气，明明看过那些作品也装糊涂，"我很少看中国小说。"

他们又说了一大堆来参加这个笔会的如雷贯耳的名字。胡亦兴奋得满脸放光，又恭顺又敬仰。

"我不知道你还是文学爱好者。"

"我当然是，"胡亦白我一眼，"我兴趣广着呢！"

这牌已经没法玩了，因为胡亦开始就文学提出一连串诚恳而愚蠢的问题，那两个家伙在煞有介事地热忱回答。一个热情的文学青年撞上一个或者两个热情的作家真是件令人恐怖的事。他们的话题渐渐大起来，已经侃出了国界。我明显感觉碍他们的事，又不便拍屁股走，似乎不恭，只好假装被幼稚的武打片所吸引乃至全神贯注。正在我痛苦不堪的时候，电视救了我。本来打得激烈的场面突然变成了一个正在脱衣服的女人，也许放录像的人也没料到，愣了几秒钟，接着中断了，屏幕上一片雨点。各房间冲出很多兴奋的男人，往别的房间闯，都以为自己房间的电视机坏了。我趁乱溜走。我的房间里有个陌生男人在搞我的电视机，我客客气气请他出去，关上门上了床。

夜里，胡亦从作家们的房间出来，路过我的窗口看见我还没睡，就进来了。进来便问我："看到了吗？"

"什么？看到什么？"我不解地问。

"裸体女人呀，你那么飞跑，看不上可太亏了。"

"是非常遗憾。"

"真丢脸，我没想到你竟是这么个低级趣味的人，把我的脸丢尽了。还是在作家面前，人家会把你写进书里。"她很傲慢，到底是和作家消磨了一晚上。

"我不大懂。"我说,"怎么会连你的脸也一块丢了?"

"我跟他们说你是我爱人呀。他们都问我干吗找这么个又老又俗气的人。"

"这是对我的侮辱。"

"可你的确看上去又老又庸俗。"

"我说你侮辱了我。我怎么会成你爱人,你大概不知道我是谁。"

胡亦诧异地看着我,走过来:"你是谁?是毛主席丢的那个孩子?"

"你别闹,别闹。"我求她。

她一把抱住我,咯咯笑着:"让我也一亲天颜。"嘬着嘴唇作势欲吻。

我开始还觉得可笑,扒她死扣着我脖子的双手,接着就像蜂蜇了一般打了个哆嗦,过去熟悉的感觉、冲动蓦地喷射到全身。我猛地推开了胡亦,她向后趔趄,一个屁股蹾坐在地毯上。

"别闹。"我无力地说,感到全身的血液在沸腾,"我经不起逗。"

"你把我弄疼了。"

"我拉你起来。"我把她拉起来,喘着气说,"回去睡觉吧。"

"你怎么啦?"她纳闷地问我。

"你快走吧。"我厌恶地说。

那一夜我几乎没睡,咬着牙躺在床上忍受着勃发的情欲烈火般的煎熬。天亮后我去洗凉水澡,发觉眼睛都红了。

胡亦还没起,我也不想见她,独自去海边沙滩散步。海风吹来,凉意侵入,裸露的肌肤起了鸡皮疙瘩,我双手抱肘慢慢走着,鞋里灌满砂子。我在沙滩上坐下,涨满一湾的潮水一批批退下去,留下波纹状的一道道水印。我坐了很久，心平气和地想着那个撩人的女孩子，直到阳光笼罩了我，才起身往回走。

我在海边公路旁喝了小贩的速冻水，喝下去就后悔了，那香精和漂白粉味真叫人恶心，吐又吐不出来。尽管这样，我的心情仍然挺好。

我走进旅馆时，胡亦正在院里和那两个作家说话，看到我一齐哈哈大笑起来。我进了房间，胡亦也神态诡秘地跟进来：

"你去哪儿了？"

"遛遛。"

"怎么不叫上我？"

"忘了。"

"你看上去挺高兴，什么事这么乐？"

"没事，便秘了好几天，刚通。"

"我昨晚，"她在我旁边坐下说，"惹你生气了吧？"

"还好。"

"我真怕你嫌我轻浮。嗯，我有件事想问你。"

"别兜圈子了。"我温情地瞅着这个忐忑的女孩，"你想问的那件事我知道了。"

"我没说呢，你怎么会知道？"她脸红了。

"这种事不用说。"我微笑地说，"感觉就能感觉到。是的，我也喜欢你。"

她抿嘴笑。

"别笑，我觉得这件事我们双方还都要慎重。我有必要让你了解我是什么人，然后你再决定，即使你动摇了，我也不怨你。"

她笑："你说吧。"

"我是个劳改释放犯，谈不上释放，保外就医。"

"我不在乎。"她忍着笑说。

"我得的病还是传染病。"

"没关系。"

"我在你前面和很多女人有过关系。如果你想听……"

"想听。"她笑嘻嘻地说，"洗耳恭听。"

"别笑了。"我说，"你怎么像是开玩笑。那年，我认识一个像你一样可爱的女孩，她非常非常常爱我……"

胡亦大笑起来，笑得十分厉害，眼泪都出来了。我钳口呆住了，不知所措。

"你笑什么？"

"我发觉你这人平时不露，一露出来比谁都逗。我就不喜欢那种嬉皮笑脸穷贫的相声演员，好演员就得观众笑自己不笑。"

"我不是跟你说相声！"

"你别逗我了，我肚子都要笑疼了。"她笑得弯下腰，欣赏地瞅着我，"你真油，一眼就看穿了我的花招。我的玩笑还没开起来，你就先接了过去，他们俩还说你会上钩呢。"

"谁们俩？"

"那两个作家呀。我告诉他们咱们不是夫妻。他们非说你在偷偷爱我。我说他们编小说，他们叫我试探你，问你，和你开个小玩笑，还跟我打了一个西瓜的赌。这下他们输了，你的幽默感比他们强。"

我想我的脸色已经变了，忙点起一支烟遮掩。

"咱们去找他们吧。叫他们买瓜。"

"你去吧。"我强笑，任凭胡亦怎么拉也不动地方。我知道见到那两个卑鄙的家伙，我肯定会控制不住自己的。

胡亦跑掉了，我听见隔壁旋即响起的笑声，忙迅速离开了旅馆。

我沿着海边公路漫无目的地走。由于每年台风的劲吹，岛面对外海的这一面几乎没有高大树木，阳光直射在路面。我在灼人的阳光下行走，很快全身出了汗，感到愤怒在一点点增长。两辆满载游客的旅行车从我身旁驰过，卷起灰尘，我变得肮脏、粗陋、怒不可遏。岛的地貌在顶端起了变化，佛陀山支脉绵延入海，公路劈山削崖而过，连续出现峥嵘的山口。长着低矮乔木和草丛的陡峭山壁上刻满佛像和谶语以及毛主席诗词。在一个山坳我看见了一个香客游人云集的大寺院。我拐入一条小路，走到岛顶端的一个楼阁。楼阁凌空建造在峡谷间，海水在下面的礁石上激流飞溅，涛声如雷。楼阁后面悬崖上有一条大裂缝，狭长多褶，晦暗神秘，潮水涌进涌出，据说这是观音现身处。阁内立一十八手观音，金碧辉煌，垂目凝神。我怎么才能像你那样雷打不动？我问。

回来的路上，我走进芦苇荡中的小径，高大茁壮的芦苇密密麻麻，一望无际，犹如森林。海风掠过，苇浪翻滚，簌簌作响。

走出芦苇荡，天已经黑了，黝黑的山林中寺院和人家的灯火点点。柠檬色的月亮低低悬在海面，波平浪缓的海面泛着一层银辉，在夜色中遥远、幽静、漫无边际，像是一片结了冰的湖水。我神情黯然地伴着月亮走，饥寒交迫，感到非常悲凉。

小镇的街上灯火通明，人声鼎沸。各个餐馆里笑语喧喧，杯觥交错。我在一个餐馆坐下来要饭菜吃。旁边一群作家在喝酒，今年这岛上的作家比和尚都多，街上疯狂扭迪斯科，房间里昏天黑地搓麻将的都是作家。我问一个也住在我们旅馆里我原来以为是商人的作家，他那两个年轻伙伴怎么不见。那人喝得醉醺醺，半天才闹清我说的是谁，说他压根不认识那两个"瘪三"。"他们要是作家，我就是罐装青岛啤酒。"

六

我希望胡亦能注意到我的异样，希望她像平时那样，脚跟脚进来询问我，毕竟我一天没见影了。可她已经失去了对我的好奇和兴趣，看到我从窗前经过也不招呼，继续和那两个骗子谈笑。我躺在床上，听着隔壁传来的尖声尖气的笑声，尽管决不愿承认，也明白自己是吃醋了，嫉妒了。也就是说，我认真了。

他们说话声音突然大了，胡亦站在打开的门口说："等会儿我，我马上就来。"接着飞跑过我的窗前。我来不及多考虑，一跃而起，喊她的名字。

"什么事？"她闻声走回来，推开我的门。

"进来。"我说，"跟你说件事。"

"急吗？不急明天说吧，我还有事。"

"这么晚了还有什么事？"

"嗯，他们，那两个作家约我去夜泳，月光浴。你去不去？"她毫无热情地邀请我，"要去一起去。"

"我不去。"我说，"你也别去了。"

"为什么？"

"我觉得这么晚了不安全。"

"我有伴儿。我不是告诉你了，那两个作家陪我一起去。"

"什么作家，哪儿有作家？"

胡亦不耐烦的脸上又添了一丝不满："别装傻了，你又不是不知道。"

"你指那两个和我们打扑克的小伙子。"我微笑地说，"他们可能是有学问的人，也许是宇航员，但你别把作家跟他们拉在一起，他们连作家的儿子都不是。"

我本来以为胡亦会吃惊，会惶惑，会刨根问底，然而都没有。她只是看了我一会儿，问："那又怎么样？"

"怎么样？他们是骗子！"

"那又怎么样？既然谁都可以冒充思想家，冒充一下作家有什么不可以？"

"你不在乎？"

"不。"她笑，"我觉得这个玩笑挺有意思。你不是也一直说你是劳改犯，不过你这种冒充可太俗了。"

"胡亦胡亦。"那两个年轻人在外面叫，"在哪儿呢？走不走啊。"

"来了。"胡亦闻声往外走，"来了来了。"

"等等。"我粗暴地抓住她胳膊。

那两个年轻人推开我的房门，出现在门口。我松开胡亦，像马一样毫无表情地说：

"二位作家，等会儿行吗？先到院里等会儿去。"

"怎么啦？"其中一个问胡亦。

胡亦脸色苍白，勉强笑笑说："没事，你们出去等会儿吧。"

两个人退出去，在院里嘀嘀咕咕说话，胡亦瞟我一眼："还有什么，快说吧。"

"没啦。"我沮丧地说，"就是希望你慎重点。"

"怎么没啦？应该还有呀。"她尖刻地说，"干吗不把你这么醋劲大发的原因讲出来，酝酿了一天的勇气又烟消云散了？"

"对。"我说，"是那么回事，我喜欢上你了。噢，不用羞羞答答了，爱上你了，不是相声。"

"我信了，还不成?!"胡亦鄙夷地瞧着我，"爱上我了，哼，我也必须爱你吗？"

"当然不。"

"好，那我告诉你，你多情了。我不爱你，压根也没想过要爱你。"

"……"

"要是我过去不检点，哪句话哪件事让你误会了，算我不好，向你道歉。这几天你照顾了我。我谢谢你，以后咱们各玩各的吧。"

她转身要走，我挡住了她，低三下四地说："你别生气。"

"我没生气。"她厌烦地吁了口气，"你还要我怎样？你帮了我忙，我谢了你，还不够？我还要和那两个——你说的——骗子游泳去呢。瞧，就是我真乐意和你结婚，你也受不了呀。"

"不，我不是道学先生。我可以做得比那两个小子都豁达。要是你仅仅因为这一点。"

"你都听什么了！"胡亦恼羞成怒，爆发了，"我不会跟你结婚。我不是不跟你结婚，我跟谁都不结婚，我根本还没考虑过结婚呢。"

"……"

"其实，你也是鬼迷心窍，你跟我结婚有什么好。"她口气和缓些，"要说结婚，你还是找个像过去那个'非常非常'爱你的姑娘，一定会对你好一辈子的。我可就说不准了，即便现在喜欢你……我跟你说这个干什么！躲开，我出去。"她气了，像呵斥一条狗。

"你不能这样对待我。"我说。血涌上脸，青筋毕露，太阳穴一跳一跳的。

"我怎么对待你了?"她也气愤地尖叫，"你这人怎么这样无礼，我们不过是萍水相逢，一块玩了几天，我又没花过你一分钱，从始至终就是旅伴关系。别说没有什么，就是真有过什么，我想走你也管不着! 难道你碰到对你热情一点的女孩子，就都以为她们一门心思要嫁你?"

胡亦推开我走了，我屈辱地低下头。那天晚上，他们一夜没回来。电视播音员预告，今年第五号台风今天夜里到达这一带海面。

第二天早晨，天气阴晦，斜风阵阵，海水变得黑黄浑浊。浪潮一道跟着一道，紧紧衔接，刚掀起锋面，就在顶尖翻花卷浪，咆哮着滚滚而来，迅猛有力地冲刷上岸。一波未平，一波又起，重重叠叠，白浪滔天，形成宽阔、蔚为壮观的浪阵。岸边的游泳者，下海游出几米，即被连续跃起的海浪灭顶，无影无踪，接着随着冲上来的厚厚潮水的退回，狼狈地出现在沙滩上。纵观全海滩密密麻麻的游泳者，竟无一人能冲过浪阵。我走下沙滩，水刚齐腰，即受到浪头猛烈撞击，水浪把我打得颓然倾倒。我匍匐在水中，见一个浪头刚刚掀起便一头钻了进去，水流呼呼从我身体两侧泻过，我顶住了强大的冲力，在浪头背后露出。长长拱起的波浪向岸上飞快扫去，留下一条狭窄深凹的浪谷。我刚游出谷底，第二线浪峰推了过来，我竭力往上起，未至涌尖已陷入沸腾、爆碎的白浪中。接着，像是有人猛推我胸部一下，我仰面朝天倒栽在水中，水流从我胸腹部沉重地驰过，裹着不断翻着跟头的我飞跑。水退滑下去，我躺在泛着水沫的沙滩上，七窍进水。我再次冲进海里，再次被无情的海浪掷回岸上。第三次我学聪明了点，斜刺顺着涌势游，不等浪头掀花破裂，刚呈形便越过峰顶，连闯几道浪涛，进入浪阵中心。这时我可以看到海面上远远涌来的一道道波浪，如何愈滚愈大，像一个慢慢爬起身的巨人，忽然站起来，顶天立地遮云蔽日。缓缓弯下腰，伸出无数只手爪攫住我，不顾我的挣扎，将我按住在水里揉成一团，像子弹似的装进枪膛，向岸上射去。我陀螺般急剧旋转着，风驰电掣地飞行着，耳内只闻水吟龙啸，良久，几乎窒息了，一头扎在沙滩上。我精疲力竭地爬起来，周身像被人揍过一样疼痛，张望着扬威肆虐的海，望着站在残水里嬉笑，浪一来便往回跑，享受着随波逐流乐趣的男男女女。

乌云在海平线堆积、飘移、蔓延过来，苍白的天空像是洇了墨水的纸，迅速变暗、变黑，沙滩上像黄昏一样。一滴沉重的雨点打在我肩上，我仰起脸，又有数滴雨点先后落下。游泳的人们开始散开，奔跑。雨点连成线，密集地下成白茫茫一片，海滩很快空旷了。我抱起湿淋淋的衣服，走了两步，看到了胡亦。她独自坐在沙滩上，头发、衣服都湿透了，贴在身上。脸上雨水在流淌，我不知道她是否在哭。

"他们把你怎么啦？"

"……"

"你说话呀，他们把你怎么啦？"

"昨天我对你真不应该，你别生我的气。我这人就是这点不好，对人刻薄，说翻脸就翻脸，非得叫人也这么来一下，才知道不好。"

"他们把你怎么啦?"

"……"

"你说话呀,他们把你怎么啦?"

"别问了。"她呜咽地说,"我不会告诉你的。"

风大了,雨幕抖动着,愈来愈密,愈来愈有力,已成倾盆大雨。我被雨浇得张不开口,睁不开眼。海潮一波波涌近,涛声雷鸣交响。

七

暴雨下了一天,晚上也没停,水龙头流出的水含了大量泥沙,岛上还断断续续停电。我没出屋,看着忽灭忽亮的电视。据新闻报道,台风已在与岛遥对的大陆沿海登陆,强劲地横扫了十几个县,造成了严重破坏。

我没看见胡亦,不知她在不在自己房间。那两个男人领着两个姑娘进了他们房间,开始还能听见隔壁唧唧哝哝的说话声和咻咻笑声,后来就没动静了。窗外的雨一会儿急一会儿慢,无声的闪电不时照亮夜空、庭院。

夜里,我忽然惊醒,隔壁房间有人在激烈地争吵,接着,争吵声戛然而止。须臾,我的房间灯一下亮了,胡亦满脸狂怒地闯进来。

"喂,你想要我吗?"

"干吗?"我从床上跳下来。

"别问,想要就给你!"

她走上来要搂我,我一把将她拨拉开。

"嗬，还有点不好意思。"她嘴里喷出强烈的酒气，"你真是个清白的好人儿，一个痴情单恋的小男孩，命运总是对你这种好人不公正。该得到的得不到，不该得到的全揽。今天，我他妈就要铲除这人间不平。"她大喊。

我走开把门、窗关严，使她的声音传不出去，然后两臂架在胸前看着她。她头晕站不住，倒在了床上，安静了一会儿，睁开眼，见我还站在一旁，便骂开了：

"你他妈怎么不动呀，吃货，还得我喂你？不是嫌我对你不好吗，这回我对你好了，怎么又慊了？噢，不会干，真是白活了。不复杂，这就像吃饭一样，不用学。"

我点起一支烟，仰头吐烟圈，心像一把被戴着铜指套的手揉拨的琵琶，弹着一支老歌。

"你难过了。不是你想象的那个可爱、纯洁的故事，不是你想象的那个可爱、纯洁的人。你像中学生一样浪漫，我告诉你，本来无一物。"

"不要意气用事，你这样报复不了谁，只会毁了自己……"眼泪从我干涸多年的眼眶沉重地流下来，像一个终于破了头的疖肿，流出来的是脓血。我只希望流得彻底、干净，只希望粉生生的肉芽赶快长满填平这个使我痛苦、不能正常生活的凹洞。重新恢复健康肌肤所具有的一切光泽、触感；重新恢复整个肌体的卫生；不受妨碍的功能。我声色俱厉地说：

"不要再提我的情感，不要妄加揣度，不要亵渎它，否则我不客气。"

"你别对我厉害，别对我这么厉害。"胡亦叫着，也哭起来。接着打起逆嗝，跑进卫生间，开始呕吐，吐一阵哭一阵。我给她捶背，倒水漱口，擦脸。她闭着眼睛嘤嘤哭，哭得上气不接下气。

"我完了。"她说。

"想开点，现在刻骨铭心的惨痛，过个几十年再回头看看，你就会觉得无足轻重。"

"你说得倒轻巧。"

"那怎么办呢？"我问她，"哭死？灌硫酸浇一壶？"

她停止了啜泣，垂着头，愧悔难当。

"不用我再讲大道理了吧？"

她摇摇头。

"那就这样吧，别悲天悯人，自叹命薄了。你还年轻，依旧漂亮。"

"真的吗？"她抬头看我。

我点点头，对她笑笑："你照照镜子。"

她掉脸看壁上的大穿衣镜，立刻恢复理智，本能地擦去脸上的泪痕，把凌乱的鬓发捋平。

"明天就走。"我也出现在镜里，"我去给你买票，怎么来的怎么回去。就当什么事也没发生过。"

"你跟我一起走吗？"

"不，我还要住两天。"

"我想给你留个地址。"她犹豫地问，"你要吗？"

"好。"我找支笔，让她写在纸条上。

"我……"她写好条子，表情复杂地看着我，欲言又止。

"好啦，"我说，"别说内疚的话了，也别假装爱我。回去睡觉吧。"

我送她出了门，她情不自禁地瞟了眼隔壁那扇紧闭的门。眼睛登时又黯淡了。我推她转过身：

"不许再想这件事，高兴点。"

"高兴不起来。"

"想想别的事，过去的那些高兴事，没有一件吗？"

"有的。"她勉强笑了一下，进了她的房间。

我看她关好门，走回房间，点起了支烟，把她留的那张纸条烧了。

第二天，我到码头买船票。由于台风延误了几班船期，码头上人山人海。票房挂出了牌子，这两天的船票已全部售光。我耐心地在人群外等候，没多一会儿，那两个人果然满头大汗地挤出了人群，手里拿着两张船票。我迎上去，脸上露出笑容。

"噢，哥儿们！买着票了。"

两个人抬头见是我，脸上立刻流露出戒意，佯笑着说："你也来买票？"

"没买到。我看你们是哪班船。"

他们犹豫着不愿把票给我看。我伸手拿了过来，翻来覆去看了看，还给他们。

"我们也坐这班船走，咱们一路。"

"你不是没买着票吗？"戴眼镜的问，把票装进衣兜。

"上船补呗。我刚在码头和警察套了个磁，船上见啊。"我转身要走。

"哎，"年轻的那个叫住了我，"你们急着赶回去有要紧事吗？"

"我倒不急，胡亦特急。本来说再住两天，她突然变卦非要回去，也不知出了什么事，昨夜大哭了一场。你们知道她出了什么事？这两天你们常在一起。"

"不知道。"他们连忙说，"昨天还好好的呢。"

"我也纳闷，赶紧回去完了，可又搞不着票。瞧她那样，真怕她在这儿闹出点事来。"

"这样吧。"年轻的和戴眼镜的交换了一下眼色，说，"你们要急，我们的票让给你们。"

"那不好，一起走不就齐了，我们肯定能上船。"

"没关系，我们不急，晚几天走没事。你们上船补票只能补散座，还不够受罪的呢。"

"那太谢谢了。"我接过他们的票，付了钱笑着说，"谢谢，太谢谢了。"

下午，我送胡亦上船，一路都没说话。到了码头，只匆匆地握了握手，她就拎起手提箱走进去，头也没回。满载着乘客的摆渡船驶向湾里泊着的客轮。客轮各层甲板上站满了花花绿绿的人群，乱纷纷地向码头招手。胡亦穿的素色衣服，我早已找不着她了。我也知道，她的心神已经随着回程的开始，全部回到了旧有的、熟悉的另一个世界。这次旅行中遇到的人和事已尽量都留在这个岛上，包括我。客轮在港湾停留了很长时间，直到夕阳西沉，全部乘客登了船，才在满湾金波中起锚驶走。浩瀚的海洋在我们之间展开了，轮船愈来愈小，消逝在暮色苍茫的海平线。

我沿着幽暗潮湿的山阴道往回走，在一个衰老的老太婆的摊上买了把骨柄短刀，坐在一株古老的银杏树下的青石上开了刃。

这天晚上是观音菩萨的出家日，也称之为生日，就是说不知何年何月的今天晚上一个凡夫俗子肉身坏了，一个菩萨诞生了。各寺庙都通宵达旦地做着隆重的法事祭奠。海外各国的善男信女随缘乐助出成千上万的钱财。大雄宝殿内无数支红烛照得佛像生辉，铜铸的香鼎内插满了香束，燃得大殿烟雾腾腾，一批批信徒在林立两旁的僧众的唱经声中拜倒佛前。钟鼓回响在夜空，颂声萦绕于梁上。我回到旅馆安然入睡，梦里犹闻清音隐隐。

早晨，我起床后感到神清气爽，精力饱满。美美地吃了顿早饭，走到海边码头。台风已远远带走了雷雨，海面风平浪静，红日遥遥浮出。乘早班客轮离岛的游客开始在码头聚集。终于，我看见了那两个躲躲闪闪提着行李的朋友。

"你们好。"我愉快地大声向他们问候。

他们的脸色则瞬时变了。

"多巧啊，又碰上了。你们怎么走啊，多住几天嘛，撇下我一个人怪孤单的。"

我挡住了他们的去路，他们放下行李，眼露凶光，手插进裤兜。可扫了下周围密集的人群，又慢慢露出笑容：

"你怎么没走呢？"

"舍不得你们呀，想跟你们做个伴。再住几天吧，这岛上的风光多么好。"

"我们不住了，你要舍不得走，就和你那个新婚妻子多住几天，和她做伴吧，她就缺伴。"

"她走了。"

"那你再勾搭一个，岛上有的是姑娘。"

"姑娘倒是不少，可没什么叫人刮目相看的。"

"你还挺难弄。得嘞，哥儿们，别这儿打岔了。让让，我们得上船了。"

"打你妈 × 岔。"我骂。

两个人脸上的笑容顿时僵滞了，直瞪瞪瞅着我："你厉害，你厉害还不成。"

"厉你妈×害。"

"你别没完，我们这是让你，再来劲打出你屎来信不信？"

"你要打出我屎来。"我说，"也是你费事，还得一口口吃喽。"

这两个人是老手，出拳又快又狠，打得我不善。我躲闪着，用短剑在他们二人腿上浅浅地刺了几道口子。警察一到，就把剑一扔，举手投降。那两个家伙想跑，实在没处跑，被人群箍桶似的围着。

我们三个人被带到了派出所，一人一个墙角蹲着。一个警察问我怎么回事，我说我们三个都是打圈里逃出来的，半道上闹翻了脸打起来。那两个小子一听我这么说，急得话都说不利索了。连连说根本不认识我，他们是上船的旅客，老实巴交的大学生，我这个流氓向他们无理寻衅。

"我信你们谁的？"警察问。

"谁的也甭信。"我说，"是公是母掰开瞧瞧。"

"说的也是。"警察踢我一脚，"我看你们都不像好人。"

警察去查了各地发出的通缉令，拿了一张回来，打量着通缉令上的照片和那两个耷拉了头的家伙，问他们：

"是你们俩没错吧？诈骗、轮奸，事不少啊。"

我直起腰冲那两个上了铐，恨恨地望着我的家伙笑呵呵地说："咱这嗅觉可以吧，你们一张嘴，我就闻出了还新鲜着的窝头味。"

后来，警察对我进行了单独询问。不管他们怎么问，我都说我只是瞧出这两个小子不地道，报案又没证据，所以弄个公共场所斗殴，以期引起警方注意。警察提到胡亦，说是那两个人交代了，让我提供受害人胡亦的情况。我说我不知道，没有地址也不了解详情。警察做了许多工作，我坚持我的说法。他们只得让我走了。

我一路乘船、火车回家。穿过了广袤的国土。看到了稻田、鱼塘、水渠、绿树掩映下粉墙绰约的村镇组成的田园风光；看到了一个接一个嘈杂拥挤、浓烟滚滚的工业城市；看到了连绵起伏的著名山脉，蜿蜒数千公里的壮丽大川；看到了成千上万、随处可遇的开朗的女孩子。

（原载《啄木鸟》1986年第2期）

永失我爱

那天，报纸电视台都预报是风力二三级的晴天，但当我们聚集到建筑工地的空场上时，天瞬时阴了下来，并伴有不间断的狂风，工地上的水泥浮灰被吹得漫天飞扬，砂石打在一字排开的载重卡车车帮上铿然作响。

　　我眯了眼睛，进了一嘴沙子灰了脸。空场旁插着的彩旗也在刹那间黯淡了。

　　似乎有无数的炸弹纷纷落在偌大的工地上……

　　接着，成吨的雨水倾泻而下，灰飞烟灭，未建成的庞大房架、恐龙般的吊车轮廓依稀呈现，笼罩在一片水雾弥漫之中。

　　人们抱头鼠窜，石静横穿混乱的人群向我们跑来，头发湿漉漉地贴在额上颊边，雨水流进她大张的嘴，白色的牙齿一晃一晃，喧嚣的雨声使我一点也听不清她在喊什么。我们分头爬上了各自的卡车。驾驶室内十分闷热，并混杂着柴油味，不断流淌的水波使四处景、物、人变得朦朦胧胧。我开动前挡风窗的雨刷，水被一层层刮去，前景忽而清晰忽而模糊，两旁的卡车都隆隆发动起来，石静在车下变成一团只具轮廓的人形，周围人影纷乱。我摇下边窗，只见她已掉头一步步往回走，脑后的湿淋淋的头发散乱着，像一团胡乱缠的黑毛线。

工会的小刘头戴橘黄色的塑料安全帽，像名在敌前火力封锁下敏捷穿行的侦察兵一样，弯腰冲刺出现在车前，一手拿着只哨子含在嘴里鼓足腮帮子吹了一下，一手擎着的小红旗猛地往下一挥，撒腿就跑。

旁边的两辆车猛地冲出，待我反应过来，那未出现的哨音已淹没在哗哗雨声中，慢了半拍。董延平的车已跑到了我前面并挡住了我的视线，铲状的车尾在我面前跳抖着，冒出股股黑烟。

发动机的吼声盖过了雨声，方向盘像通了电似的震得人手发麻，车身大幅度颠簸着我，像骑在马上。左右是一辆辆同样疾驶的卡车和车与车间隙内一片片闪过的工友们的橘黄头盔。我数次接近那同样橘黄色的车尾，又眼睁睁地看着它拉开距离——董延平有意遮住我的路线，我向右打把他也向右打把。董延平的车尾蓦然增大，向我扑来，我向左打把，眼前蓦地又出现小齐的车尾，近在咫尺，我只得紧踩刹车，他二人的车瞬时远去。与此同时，老吴的车从我眼前呼啸而去，一排沉重的泥点轰然作响，横拍在我的前挡风窗上。

待我重新发动车辆，驶向终点时，董延平他们已稳稳地停在终点，大笑着从驾驶室里爬下来，站在那儿冲我吹口哨。

我风驰电掣地冲他们驶去，开到跟前，一踩前闸，车身一下横了过来，高速旋转的后轮刨起泥浆糊了他们一头一脸。

"报复是不是？"

董延平和齐永生冲上来，拉开门把我揪出来。

我被他们扭着，笑着挣扎说："报复你们，怎么着吧？"

"灌你丫的。"

接着，我就被他们按进了一个泥水坑。

我被他们拉起，啐着泥水说："有什么呀，不就是泥水浴嘛。"

"还嘴硬？"董延平又按我头。

这时，头儿们和石静打着伞笑吟吟地走过来。小刘嚷着："领奖领奖，前三名毛毯，其余的一人一个暖瓶。"

董延平对石静说："这要在过去，说老实话，就得把你奖给我。"

"奖你一大嘴巴。"石静笑着说，"没你那样的，骑着人开，按少数民族脾气早给你下油锅了。"

"透着是一家子。"董延平笑着乜我一眼，又对石静说，"我怎么就不如他了？人家皇上的闺女还知道搞点选拔赛什么的，你也给我一次机会。"

"就是，"小齐插话说，"挺好一摊牛屎你插回试试。"

"抽你啦？"董延平恫吓小齐。

"你没戏。"我诚恳地对董延平说，"别没事就下蛆，哥哥这儿所有的缝儿都抹死了，混凝土浇铸。用样板戏的话说就是：风吹雨打全不怕——是不是石静？"

"没错，"石静笑着说，"全都玩去。"

"真粗野。"董延平摇头叹道，"没劲，真让我伤心，看来这老百姓家的丫头是不行。"

"对这种人咱们一般怎么处理来着？"我指着董延平问小齐。

"看瓜呀。"小齐一声喊，一帮人蜂拥而上，把董延平七手八脚按在地上。

"蹭上蹭上！"董延平躺在地上大叫，"我昨儿穿的裤子还没换呢。"

"左眼跳是财来着还是灾？"

"灾。"

"是财跑不了，是灾躲不过。"我开了自行车锁，推着往外走，外面雨下如注。

"等雨小点再走吧。"石静打着伞推着车望着我。

"你知道什么叫沐浴吗？这就叫沐浴。"我骗腿上车骑入雨中。

街上的树木在风雨中飘摇，两边的建筑物窗户紧闭，亮闪闪地反着光，楼房泄水管哗哗流着水，街头绿地的草坪浸泡在白花花的水中，马路、车辆、路灯、楼厦都被雨水冲刷得十分洁净。滔滔不绝的水从各个路口四面八方涌来，夹着树叶残花打着旋沿着拱形的马路向两边分流泄淌。家家商店的房檐下站满一排排躲雨的人和自行车，人们看着雨出神。

"多幸福的事，"我对赶上来与我并肩骑行的石静说，"大庭广众之下洗着鸳鸯澡，回头再潮得乎地对上道梅花枪，抽根儿夺命烟，喝上二两追魂酒。"

"别不要脸。"石静话音未落，手里的花伞被风吹得"唿"地脚尖朝上，旋即脱手而去，在风中飞飞停停，颠来倒去，顷刻间成为远处水中一盏漂漂荡荡的莲花灯。路边避雨的人群中爆发出一阵狂热的掌声，人人喜笑颜开。我挥手向人群致意，顿成落汤鸡的石静一脸哭相。

"让你欲盖弥彰。"我笑她。

"这人怎么都这么坏？"石静气咻咻地说，"看见谁倒霉就幸灾乐祸。"

我们拐入另一条街，只听路边闲人齐声欢呼，一股洪水席卷了路边的一个瓜摊，浩荡水中漂游着一个个翠皮大西瓜，滚磕碰撞肥头大耳络绎而来。

"什么叫堤外损失堤内补？抱两个吧！"

"你这祸国殃民之心何时能死？"

石静咬牙切齿，在滔滔水中东倒西歪为西瓜簇拥。

"这叫欲进不能，欲退不得。"

我翻身下车，溯流而上，弯腰趁势抱起两个大西瓜，未及夸耀，早有一个赤膊短裤小子蹚水而来，接过西瓜，口称：谢谢。

"占什么便宜了？"石静下车立于水中笑我。

我们搬车到路边，站在树下看苦主儿奋勇扑捞瓜果，每捕住一个，便大拍巴掌叫好儿。

"你无聊不无聊？"石静看我兴高采烈喜不自禁的样儿嗔问。

"我 ×，兴奋一下多不容易。"

这时背后"咣唥"一声，街边楼上的一扇窗户玻璃被打碎，落英缤纷，滚滚黑烟冒出，一颗姑娘头探于窗外大声疾呼："救命啊！着火啦！"随即消逝不见。

黑烟滚沸出户，风吹雨打立即稀薄澄澈，无影无踪。街上行人都仰头卖呆，迷惑不解，面面相觑。

"不能吧，这也不是着火的天啊。"

"喀嚓！"又一扇窗户被打破，伸出一颗髦毛焦黄的爷们儿头，同样粗腔大嗓地吼了声："救命啊！着火啦！"随之缩了回去。

又一扇窗户被打破，伸出一颗娘们儿头，同样声嘶力竭地喊救命，并不再缩回，伏于窗上高一声低一声。黑烟不时将该头笼罩吞没，彼时便断了呐喊，咳嗽剧烈，俟黑烟散去，喊声复起，其高亢嘹亮不减分毫。其情可哀，其状可悲。楼下闲人急得连连顿足，迭声呼叫："跳啊！跳啊！"

"恐怕也只有我挺身而出了。"

石静一把没拉住,我已弃车子弹般射入楼内。

一楼太平无事,职员官员们庸庸碌碌地在挂着牌子的各科室进进出出,抱着文件端着茶杯。

一个一脸无知相却戴着副眼镜的看门老头儿,从门房冲出,横眉立目拦住我:"楼内没厕所。"

"二楼着火了。"我趁老头儿一愣,拨开他窜上楼去。

一群知识分子沿走廊狼狈溃逃而来,其中之一抓住我,指着走廊顶头一间烟冒得最粗的房间说:"那里有重要资料,快去抢救。"说完匆匆下楼而去。

走廊里不见火光,只见股股浓烟从对称的房间内接连涌出。我闯进第一个房间,抄起把椅子,向那一扇扇宽大的窗户排头砸去,砸完第一间砸第二间。各间办公室既不见人影也不见火光,只有浓烟透过似毫无缝隙的墙壁弥漫四散。窗户玻璃砸碎后,雨斜射进来,窗帘迎风飞舞,烟便也散去。在最后一间办公室我才看到火光和昏在窗上的那个老娘们儿。

火舌沿着地板和墙上的油漆层飞快地蹿行着,像水中涟漪一样疏散开来,几道火苗蹿到我脚下便带着烧煳塑料的臭味躲闪开向四处蔓延。我抄起办公桌上的茶杯用力摔在地板上,迸碎时产生的冲击波和溅出的茶水使弹着处的火苗瞬间熄弱,随即又跳跃着越过水渍更欢快地奔向他处。我兜着圈子舞蹈着走到窗前,试图扛起一摊泥似的老娘们儿,楼下看热闹的人一片欢呼。

"扛不动。"我放下架在脖子上的老娘们儿胳膊,拍着老娘们儿肥厚的肩膀冲下说,"二百多斤哪。"

"扔下来,扔下来!"

几个小伙子跑来，大张着胳膊作接面口袋状。

"别来这套。"我笑着对楼下的人说，"我扔下去你们就躲了，我还不知道这个。"

楼下的人笑："保证不躲，你扔吧。"

我捧起老娘们儿耷拉着的头，狠狠弹了俩锛儿，又拧着脸迎着疾速打来的雨水浇了一通：

"醒醒醒醒，这会儿先别睡。"

楼下的人笑着指着我骂："孙子，你手轻点。"

老娘们儿一下惊醒，搂着我脖子就哭。

"别价呀，"我红着脸掰她，"别瞎哭，睁眼瞧瞧是不是亲人。"

我可知道人抓住救命稻草是什么手劲儿了。

幸亏一股火苗蛇似的蹿来，燎得我们踩电门似的忙不迭分开。

一点不瞎说，再瞪大眼儿找就找不着人了，也不知道是什么时候没影儿的。

这时屋里的几张写字台已经烧得非常好看了。火苗从所有抽屉往外冒，不时"乒"的一声响从桌面四壁迸出。一会儿工夫便烧得透明了，偌大写字台的框架门剔透鲜明，最后便"哗"的一声塌下，火势减弱随之又高高蹿起直逼屋顶。我出了房间，在走廊墙上摘了一架泡沫灭火机，倒举着一路扫射冲出走廊，扔了灭火机下了楼。

一楼人都跑光了，扔了一地形形色色的鞋。我听到救火车自远而近呼啸而来，戴头盔的消防队员在门外晃动。我刚出楼门，被高压水枪射出一束水柱砸了个满脸花，脚下一滑便坐地上了。

"过瘾了？"石静迎着我乜着眼抖着腿问。

"什么话!"我愤愤地说,"对英雄怎么这口气。我不说什么鲜花拥抱之类的吧,起码也得敬佩地看上我两眼。"

石静看着我笑,"行啦,承认你是救火不是趁火打劫就够宽大的了。"

"你把我当什么人了?"我笑,"让人寒心哪。"

"你的胳膊怎么啦?"石静突然拉住我的右臂惊叫起来。

"嚷什么?"我甩开她的手,抬起右肘看了一眼,只见右肘外侧划了一道大口子,很长但不算太深,因为渗流出的血已结痂。

"你得去医院上药。"

"别那么大惊小怪。"我说石静,"去什么医院,你没看血已经不流了?回头洗洗,自己上点药就行了。"

我拉着石静走出人群,此时雨已经小多了,接近于淅淅沥沥的程度。我们扶起倒在路边的自行车,骑上蹬走。一路上,石静总是忧心忡忡地瞅我的胳膊。

夜里,我们在空荡荡的新居内刷房子。说是新居,其实是人家住过的旧房子,墙壁斑驳剥落污浊不堪。石静在用水泥抹墙壁上的洼点。我举着胳膊在给自己搽红药水。

"你搽什么药呢?"石静头也不回地边抹边说,"别乱上药。"

"怎么叫乱上药?正经的你减三十——二百二。"我扔掉棉签,上前接过石静的灰板和瓦刀,搅着黏稠水泥一刀刀抹着玩,对石静说,"你去和大白吧。"

四面墙尽管颜色深浅不一,但已平平展展,放倒任何一面都可以打克郎棋了。

石静拎着和好的白灰桶放在我脚下,用自己的手绢四角扎结罩在我头上。我踩上一张板凳，用排刷蘸着灰水在墙上上下平刷。

灰水一道道笔直淌下去，长短不一，却毫无例外地在筋疲力尽时坠出一个沉甸甸的终点。薄薄透明的灰水似遮掩不住墙壁的瑕疵，然而在干涸凝结后就一片洁白耀眼了。

石静在墙的另一端刷着，她头戴护士帽，衬衣束在腰里，一手叉腰一手挥动排刷，动作轻柔富于韵律，安详耐心，并不抬头便知道我在看她：

"好好干活，别东张西望，这可是给自个儿干。"

"我发现你刷墙的姿势比较好看。"我索性停下来，笑嘻嘻地对她说。

她迅速地瞟我一眼，迷人一笑，又低头认真地刷墙轻声说："什么意思？"

"没什么，不过是比较一般的讨好。"

"不是想让我一人把墙全刷了吧？"

"你这人怎么那么没劲啊。"我笑着从板凳上溜下来，坐着，荡着腿，"你把我这一腔柔情都给弄没了。"

"累了吗？"她偏过头来看着我问。

"没累，这点活儿算什么？咱不是给自个儿干嘛，忙里偷闲抒抒情。"

石静退后几步审视着刚刷好的墙，拎着排刷含笑走过来："累了就歇会儿吧。"

她拎起灰桶，走到另一面墙前继续干起来。我随着她转了个方向继续看着她笑说：

"自己的和公家的就是不一样，透着爱惜，打算使一辈子？"

"不像你，对谁都是短期行为。"石静笑着说，手脚一刻不停。

"过来。"我唤石静。

"干吗?"石静不理我。

"有事。"

"你能有什么事? 不分场合,不分地点,呆会儿不行吗?"

"你这人思想真是有问题,怎么老往下流想? 你怎么知道我跟你就不能有别的事。"

"知道你事儿多。"石静笑着走过来,"什么事说吧。"

"把那排刷扔了,怪碍事的。"我夺过石静手里的刷子扔到地上,一把将她揽过来。

她挺着身子躲我,嘴里告饶:"何雷何雷,我已经是你老婆了,搁着撂着也跑不了,别逮不着似的。"

"过来吧你。"

…………

"你要憋死我呀。"石静挺直身子,擦着嘴巴盯着我问,"你嘴上都是什么? 鼻涕嘎巴还是饭嘎巴?"

"别管什么啦,反正是嘎巴就是了。"我乐呵呵地说,"这下倒也干净了。"

石静走到一边继续刷墙,我重新站到凳子上刷起来。我觉得有什么东西滴滴嗒嗒往下掉,初以为是灰水滴落,后才发现胳膊上的伤口痂裂开了,血在往下滴。

我捂着伤口下来,到厨房的自来水龙头冲洗,血洗去一片又渗出一溜,总也止不住,白色的水池子也洇红了。后来,我使劲用手压迫出血点,压得肘部一片苍色,血似乎是止住了,尽管仍时有渗出,但流得不那么凶了。

"你怎么啦?"

我回到正在粉刷的房间，石静问我。

"没事。"我说。给自己倒了杯茶，又掰了块儿面包嚼着，"有点冷。"

"我说下雨天凉，让你换长裤，你非抖骚，穿短裤。"

"那不是性感嘛。"我靠墙根儿坐下，喝着茶。

石静刷完一段，转过脸笑着冲我说："不干活的人倒又吃又喝。"

我一笑，没说话。

石静走过来，接过我手中的茶杯喝茶，打量着刷了一半的那面墙："你说今晚咱能刷完这间房子吗？"

"着什么急？能干多少算多少呗。"

石静瞅我一眼，把茶杯放在地上，走回去继续刷墙："你是不是累了？"

"困了。"我说。

"那你就眯一会儿吧。"

石静转过脸来，我已经席地而卧，躺在两张铺开的报纸上。

"着凉。"

"一个小时后叫我。"我昏昏沉沉地说，闭着眼，一件衣服轻轻盖在我身上。

我醒来后，天已经亮了，阳光照在我脸旁的地上，室内雪白刺眼。石静正蹲在地上，刷最后一处角落。

"醒了？"她快活地说。直起腰回过头美滋滋地对我说："瞧我，把这间屋子全刷完了。"

"真了不起。"我艰难地从地上爬起来，活动着酸痛的肢体，打量着室内四壁，"干得不错，看来用不着再雇贴身大丫头了。"

石静看着我。

"怎么啦?"我揉着脸问她，"我脸被马蹄子踩了?"

"你眼睛怎么啦?"她走近来，用手抚我右眼角，"怎么斜了?"

"皱巴了一夜，还没来及睁好呢。"我躲开她的手，用力睁睁，自己也觉眼角耷拉沉重。

"是不是着风了? 告你睡地上要着凉，你偏不听。"石静埋怨。

"没事。"我说，"用电风扇反着吹一下就正过来了。"

我到厨房洗脸，捧水时感觉举起无力，手臂沉重麻木。我抬起右肘看了看，只见湿淋淋的伤口有些肿胀。因擦着红药水不辨颜色，但我猜一定有些发炎，有黄色的组织液从痂缝处渗出。

"我想可能是感冒了。"

在工地医务室，吴姗正在给我胳膊上的伤口做着清洁处理。我抬着手对她诉说：

"没觉得其他不好，就是浑身无力，特别累。这会儿还好点，昨天晚上简直累得连气儿也懒得喘了，就想躺着，躺着也累。"

"伤口有点发炎。"吴姗用镊子夹着沾满血污的酒精棉球用脚踩开污物桶盖扔了进去，"不过问题不大，最好包扎一下，免得继续感染，工地脏，灰大。"

"用不用吊起来?"

"那倒用不着。"吴姗说，"又没骨折。"

她麻利地为我重新搽药，敷上纱布，用手把胶布撕成一条条，勒在纱布上粘牢在我胳膊上。

"时间到了，把体温计拿出来吧。"

我松开右胳肢窝，体温计粘在皮肤上，拽了一下才取出来。

"这要有臭胳肢窝怎么办？"

"那就用肛表。"吴姗一点没笑，举起体温计看水银柱，"三十六度七，不烧。"

她把水银柱甩下去，插回酒精瓶，坐到桌旁："给你开点消炎药，回去注意下休息就好了。"

"别给我开磺胺，我磺胺过敏。"

"可以……要不要休息两天？"她定定地看着我。

"不用。"我拿起她包好的两袋药，站起来，"我还有补休呢。"

"那好，一天三次，一次两片，别忘了吃。"

"吃忘不了，就看吃什么了。"我笑着说。

吴姗已低下头看她的医书了。

工地大食堂里乱哄哄地挤满了人，几十个卖饭菜的窗口前排着长队，人们围坐在上百张大圆桌旁边吃边喝边热烈地谈笑，几十架大型吊扇在高大的天花板下飞快地旋转，吹来一阵阵猛烈的风。

我走进食堂，和认识的哥们儿开着玩笑，伸着脖子找石静，有人指着远处一个窗口告诉我刚才看见石静在那边排队。我穿过一队队买饭的长龙，绕过那些坐满人的大圆桌，向里边走去。远远看见石静和董延平各自端夹着几盆饭菜从密密匝匝的队伍中挤出来，向更远尚空着的大圆桌走去，我忙走过去在半道上截住他们。

石静看见我便叫："快帮我端一盘，中间这盘。"

我从她两掌间接下一搪瓷盆米饭，手一软，差点没掉了，忙用另一只手托住。

"真没用。"石静说我。

我疲倦地一笑，无力争辩。

"这得问你，"董延平边走边对石静说，"干吗了？给我们哥们儿弄萎了。"

"去你的，少胡说八道。"石静笑着说。

我们来到一张桌前坐下，陆续地小齐、老吴也端着饭菜坐过来，一桌人开始边吃边扯淡，主要是拿我和石静开心。

"石静，何雷，"工会的小刘端着饭盆从我们桌旁走过，对我们喊，"下午两点开车，去医院婚前检查。"

"噢——"附近几张桌子的人一齐哄我们。

"不结婚的能不能去？"董延平嚷。

"不能，"小刘远远地说，"只能是预备役的新郎新娘。"

"合着我们民兵生病就没人管了？"

"有啊，"小齐正色对董延平说，"那医院的妇科不都是专为你设的。"

"好好查查。"董延平端着碗大口扒着饭对我和石静说，"该擦的擦，该换的换，一慢二看三通过，创他个百日行车无事故的纪录。"

众人哄堂大笑。

石静红着脸说董延平："你傻不傻呀？"

"哟哟，还不好意思呢。"董延平赖皮赖脸地逗我们，"无照驾驶都多长时间了。"

"何雷，你不灭这小子？"小齐在一边挑。

"搭理他呢，让他自个嘴上快感去。"我用力捏住筷子，不让手发抖，使劲去夹一个豆角，夹了若干次，终于夹了起来，颤巍巍地放进嘴里，试图用力去咬，可豆角还是慢慢地滑了出来，掉在桌上。

吴姗端着饭坐在我对面的一张桌上吃，偶尔往这边看上一眼。

"你瞧你，没吃多少倒糟蹋了一多半。"石静说我，"不爱吃这菜？"

"真得注意了。"董延平接下茬儿，"将来自个过日子了，那一分钱都得掰着齿花，要不怎么置大件儿？"

"怎么着何雷？"小齐说我，"饭没吃几口，哈喇子倒流了半碗，馋谁呢？"

"你懂什么，这叫龙龙龙涎……"我强打精神笑着对石静说，"你把那菜折我碗里。"

石静瞧我一眼，把剩菜端过来连汤带汁折我碗里。我用筷子搅着说："就爱吃汤泡饭。"

我用力端起碗，一碗饭菜全折在胸前。

吴姗闻声抬头，遥遥地看着我。

"你要不舒服是不是睡会儿？两点我叫你。"石静说，让我在她宿舍的床上躺下。

"要生病也别这会儿生，多耽误事。"石静同宿舍的马明华笑着说。

"早上拿的药吃了吗？"石静问我。

"噢，忘了。"

"就知道你得忘，现在吃。"石静倒水，从我衣兜里掏出药袋，监视着我服下。

"我还是回自己宿舍睡吧。"

"就在这儿睡！"石静命令道，"你们那个宿舍的臭脚丫子味儿没病也得熏出病来。"

"就别假装是头一回在这儿蹭觉了。"马明华笑着说,"给我弄得夜不归宿多少回,这次倒客气了。"

"我们石静也不是没有过有家难投不得其门而入的事。"我对石静说,"我上趟厕所。"

我出了石静宿舍,走了几步,见走廊无人,便迅速来到一间挂白布门帘的房间前敲了敲门。

吴姗在屋里说:"进来。"

我推门进去,这屋只住她一个人。她正穿着睡衣吃西红柿,桌上点着一炷香。

"吃吗?"她问我。

"不吃。"我说。一屁股坐她床上就问,"怎么回事?我这病怎么连饭都不能吃了?连筷子都捏不住,汤喝进嘴里就往外流,这也不像感冒呀。"

"你还是觉得没劲吗?"吴姗啃完西红柿,把剩蒂扔进墙角的簸箕里,在盛着水的脸盆里洗洗手,从房内铁丝上挂着的毛巾中抽下一条,擦着嘴、手走过来仔细端详着我的脸。

"没劲还是没劲。但再没劲也不至于连筷子都拿不动。"

"你左眼角下垂多长时间了?"

"不知道啊。"我忙站起来,按着自己左眼角去照墙上的镜子。

"不知道。"我转过身忧郁地对吴姗说,"早上是右眼角有点耷拉。"

吴姗更近一步地观察我的左眼,两只清澈的、黑白分明的眼睛一转一闪,我闻到她身上淡淡的香脂和来苏水的混合味。

她伸出一只手给我:"你握住我的手。"

我将她的手满把握住。

"用力。"她说，"再用力。"

"我已经使出最大劲儿了。"

平时，我只轻轻握住石静的手，她便疼得要叫了，而现在，倒是我咬牙瞪眼而吴姗毫无反应，我松开出汗的手，茫然地重新坐下。

吴姗慢慢地坐到桌旁，微微皱眉，若有所思地望着我。

"怎么啦?"我问她。

"现在还不好说。"她摇摇头，姿势不变。

"严重吗?"

"不好说……你下午要去医院婚前检查是吗?"

"是。"

"那你捎带再做些别的检查。"

她迅速行动起来，从抽屉里拿出纸笔，为我开了张转院单。

一辆大卡车载满候补新郎新娘，在站满施工建筑各层脚手架的工友们的欢呼声中驶出工地大门。

石静紧紧依着我站着攥着我的手。在烈日的照耀和强风的吹拂下，车上的男女都满面通红，眼睛微眯，头发蓬松，一声不吭。

卡车驶过前两天失过火的那条街，街上的行人在树荫下走动，翠绿的西瓜堆在路边，商店售货大棚摆列着琳琅满目的烟酒饮料，那座大楼修饰一新，完好的玻璃和银色的铝合金窗框在阳光下闪闪发亮，一点看不出焚烧过的痕迹。前面路口遮阳伞下的交通警察的白色制服十分醒目，络绎不绝的大小车辆从他身旁左右驶过，使他时而出现，时而隐没。

我看着这一切傻笑。

当我们从交通岗台旁驶过时，我看到白色的大檐帽下一张焦黑疲惫的脸。

那是一张老年男人松弛多斑的脸，因为长期室内工作十分白皙，白色的帽子压至眉前，职业的冷漠代替了这个年龄应有的慈祥。

他目不转睛地注视着我："闭眼……睁眼……闭眼……"

我在他的指示下，重复着睁眼闭眼的动作。他一动不动地看着我，我也一动不动地看着他，我们似乎都期待着从这单调的动作中获得什么。我感到了他的意志的坚强，同时也感到自己的信心在一点点消逝。终于，我的信心崩溃了。我大睁着眼瞪着他眼皮一动不动。

"闭眼！"他坚定地说。

"闭眼！！"我也在心里疯狂地命令自己，可眼皮始终一动不动。

我看老大夫站起，向我走来，一只温热软绵绵的手抚动我的眼皮。

我眼前一片黑暗。

"可我其他检查一切正常。"这声音像是发自另一个人。

"是的，可以排除其他怀疑了。"

"什么病？"片刻，我问。

没有回答，只有笔在纸上划动的沙沙声。

我猛地睁开眼睛，疾速眨动，一阵欣喜，快乐地叫："它又能动了。"

老大夫看我一眼，刻板地说："你没有失明危险。建议卧床休息，建议肌肉注射新斯的明，建议暂不批准该病人结婚。"

"为什么?"我噌地站起。

"因为你目前所患病症不适宜结婚。"老大夫说。

"你错了!"我态度强烈地对老大夫说,"你夸大了我的病情。其实我根本没病,只不过是累了,浑身没劲儿,这是常有的事,休息休息就会好的,就像我的眼睛。没听说眼睛有毛病不准结婚的,这是哪儿跟哪儿,再次的大夫也不会这么诊断。"

"如果你不遵医嘱的话,那就不光是眼肌暂时性瘫痪的问题了。"老大夫声色俱厉地说。

"……"

"需要解释吗?"老大夫的语气缓和下来。

"需要。"我的语气几近乞怜。

"你患的是一种我们叫作'肌无力性疾病',具体说就是神经肌肉间传递功能产生障碍。眼肌无力只是首现症状,如果继续发展便会累及全身广泛肌肉,一旦延髓肌和呼吸肌进行性无力达到不能维持正常换气功能的程度,便会窒息而死。所以,你面临的问题并非是结婚与否,而是生死存亡!"

"我要求再做一次检查。"

老大夫面无表情地注视着我。

我直瞪瞪地望着他。

我直瞪瞪地盯着太阳,强烈的光线刺得我眼冒泪花,我掏出副墨镜戴上。

"何雷,"石静既兴奋又羞涩地从医院门诊楼里向我跑来,"我一切正常,你呢?"

"我也一切正常。"我笑着说。

"太好了，我本来就觉得婚前检查纯属多余，咱们能有什么病？倒弄得像艾滋病毒携带者似的紧张半天。"

"我不想跟车回去了……"

"我也不想跟车回去，正好咱们趁机上街转转。"石静挽住我的胳膊，嘴一直不停地说着笑着出了医院大门。

街上行人稀少，驶过的汽车都开得飞快，热风阵阵袭来，烘得人既燥热又惬意。商店里空空荡荡十分安静，售货员一个个都睡眼惺忪懒洋洋的，电风扇嗡嗡作响。

石静走在我身边，细细的高跟鞋磕在方砖路面上响声清脆，尽管天气闷热，但她的胳膊仍旧光滑干爽。

一家百货商场的大橱窗内陈设着一套舒适的浅色家具，按标准小家庭居室的格局布置着，并点缀着塑料花洋娃娃之类色彩艳丽的物件制造幸福气氛。

"我喜欢这家具的样子。"石静松开我，食指按着玻璃窗说。

"那就买吧。"

"一定很贵又不一定有，只是样子。"

"那就算了。"

"可我是真喜欢。"石静恋恋不舍，小跑几步才撵上我，重又挽住我的手，"看了这套家具就觉得咱们订的那套土了。"

在一家厨具商店门口，石静说等等，拉着我进去看不锈钢餐具，拣拣挑挑，举着刀、叉、匙问我："买不买？"

"随便。"我说。

在一家床上用品商店，她又抚摸着图案漂亮的丝绸被面、针织床单之类的再三问我："买不买？我喜欢。"

"随便。"我还是那句话。

"你喜欢不喜欢？"她问我。

"无所谓，"我说，"无所谓喜不喜欢。"

"你摘了墨镜看看，戴着墨镜当然看什么都一片灰了。"说着动手摘我墨镜。

"住手！"我一声喝，吓了她一跳，缩回手，"少他妈动我。实话告你，老子不喜欢，都不喜欢，看见这花花绿绿的东西就烦。"

四周人都看我们，石静忍气没说话，我们一起往外走。到了外边，站在太阳地里就吵。

"你烦什么？把话说清楚。"

"什么都烦。"我悻悻看着一对勾肩搭背走过去的青年男女，独自往前走，"少啰唆。"

"也烦我？"石静赶上来，拦住我，炯炯地隔着墨镜逼视我。

"也烦你。"我绕开她继续往前走。

"就知道你现在烦我了。"石静在后面咬牙道，"现在后悔还来得及，还没登记。"

我不吭声往前走。

"嗨嗨！"石静在后面叫，跟着我，"有本事你说话呀，没人赖着你。"

"你瞧你那样儿。"我站住，回头看着她，"头发跟面条似的还披着，嘴唇涂得跟牙出血似的，还美呢。"

"我乐意。"

路边两个卖汽水的小伙子扑哧一乐，见我看他们，忙低头滚动排列在冰块上炮弹夹似的汽水瓶。

我再看石静，她站在街当间哭了。

我呆立片刻，拔腿就走。走了很远回头去看，见石静仍垂头抹泪站在原地。

"检查结果怎么样？"

一进工地迎头碰见吴姗，她劈面就问。

"没事。"我说，"就说是休息不够，睡两觉就好了。"

工会小刘骑车过来，见我就笑嘻嘻的，"介绍信全给你们开好了，快去拿吧。"

"先搁你那儿，回头去取。"

我一路跟人打着招呼，腿脚不停地往里走。

吴姗狐疑地瞧着我的背影。

我走到工棚板房前，没有进去，拐了个弯，踩着一大堆沙子，从堆放的水泥预制件之间穿过去，进了一座未盖完的楼房。

我沿着裸露的散布堆积着施工渣土的楼梯，一级级走上去，直到楼顶。楼顶上风很大，四周护墙尚未砌造。我走到楼顶边沿，脚下是一排排浓郁的树冠和密如蛛网的街道，行人车辆穿行其间，远处一座座高大建筑，有的光华熠熠有的尚未完工围构着密密麻麻的脚手架。

风从地面刮过，卷起股股细微的尘土。天空湛蓝耀眼，云彩透明得几乎无形，不为人所察觉地飘逸而过；远处像山一样构成一条逶迤连绵的阴影。四下静悄悄的，在这无边的静谧中我感到一股巨大的吸引和召唤。

一块巨大的带窗洞的预制板，被吊车有力的吊臂悬钩着从我脚下缓缓划过，一声声尖锐的哨音从地面清晰传来……

黄昏，我在董延平的宿舍里找到石静。他们一帮人正在说什么，见我进来石静先闭了嘴。

董延平笑着说："怎么着？这个泪痕未干，那个又红着眼进来了。"

我没理他，冲石静说："吃饭了还坐在这儿干吗？"

石静沉着脸不理我。

董延平接茬儿说："正控诉你呢。"

"走走，吃饭去。"小齐先站起来，招呼大家往外走，把我和石静留在屋里。

"还生气呢？"我走近石静说，"走走，吃饭去，没听说二百五有记仇的，一般都是事过就忘。"

"少嬉皮笑脸。"石静说，"你饿你吃去，拉我干吗？"

"你不饿啊？"

"我饿不饿关你什么事？我饿死渴死活该，用不着你来装好人。"

"饭票不是都在你那儿吗？"

石静冷笑："就知道是为这，我饿死不饿死你才不管呢，给你给你给你……从今后咱俩再没关系了。"

石静掏出装饭票的夹子冲我摔来，边哭边说："我不找你，你也别来找我。"

"你瞧你，我说一句，你说十句，成心使矛盾升级。怎么着，非弄成动乱你才舒坦？"

"不听不听，少跟我说话。"石静背对着我使劲摇头。

"好啦好啦，汽车跑一程子还停一停呢，你是不是也该到站了？"

"你要这么说，我就永远不到站。"

"一条道跑到黑？"

"嗯。"石静说，自己也忍不住扑哧一笑，旋又正色指着我道，"何雷，你这人怎么就能红一阵儿白一阵儿，说狠就狠，翻脸不认人，什么揍的？"

"变色龙揍的。"我虚心诚恳地说，"确实不地道，亲者痛仇者快，朝秦暮楚朝三暮四朝花夕拾，连我也觉得特没劲。这也就是我自个，换别人这样儿我也早急了，要不怎么说正人先正己上梁不正下梁歪，我本人这样儿怎么还能再严格要求你像个正人君子。"

"你就贫吧，"石静笑，"就会跟我逞凶，踩咕完人又给人扑粉，里挑外撅，好人歹人全让你一人做了。"

"穷寇勿追，得饶人处且饶人，你就别非逼着我当三孙子了，杀人不过头点地，我也算奴颜婢膝了。"

"我说不依不饶了吗？"石静委屈地说，"我早不气了，可想想还是有点气，我这辈子受过谁的气？我妈都没给我气受，当你老婆倒受起你的气。"说着滴下泪来。

"好啦好啦，就别再说了，越说越没完了。"

石静用手绢堵着自己鼻孔，狠狠白我一眼："这会儿嫌我说多了，你说我的时候呢？你怎么那么痛快？"

"好好，说吧，想说什么说什么，怎么解气怎么来。"

我这么一说，石静倒没话了，半晌才说了句："你这人坏透了。"

"对对，"我赔笑，"可天下这么坏的也不多，挑出这么块料还真得有点眼力见儿。"

"还不是我瞎了眼。"

"走吧走吧，跟谁有仇也别跟饭有仇。"我拥着石静往外走，"你这一哭真哭得我肝肠寸断心如刀绞。"

"再坏还跟你闹。"石静得意地往外走，走了几步停住，"等等，我擦擦脸。"

对镜净脸匀粉，鼓捣半天，嘟着嘴："眼睛都肿了。"

"好看，"我说，"红肿之处艳若桃花。"

"一个老粗，臭转什么！"

晚饭时，大食堂人比中午少多了，饭菜质量也比中午差多了，好一点的菜大都是中午剩的。石静心情已恢复如常，肿着眼睛和董延平他们逗贫说笑舌剑唇枪。

我看到吴姗匆匆走进来，买了份饭菜坐在远处一张桌子上吃，招手叫我过去。

吃饭谈笑仍不忘眼观六路耳听八方的董延平提醒石静："嗳嗳，有人可冲你们驸马招手了。"

石静笑着说："我不管，心是人家的戴不上笼头拴不住缰，全凭自觉。"

"你也瞒着她呢是吗？"吴姗低头边吃边说。

"什么？"我装糊涂。

"我刚才给医院打电话了。"吴姗舀了匙汤喝了口。

我也把匙伸进她的汤碗里舀了一匙喝，评论道："这纯粹是刷锅水。"

"是刷锅水，毫不掩饰的刷锅水，连盐都不屑一放。"吴姗看我一眼，"你打算怎么着？就这么瞒下去混下去？"

"我认为我没病。"我低头嘴贴着碗往里扒饭。

"你们什么时候结婚?"

"七一,党的生日,公司不是说要搞集体婚礼?这日子是他们定的。"

"你损不损?"

我没言声,吃了几口饭说:"有那么严重吗?"

"一般来说,起码比你想的要严重点。"

"……"

"同归于尽是吗?临死也要抓个垫背的?"

"你这人说话怎么这么难听?"

"是吗?比你要干的更难听?"

"……"

"不能接受这事实是吗?"

"……"

"如果积极治疗或许还有一线希望,如果不,那才是过眼烟云一切都成泡影。如果你难以张口,我可以替你说明。我有这个责任……"

"去你妈的吧,用不着你来全心全意拾遗补阙,我的事不用你管。"

我"哐"的一摔碗,石静、董延平那桌人一齐扭头往这边看。

吴姗沉着、若无其事但语气坚决地说:"要真是你的事,你要我管我也不管,但现在不是这样!"

我脸色苍白地看了吴姗一眼,起身离去。

"怎么啦?"回到原桌,董延平面前摆着吃得光光的碗盘,腆着肚子抽着烟问我。

我看了石静一眼:"没事,非说她们医务室的酵母片少了是我拿走回家蒸馒头了。"

"真他妈不要脸。"董延平说,"这事我可知道,咱们医务室那点补药都让医务室那帮打自己屁股上了。有次我亲眼看见吴姗锁门坐在屋里给自个青霉素。"

"冬瓜,"我对董延平说,"以后你造谣尽可能造得科学点,虽然你文化不高,但一般的谣慎重点还是能造得颠扑不破的——你们家把青霉素当补药?"

众人笑。

董延平说:"得得,我们没文化,我们层次低。帮你说话还不领情。"

"不是不领情,拉偏架也得有理有据天衣无缝,那才蒙骗得住不明真相的群众。"

"不是我就纳闷,"小齐说,"人家吴大夫锁着门在屋里扎针儿,你怎么看见的?从哪儿看见的?"

"钥匙眼儿呗。"董延平呵呵乐着,"你们不就想让我这么说吗?我满足你们得了。我有窥阴癖怎么着吧?"

"骗了呗,"众人一齐笑说,"那还不容易。"

"真流氓,"石静说,"说着说着就没正经。"

"就是,我也觉得他们特下流。"董延平说。

"吴大夫真的说你偷药了?"

我和石静骑车出来,石静问我。

"真的,怎么解释她也不听,非说有人看见了,问是谁又不说。"

"咳,这算什么事?没拿就没拿,拿了又怎么啦?用得着这么没情绪吗?你还怕这个?按你这性格,别说冤你偷了药,就是说你偷了人，你也应该满不在乎。"

"我不是没情绪，我当然不在乎。偷了她也没办法。不是为这个，就是有点累，一想到今晚还要刷房就累。"

"一想到又要跟我在一起就累。"

"你瞧你，又没劲了吧？还不许我们累呀？"

石静骑着车低头笑："没不许你累。你要累就别干了，呆会儿到那儿你就歇着，看着我干。"

"那倒也用不着，你多干点，我少干点就行了。"

"这会儿就开始偷奸耍滑，以后怎么信赖你？"

我朝石静假笑。

"找你我算惨了。"石静冲我真笑。

我臂如灌铅，手若针刺，但仍坚持一下一下把白灰水刷上墙，灰水白色的泪痕滴滴掉在我的脚上。我面前的墙变得干硬板结，雪白无瑕。

"石静，如果没有我，你会和谁住在这儿？"

"爱和谁就和谁。"

"和谁呀？说具体点。除了我你还看上谁了？"

"你想听？"

"想听，想知道第一替补是谁，真的真的。"我扭头看着她笑。

"不告诉你，"她说，"等你死了就知道了。"

我一阵心酸，手中的板刷差点掉下来，但脸仍佯装笑："不为我守寡？"

"不为。"她笑着说，"你死不了，你要不在了那也只能是看上别的女人跟人家走了，才不为你守寡呢。"

"我走前，一定也为你安排好人。"

"用不着。"石静笑着说，"追我人多了，随便就能找个比你好的……边干边说，你怎么停下来了？"

"抽棵烟。"我点上支烟走到她身后，看着她一上一下地刷着说，"我听说董延平好像对你有点意思。"

"是吗？"石静笑着仰看我一眼，"回头我找他谈谈，看是不是真有这回事。"

"他过去不是给你写过情书吗？"

"给我写过情书的多了，好多都发表了，出了一批青年作家，他算什么！"

"他人不错。"

"那你要没意见，我就嫁他了。"

"我没意见。"

"得啦，别无聊了。"石静靠向我怀里，仰脸亲我下巴一下，"再好的人我也看不上——非你不嫁！"她轻声说了句，又继续刷墙。

"要是嫁不成我呢？"我抚着下巴走开，转身笑对着她说。

"除非你死了。"石静弯腰用板刷蘸蘸灰水，湿淋淋地糊到墙上，"想跑都没门，赖上你了，甩也甩不开。"

"我要是你，"我说，"就把什么都估计到，留个后手。"

"那是你，我干什么可是不留后路全豁出去。"石静停下刷墙，回过头警惕地望着我说，"你今晚老跟我说这个干吗？莫非你又起什么坏心了？"

"没有没有。"我连忙解释。

"我可告诉你何雷，"石静放下板刷，严肃地说，"你可给我放老实点。别起什么邪念，起也没用，都到这节骨眼了，满意不满意符不符合你那什么梦想也由不得你了，你就踏踏实实跟我过日子吧。"

"明白明白，我向你发誓，绝对没起坏心，十分满意十分中意。"

"要换，二十年后，我老了，你再换。"石静瞪我半天回过身说。

"开个玩笑。"

"少开这种玩笑，不爱听。"石静愤愤地边刷墙边嘟囔，"想把我打发出去，自己另找，想得倒美。"

那晚上，我没再说什么。

卡车在十字路口急剧地左转，轮胎摩擦在水泥路面上发出尖锐的声响，车头几乎闯入逆行线，巨大的车身在刹那间横在了路上，后面响起一片刺耳的刹车声……

我驾车向前疾驶，一辆面包车追了上来，在超车的同时，司机把头伸出窗外，怒目而骂："你会开车吗?"

"对不起对不起。"我赔着笑，举起左手致歉。

面包车驶远，我喘匀一口气，擦擦头上的汗。刚才转弯时，我突然打不动方向盘了，手软了，几乎是把胸膛压上去，借助全身的力量才算到底把这个转弯完成了。我出了一身冷汗，到现在仍未干。田野上的风通过窗口吹进来，我感到浑身发酥，肌肉又酸又懈，像是要脱骨。冷汗一阵阵冒出来，我的呼吸急促，有点喘不上气，像被梦魇住一样。我感觉自己已经控制不了这辆车，仅仅是机械地借助惯性随它一起奔驰，被它驮着跑。我紧紧盯着前面那辆大轿子车的后轮，那飞速旋转的轮子使我的心狂跳不已，阵阵惊悸传遍四肢。我告诉自己不要看那轮子，但另一种巨大的力量把我的目光牢牢吸引在那两对后轮上，直到那两对后轮蓦地停止转动……

我认为我是立即作出刹车反应的，但实际情况可能是慢了那么几秒，踩制动时脚表现得十分迟钝像是一种液压装置。所以，尽管我踩了刹车但还是没妨碍我撞在前面的大轿车上。

大轿车穹形的后车窗毫无声响地就全碎了，碎得干干净净，就像那儿从来没安过玻璃，车厢里闷闷地有一声齐喊，接着一排惊恐、气愤的脸出现在我面前……我闻到大轿车里逸出的新鲜水果和面包的香味儿……

"只碎了一块玻璃和俩车灯！难道你非撞死俩人才罢休？"吴姗冷冷地说，举着一支吸满药液的注射器向我走来。

"这就是'新斯的明'？"

"是，从现在起，你每天都要注射。"

"它能治好我的病吗？"

"不能，它只能暂时改善你的肌无力现象。"

吴姗为我注射完新斯的明，又注射了一支抗副作用的阿托品，拔出针头对我说：

"躺着休息吧，一会儿你会感到好点儿。"

"我想……全休了。"

"这不是你想不想的问题，你只能也必须全休了。回头我就把医院的诊断书交给你们领导，然后送你住院。"

"不……"

"这由不得你！我已经后悔没有及时把你的情况告诉你们车队领导。"

"你能不能再帮我……瞒他们几天？"

"可笑！我为什么要帮你隐瞒病情？这对谁有好处？"

"石静。"

"你想拖过'七一'？你这人怎么这么卑……"

"不对！我正是不想坑她，才求你瞒几天，容我妥善处理。"

"我认为把你的病情老老实实、原原本本告诉石静，才是最妥善最正确的处理方法。"

"如果是你，你所爱的人患了严重疾病，你会立即离开吗？"

"当然不会——为什么要离开？患难与共甘苦与共正是真正爱情的重要体现。你不要怕她……我相信……"

"你没懂我的意思。我问你，如果我谨遵医嘱我的病会不会在可预见的将来痊愈或者大体恢复？"

"我只能向你保证，如果你谨遵医嘱，我们可以在相当长的时间内控制你的病情不致持续恶化，这段时间也可能是三年、五年、七年或更长的时间。"

"就是说一时半会儿死不了，但也毫无痊愈的可能。"

"不能说毫无！据我所知就有完全康复的特殊病例。"

"医学的奇迹都是依靠侥幸取得的吗？"

"你应该有信心。"

"这跟我有无信心毫无关系，我们现在谈的有关别人的幸福。我相信我不会很快毙命那倒简单了，我的信心你及其同伙的医德还有咱们的新斯的明等等可以使我苟延残喘若干年或者更理想地活耗一辈子。天天躺在床上打打针睡睡觉，饭来张口，衣来伸手，让人搭着去院里晒晒太阳就很兴奋很幸福了。充分利用别人的恻隐之心仁爱之心牺牲精神，使其欲弃不忍欲罢不能只能一天天陪下去，以同样衰老下去以同样的结局了此一生——如果你是我是不是就打算这样干？"

"不，我想我也干不出来，除非那人不是我所爱的而是我花钱雇的。"

"所以我恳求你暂时不要公开我的病情。一旦公开，我便成了可怜虫，那些讨厌的社会舆论，假惺惺的道学家，无聊的主持正义者，势必群起鼓噪左推右搡前拉后拽逼石静走上绝路。"

"你想怎么做呢？"

"这是我的事，我只求你给我两天时间。"

"我认为你应该信任石静。"

"我想让她毫无包袱地上路，不作任何眷顾和停顿——我必须瞒着她，否则她自己也会毁了自己。"

"你非常爱她是吗？"

我眼里一下涌出泪水。半晌，我说："今后，别提这个了。"

"何雷！何雷！"医务室的门"嗵"地打开，石静一脸惊恐地冲进来，直接向我扑来，眼睛在我身上焦灼地寻看着，"你怎么样？伤着哪儿了？"

"别一惊一乍的。"我厉声喝道，推开她伸过来的双手，"我好好的，什么事也没有。"

"他没事。"吴姗温和地对石静说，"我为他检查过了，连小外伤都没有。"

石静没理吴姗，看着我说："他们说你撞了车，把我吓坏了，我还以为……"

"还以为我不定什么烂茄子样儿——你怎么不盼我好？"

"不是……"石静红了脸，"你怎么这么说话？"

"我没责怪你的意思。人之常情嘛，要结婚了，丈夫残了这叫什么事？当然要担心了。譬如买一台电视，不出影儿，老得送去修，本来图个享受却添桩麻烦搁谁谁也别扭。"

吴姗走开插上电炉把针盆放上去煮沸消毒。

"我是那意思吗？"石静脸上有点挂不住，沉下来，"还说我不往好处想你，你怎么动不动就歪曲我。"

"你真这么想又怎么啦？我不明白。人为自己考虑这很正常，我就是这样儿。用不着不好意思假装关心别人。"

"什么叫假装关心、不好意思？我就没那么想嘛。我跟你还有什么可假装的？也许你常对我假装但我没有。"

"说的就是这意思嘛，咱们之间不必假装。咱们什么关系？一损俱损，一荣俱荣，关心别人就等于关心自己。"

"行了，何雷，你就别说了。"吴姗在一边说。

"实事求是嘛。"我转脸对吴姗说，"本来人和人关系就是这样儿，说说又怎么啦？该假装至爱亲朋就假装呗一点也不耽误。"

"你要非这么说，那我就这样。"石静冷笑着转身往外走，"你没事吧，没事我走了。"

"我就喜欢你这样。"我冲她背影嚷，"不怕说实话，就怕故作姿态。"

"我怎么故作姿态了？"石静倏地转身，噙着泪说，"你被车撞了，我怕你出事来看看你，关心关心你，怎么啦？有什么不对？用得着这么夹枪带棒地损我一大通吗？"

"说你不对了吗？你这么做很好，很对，不能再得体再恰到好处了。你要我说什么，对你的关心感激涕零吗？"

"何雷!"吴姗插话说,"你太过分了!"

"你让人吴姗说说,你讲理不讲理!我现在怎么啦?哪点别扭了?就让你这么看不上眼,一说话就呲儿我。你要看不上我了就明说,看上谁就找谁去,别这么阴着憋着的,想除了我不劳你动手我自己走。"

"你说你还会说别的吗?这套嗑儿简直成了你永远立于不败之地的法宝了。女人是不是都像你这样,用指责男人有二心来占上风?"

"何雷,你也别太不像话!"吴姗厉声说,"人家石静不过是说了几句情理之中的话,你不用摆出一副看穿人事、置身于人情之外的臭酸架子,不管你有什么道理,你也没权利对别人这么粗暴。"

石静哭得泣噎难禁。

我的眼圈也红了:"我不是那意思,不过是……"

"别狡辩了,你马上向石静赔礼道歉。"

"用得着吗?"

"必须!"

"……行了石静,别哭了。"

"你是一辈子没向人服过软还是一向就这么向人道歉的——你要不会我教你。"

"别哭了石静。算我不好,别人不了解我你还不了解我吗?从小就窝囊,受欺负,有什么委屈只好忍着。街上的人一个比一个恶,我敢跟谁狠去?也就敢欺负欺负你,你再不让……"

"得啦得啦,"吴姗笑着说,"明明自己的不是,却把全体人民饶上,你这都是什么逻辑?"

石静也破涕为笑:"吴姗你不知道,这人就这德性,从来不认错，千载难逢检讨一回还得找出各种客观原因，最后把自己弄得跟受害者似的。"

"你也是好脾气，换我，岂能容他？"

"唉，有什么办法？只好不计较，真较真儿一天也过不下去。"

"好啦，诉苦会改天再开吧。"

"我走了。"石静说，"班上的活儿还没完呢，下班我在门口等你。"

石静走后，我和吴姗沉默了下来。半天，她说：

"你感觉好点了吗？"

"好点儿了。"

又是沉默。

"你也是，何苦跟她那样？"

我看了吴姗一眼，低下头。

"就算想怎么着，也注意下方式，太伤人家也不好。"

"不这样，又怎能了？"我凄凉地说，"事到如今也只能做恶人了。"

"她也没错。"

"我有错吗？我招谁惹谁了？我要是无赖多好，生把着不撒手，那倒也不用这会儿做恶人了。"

"你……受得了吗？"

"……说老实话，我有点不寒而栗。一想到今后，真觉得可怕……我不知道真到那时候我是不是受得了，也许会后悔……"

"也许不至于。"

"你是说我坚强？不不，我现在只是还不习惯，不能想象，所以还算理智。真事到临头，瘫在床上不能动了，我也许比谁都糟，也许要拼命抓救命稻草。所以要趁现在把什么事都办好……我不相信自己。"

下班了，工地的汽笛响了。大门里，人们像潮水一样往外涌，步行的、推着自行车的人流中还夹着一些缓缓行驶的汽车。

人们在疲惫地说笑，轻松地迈着步伐。

董延平比比划划地对我讲述着下午传遍工地的一件新鲜事：公司陈副经理昨天夜里被人发现在家里吃安眠药自杀了。

"这老头儿为什么呀？"一个跟在我们旁边的女工说，"一个人过得挺好的。没病没灾，儿女又都大了不用操心了，一个月还拿那么多钱。他要活不下去了，那我们还不得早死多少回了。"

"不是人害的吧？"另一个人问。

"不是，百分之百不是。"其他人纷纷说，"公安局作结论了。"

"会不会是老伴死了，一个人过闷的。"一个人说，"有这样的，天鹅似的，一个死了另一个也活不长。"

"你们全错了。"董延平一副就他清楚的样子，"你们谁也想不到老头儿为什么死。不为别的，就为大伙儿老关心他，没事就去串门，送吃送喝，问寒问暖，把全市五张以上的老太太往他那儿发，生把老头儿关心得不好意思活着了，觉得自个成了大家的心病，死了算啦。"

"胡说！"大家纷纷笑着呲儿董延平，"没听说有让人关心死的，你又信口开河。"

"真的，我骗你们干吗？"董延平急赤白脸地说，"人老头有遗书，我去八宝山送老头儿烧尸时听工会小刘说的，小刘看了那遗书，当然词儿跟我说的有出入……作为一个老党员，不能为人民工作了……"

我和石静推着车，在人流中默默地走。

"你什么时候把家具搬来的？"

进了新居，我眼睛一亮，见原来空荡荡的室内已摆上了那套我们共同挑选订购的组合家具，而且经过粗粗的布置，有点像个家了。

我扭脸看石静："你找谁帮的忙？"

石静垂着眼睛声调刻板地说："上午找冬瓜他们帮的忙。本来早就想告诉你，可你瞧你下午那样儿……我就什么也没说。"

我伸手搂过石静："还生我气哪？"

石静偎在我胸前，嘴一撇要哭，十分委屈的样子。

我冲动地想说些温柔的话，叹了口气，终究什么也没说，松开她，走到组合柜前，轻轻抚那上面光洁明亮的油漆。

"这面上的漆打得还可以，里边活儿有点糙。我没太挑，想想这也可以了，能面上光看得过去就算可以了。"石静跟过来，站在我身边轻轻说。

"不错不错。"我说，"不能再高要求了。"

"我想在这儿放一盆吊兰，让它从上垂下来。这个玻璃柜放酒具高脚杯，这几格子放几本书。"石静兴奋起来，指指点点地对我说着她的设想，"再买些小玩意儿小玩具动物四处一摆，整个调子就活了。"

"嗯嗯，挺好，就按你说的办吧。"

"我说咱买什么样的窗帘好？"石静兴致勃勃地说，"我想来想去还是自己钩个'勒丝'好看，和这套家具配得起来。"

"窗帘还不能完全图好看，还得多少能遮点光。"

"那就再买块鹅黄的'摩立克'挂在里面，都不耽误。"

"闹不闹得慌？"

"那你说什么颜色好？"

"我说……算啦，就按你喜欢买吧，我也不知道什么合适。"

石静察觉到了我情绪的变化，小心看着我脸色说："你是不是又累了？累了就躺下歇会儿吧。床垫子买回来我就擦过了，挺干净。"

我没吭声，走到长沙发旁坐下来，仰靠在沙发背上。

石静走过来，在我旁边侧身坐下，凝视我。

"别理我。"我喃喃对她说，"让我静会儿。"

石静无声地起身离去，旋又无声地在我面前的茶几上放了一杯水。

我心里一阵怒火，他妈的，老这样永远也别想把话挑明，接着，又陷入深深的酸楚。

石静抖开一条新床单，铺在床上，用手把床单抚平。从立柜里拿出一对新枕头，拍拍松，并排放在床头，又拿出两条新毛巾被整整齐齐叠放在床脚。

"你怎么，今晚打算住这儿了？"

石静停住动作，垂着眼睛一动不动。

她那神情使我无法再说什么。

簇新的提花枕巾上，缕织着并蒂莲和鸳鸯的鲜明图案。

"你没生我气吧？"黑暗中石静轻声问道。

"没有。"风从发烫的身上掠过，我感到身下床垫内弹簧的有力支撑。

"我再也不跟你闹了。"

"……我从未想过怪你。"

"真的吗?"

石静窸窸窣窣地贴过来,手主动地寻找摸索。

"热。"

"不怕热。"石静娇喘着在我耳边低语。

我找着她的手,紧紧攥着不让她动,她就用身体缠住我。她的腿几次搭上来都被我挡开。

"你怎么啦?"她焦灼地不满地说,把整个身体压上来。

"我不想!"我用力地推开她,猛地翻身坐起,拧亮台灯,下地找着一支烟点上吸,第一口就把我呛得连连咳嗽。

我恶狠狠地回头看了她一眼,她也从床上坐起,鬓发散乱幽怨地瞧着我。

"咱们得谈谈了。"我走到沙发前坐下,抽了几口烟说,"必须谈谈了。"

石静垂着头,咬着嘴唇,片刻,仰起脸,意外地显得镇定、平静:

"我知道你要说什么。"

"什么?"我顿时紧张起来。

"我知道你另外有人了。"如果说石静说这话时内心是痛苦的,但从外表一点也看不出来。

"是的。"我说,艰难地说,"我又认识了一个姑娘,我想重新考虑一下我们的关系。"

"她漂亮吗?"半天,石静说。

"还可以。"

"比我漂亮?"

"比你漂亮。"

石静嚅动着嘴唇，深深地垂下头，散乱的头发遮住了她的面部。

"她，爱你？"

"是的。"

"你呢？"

"我也一样。"

"那还有什么可说的？随你便吧，我想你也早就决定了。"

"我本来想早点告诉你，可，你也知道，我觉得很难说出口。"

"我明天走行吗？"石静抬起脸，平静地望着我。

我眼中一下噙满了泪，忙吸了两口烟，嗓音沙哑地说："不，你不用走，我走。"

"还是我走吧，反正我也用不着这房子了。"

"你别这样儿。"我挥去泪，央求石静，"你这不是不让我做人了嘛。"

"我不让你做人？是我不让你做人？"石静盯着我一字一顿地发问。

"……"我垂下头。

"你要觉得你走好点儿，那就你走吧。"石静说。尽管她的语调仍旧平静，但我看到她眼里有东西闪动。

"对不起，石静，真的对不起。"我泪流满面说，"都是我不好。"

"别说这个了。现在，咱们睡觉吧。"

"……"

"就算咱们结不成婚了，也不至于就成仇人了吧？"

"不是，绝不是这意思。"

"那你是讨厌我，不愿意再挨我？"

"我来，我这就来。"我掐灭烟，上床来。

石静伸手把台灯熄灭。

石静在黑暗中嘤嘤哭泣，远远蜷缩在床的另一头。

"我可以等你，万一你跟她不合适……"

"不，我就是和她不合适也不会再考虑你。过去的事就让它过去，咱们谁都别再想了。"

"不！我不能！我永远要想。"

"……"

早晨，石静在门口紧紧拥抱我，我的骨节被勒得"咔咔"作响。

"再给我一天……"她哭着请求。

"不！"

"再给我一天！"她使劲搂着我不让我脱身，"就一天，让我像你妻子一样过上一天……然后你再走。"

"……"

"你已经给过我很多很多……再给我一些……就让我拥有你一天。"

"我答应我答应我答应。"

她笑了，含着泪惨然而笑，十分满足："这一天，你全听我的。"

"我答应。"

这一天的大部分时间我们是在疯狂的采购中度过的。石静没好好走过路，始终奔跑着从这条街到那条街，出这家商店进那家商店，为自己买衣服为我买衣服；买床上用品买盘碗锅匙买所有日用百货，兴致勃勃，满脸喜意。

她甚至为自己买了件最昂贵最华丽的婚礼白纱裙。

"你疯了?"我说她,"这东西谁买?都是到照相馆租。"

连柜台里的售货员也笑嘻嘻地说:"小两口不过了?"

"一辈子不就这么一次吗?"石静笑着说,"要省什么时候不能省。"

买完白纱裙,石静又把我拉到西服柜台,点了一套最高级的西服。

"我不要。"我对石静说,"犯不上,我从来不穿西服。"

"我要。"石静说,"我要你穿。"

"那就买套一般的。"

"不,就买最好的。"她坚持。

一天之内,我们逛遍了全城的商店,差不多花光了我们的全部积蓄。在一家高级美容店,石静把剩下的钱全部用去做了"新娘化妆"。

当她美容完毕,从楼上笑吟吟地走下时,真是仪态万方,光彩照人。店内所有等候的顾客都把目光投向她。

我们并肩走在街上时,吸引了无数行人的注意力。

"这些东西都是我这些年攒的。"石静打开她那只一直锁着的皮箱对我说。

箱子里琳琅满目,放满一摞摞精美的杯子垫、桌布、沙发靠背饰品等钩织品。

石静一件件展开给我看,自豪地炫耀:"好看吧?"

"好看。"

"这要一布置起来,家里立刻就变了个样儿。"

石静把所有买来的和自己织的都搬了出来,摆满了室内的每一处角落，像开一次展览会。

笔挺的西服和浆硬的衬衣领使我像一个被箍着的木偶。石静穿上婚礼裙，拽着我在屋里各处摆着姿势合影。一会儿站一会儿坐，或依或偎，所有姿势都必须笑。

"笑，你倒是笑啊。"

"你别折腾我了，石静。"

"你答应过，今天全听我的。"

"好好，我笑。"

石静转嗔为喜，美滋滋地挽着我，头靠在我肩上，目不转睛地对着那架支在地中间的照相机镜头。

镜头亮晶晶的照相机快门自动跳下，"喀嗒"一声，闪光灯耀眼夺目一闪。

"再来一张……"

"你喝什么酒？"

"白酒。"

"那好，我也喝白酒。"

我们俩在石静亲手操持的一桌丰盛的菜肴前相对而坐。石静为我斟酒，然后又给自己斟满，看着酒瓶上的商标赞叹："我是第一回喝茅台。"

她举起杯，笑着对我说："说句什么祝酒词呢？"

"你说。"我也举起杯，笑着说。

她想了想，笑了，把酒杯在我的杯上清脆一碰："祝你幸福，亲爱的。"

"祝你幸福……亲爱的。"

石静的眼中立刻闪出泪花，她连忙一饮而尽，笑着掩饰道："真辣——真好喝。"

"吃菜吃菜。"她放下酒杯，拣起筷子，伸向盘子点着说，"别客气。"

"不客气。"我也放下酒杯，吃菜。

"做得不好，没什么东西，随便尝尝。"

"做得很好，东西很多，下回……"

我抬起眼，石静望着我，我们俩人对视着傻乎乎地笑。

石静又把酒杯斟满，我们共同举杯。

"这一杯说什么？"

"该你想词了，你说。"

"祝你幸福……"

"说过了，不许重复。"

"祝你快乐……"

"还有呢？没说完。"

"……亲爱的。"

"祝你快乐，亲爱的——咱们立个规矩，每句祝酒词都得带个亲爱的。"

"好，亲爱的。"

我们一饮而尽，互相看着哈哈笑。

"这杯该我说了，说什么呢？你帮我想想。"

"祝酒呗，就说最俗的。"

"祝你健康，亲爱的。"

"祝你健康，亲爱的。"

"祝你万事如意，亲爱的。"

"亲爱的，祝你万事如意。"

"祝你家庭美满，亲爱的。"

"祝你……"

"别哭，亲爱的。今天不许哭，谁也不许哭，完了再哭。"石静温存地哄我。

"我没词儿了，我想不出再说什么了。"

"我也没词儿了。"石静干喝了一杯，又斟满酒举着愣愣地说，"要是冬瓜他们在，一定能编出好多词儿。"

"别喝了，你该醉了。"

"我想醉，我要醉。"

石静又饮干一杯，再斟满，忽而笑着说："祝我好运吧？"

"祝你好运，亲爱的。"

"你上哪儿？别走！"

"不，我不走，我去趟厕所。"

"不！"石静蹾杯尖叫，"你哪儿也别去！我哪儿也不让你去，今天你是我的！"

"我哪儿也不去，不去了，就在这儿坐着。"

"我哪儿也不许你去，今天你是我的。"

石静偎过来，坐在我身边，喃喃道："今天你是我的。"

夜里，石静已经睡熟了，月光下，她的脸上还挂着泪痕。我躺在她身边，感到一阵阵彻骨的酸痛和寒栗。我知道我的脸在一点点扭曲、痉挛、抽搐。我无法控制这种抽搐，绝望地捂上脸，这种抽搐传达到全身。

"再给我一些……再给一些吧。"我暗暗地叫。

早晨，我在门口紧紧拥抱石静，我们俩的骨节互相勒得"咔咔"作响。

她汹涌地流着泪，发疯似的连连吻我，拼命摇头："我忘不了忘不了……"

我用力掰开她的手，她哭出了声，挣扎着抓我，在我脸上留下了道道血痕。我捉着她的双手把她远远推开，关在门里，自己转身下了楼。

一个苹果啃得只剩核儿了，我仍在用力吮咂它，不时喝上一盅白酒。白酒清亮似水，滑入喉内却如一条火舌，吞噬着我的脏壁。

董延平、小齐在小酒馆找到我时，我已喝得目光呆滞，遍体大汗。

他们叫了几盘猪耳朵、花生豆、黄瓜拌腐竹，推到我面前，我不予理睬，仍津津有味儿地咂着我的苹果核儿。

他们在我面前坐下，不吃不喝，神态尴尬。

我看着他们笑起来。

"怎么回事？"董延平诚挚地望着我，"他们说……我已经为你坚决地辟了谣……"

"肯定是瞎说对吧？"小齐也同样神态地望着我，"闹了点小纠纷，说了几句气话，其实没那么严重。"

"偏偏就那么严重。"我痴笑着说。

董延平眼中的期待消逝了，变为焦躁，他一把夺过我的酒杯：

"别喝了！你胡说什么？你哪有什么'情儿'，我天天和你在一起还不知道你？到底为什么？是不是石静出了什么事儿？"

我呆呆地看着他们，汗顺着额头往下淌。

"是不是你发现石静有前科什么的，所以……"小齐笨嘴笨舌地措着辞，"其实这是睁一只眼儿闭一只眼儿……你得这么想，谁让我没早点碰见她的……你还在乎这个？咱又不是财主。"他装腔作势地笑起来。

"我凭什么就不能有'情儿'？"我翻着白眼拿腔拿调儿地说，"别太瞧不起工人，工人怎么啦，工人勾搭起人来也有手腕着哪。"

"何雷，"董延平双肘压在桌上，充满感情地说，"咱是老粗但不是流氓对不对？见异思迁吃里扒外搞资产阶级自由化，那都是知识分子好干的事儿。咱们，你也不是一向顶瞧不上？"

"你这话我就不喜欢了。都是人，别人干得我为什么干不得？凭什么知识分子能一个好汉三个帮，一个兔子三只窝，我就得吃饱干活混天黑，一棵树上吊死，一块坡地旱死？不是我说你们，总是不能理直气壮当主子，自个先觉得不如人矮了三分。工人是谁？主人！搞几个妇女怎么啦？"

"何雷，咱祖祖辈辈可没出过流氓。"

"那就出一个吧，也别让人说咱特殊。"

小齐叹口气，苦恼地揪起自个儿的胡子。

"我看你们俩就别白费力了，"我垂下眼说，"虽说咱们是哥们儿，可有的事谁也不能代替谁。"

"从今后，咱们就不是哥们儿了。"董延平冷冷地说，"除非你做得像个哥们儿。"

"那就算了，"我说，"不哥们儿就不哥们儿吧。"

"话既然说到这份儿上，那也没什么好说的了。"董延平霍地站起，看着我，"你永无宁日！"

中午，我来到食堂，感到了所有人不友好的目光，包括公开的轻蔑和背后的鄙夷。所有跟我熟识的人都对我视而不见，昂首擦肩而过。就连售菜窗口那个平素一见我就开玩笑的胖姑娘，看到我也是一脸冰霜，那一勺扣在我饭盆里的菜明显比往常少得多，当我端着饭菜挤出人群时，受到了董延平等人的有意冲撞。

我端着饭菜站在食堂中间，没有一个人请我到他们饭桌上去就餐。人们似乎有意把每张饭桌围满，就是空着的凳子也放上包，蹬上脚。远处董延平那桌空着一个位子，就在默默吃饭的石静旁边，但我不能去。

我向相反方向走去，到处是正在咀嚼、低声议论的男女，阵阵白眼向我飞来。

吴姗从人群中站起，平静地叫我："何雷，到这儿来，这儿有一个空座。"

我看着她，又扫了眼周围正注视着我的人，摇摇头，端着饭菜走出了食堂。

我听到身后人群的嗡嗡议论声中董延平那格外刺耳的骂骂咧咧。

我在一摞水泥空心板旁靠着端碗吃饭。对面楼上正在进行紧张的混凝土浇铸。一车车混凝土被绞盘钢缆提拉着，在一层层脚手架间快速升降着。楼顶忙碌的工人的安全盔在烈日下反着光。楼下的混凝土搅拌车隆隆作响，巨大的搅拌筒在转动。一只麻雀惊惶地斜飞过工地，一台电锯在远处发出持续刺耳的锯木声……

吴姗在水泥空心板堆后面找到我时，发现我瘫坐在那里，面目狰狞。双目痉挛地圆睁，下颌弛垂龇牙咧嘴口涎挂在胸前，说不出话，动弹不得，头耷拉着无法抬起。

她迅速架起我，向医务室拖去，一路上我靠了她的支撑才没摔跤。

细长尖利的针头扎入我的肌肉，我感到疼痛和浸胀，接着针头拔起，一支酒精棉签按压了片刻松开，一阵凉爽掠过触处。

空气中充满酒精醒脑明目的芬芳。

"我没想到你会用这么拙劣的办法。"吴姗的白大褂在我眼前晃动了一下，接着我看见了她光洁的脸和黑白分明的大眼睛。

我脸俯在枕上疲倦地笑："这样最容易被人接受和信以为真。"

"那倒也是。"吴姗叹口气，"别为大家的态度难受。"

"根本不会……"

"还说不会呢。"吴姗用手轻轻拭去我眼角流出的泪。

"真的不是为别人。"我脸贴着枕沙哑地说，"是为我自己，想不通……"

"死生有命……你也有过幸福愉快的时刻……"

"太少了，我现在觉得太少了，要是我知道是这下场，我就不那么掉以轻心了。"

"你以为八十岁死就不会后悔了吗？"吴姗用她细长的十指温柔地抚摸着我的头发。

"多希望是一场梦，醒来，原来一场梦。"我喃喃地说。

"……"

"我害怕，真的吴姗，我害怕。"

"怕死？"

"不，不是怕死，怕受罪。你能答应我吗，吴姗？"

"什么？"

"要是我动不了啦，不能走不能笑只能吃喝睡，你给我吃安眠药，像陈经理一样——我不想活着受罪，眼睁睁受罪。"

"……"

"答应我。"

"你不会那样儿的。"

"会的，我知道，总有一天会的。我要有骨气，就不等那一天到来……我不想讨人嫌，等到别人都烦了，盼着我死，我希望死时还能有人为我难过。"

"……我答应你。"

…………

"谁在外边吵?"

"你的朋友们，还有很多看热闹的人。"

"出了什么事?"

"他们在等着你从我屋里出来。"

"我这就出去。"

"不行，他们正在火头上，领导正在劝他们。"

"我得走。"

"那我陪你一起出去。"

"你何苦赔上?"

"你看不出来吗? 我已经赔上了。"

"我向他们解释。"

"没用。你不必替我操心，早晚我会解释清楚的。"

我们出了医务室，只见楼道里站满了人，都是工地的熟人和朋友，几个工地领导正在做大家的疏导工作。董延平等人和他们激烈地争执着，所有人都义愤填膺地帮着董延平说话。一见我们出来，楼道内喧闹的声音立刻平息了，连头儿们也停止了说话，人们一齐望着我们。

我们往外走，人群自动闪开了一条道，我在敌意的注视下挤着往前走，我的腿发软，走起路来摇摇晃晃。吴姗紧跟着我，伸出手挽着我。

人群中发出了低低的咒骂：

"真不要脸，还手拉手呢。"

"真没看出是这么个人，过去一直以为她是好人。"

"臭婊子，不定勾搭了多少男人！"

"呸呸！"

有人啐唾沫儿。人们的愤恨全冲着吴姗。

人群中爆发一阵骚动和叫嚷，我猛地回过头，只见有人把西红柿向吴姗的后背上掷去。西红柿砸烂在她的白大褂上，犹如子弹射中人体，迸裂开血红的大洞。吴姗坚定地忍受着，有力地拖拽着我一步不停地向门口走去。

门外强烈白灼的阳光照得我两眼发黑，我看到石静站在远处望着我，手紧紧拉住狂怒的董延平，不让他靠前。

石静脸若白纸，眼如黑洞。

我在得悉石静与董延平正式结婚登记的准确消息后，由吴姗陪同去住了院。车队的头儿和工会方面得知这一消息后迅速赶到医院看望了我，并在我陈清原委和一再坚持下答应为我保守秘密。为了不使他们过分动感情，我对他们很说了些冷酷的话，使他们觉得石静与我固然可叹，实不足惜，河既改道夺口出海，也断无人为牵引复归故道之理。

我住院后过着完全与世隔绝的生活，严格按照医嘱起居，打针服药，进行胸腺放射治疗。应该说医护人员治疗的态度是积极的，我的病情得以维持全赖他们的努力。但"肌无力性肌病"是目前人类尚无法控制和征服的，就像花谢日落一样，人类的意志对此是无能为力的。

我已不再对痊愈抱有希望。

吴姗有时来看我，给我带来一些消息。她说我们承建的那个工程如期在"七一"那天完工了。落成典礼时来了很多头面人物剪彩，典礼搞得十分隆重，张灯结彩、鸣放鞭炮之类的凡是庆典活动例行的节目无一省略……那天还同时举行了盛大的集体婚礼。

那天结婚的新郎新娘们受到了隆重的礼遇。他们全被请到了主席台上，一对对站成一排，面对观众(我想那场面一定很像发奖会)。一个作为嘉宾邀请的很高级别的领导，为他们作了热情洋溢的赞颂，当然也少不了勉励和希冀。据说这位号称一向风趣的首长还充当了类似外国人在教堂举行婚礼时神父一类的角色。在致辞结束后，他笑着大声问新郎新娘们："你——爱他(她)吗?"

据说彼时全场欢腾，谁也没听清新郎新娘们是如何回答的，因为全场上万条喉咙抢先回答了。他们排山倒海地呼喊："爱——!"淹没了一切声音。

接下来是长时间的欢笑和一人领头众声齐和的合唱。

后来是不是又跳舞了，吴姗说她也不记得了，她的注意力全集中在站在台上的石静身上。她说石静尽管和其他新郎新娘一样容光焕发满脸喜悦始终面对着大家，但她眼里有一种异样。不易被人察觉的异样，她认为是：寻找。

我认为这是吴姗的错觉或者毋宁说是心愿如此。

如果我们长时间凝视一面下垂的旗子，它就会徐徐飘动。

如果我们长时间凝视一棵树，树叶间就会出现一双和我们对视的眼睛。

如果我们长时间凝视一幢高楼，它就会向我们倒来。

"十一"的晚上，全城在放焰火，夜空不时被一阵阵绚丽的火花划亮。

我倚坐在病床上，吴姗在翻阅我的一本相册。她的手依次指向我的每一张照片，最后，停留在一张我在晴天站在卡车旁开怀大笑的照片上。看到我眼中肯定的神情，她把那张照片从相册上取下来。我们是在进行挑选遗像的工作。这工作我们进行得冷静、有条不紊。病情迁延至今，任何变化已经不能使我们感情波动，对于我来说，几乎是渴望死亡的到来。

我没有听到一点声音，只是看到吴姗面对着门突然僵住，接着眼睛湿润了，一言不发地站起来，把我扶转向门口……

石静淡妆素裹出现在我面前，她后面跟着董延平。

石静向我移步走来，她晶莹透明，肤若蝉翼，她的眼睛像浸于一缸清水的雨花石，纯净滑润……

我面无表情地望着她——我已经无法做出任何表示了，连笑一下也是不可能的，只有一种东西还是自由的，它从我眼中流出，淌过我毫无知觉的面颊，点点滴在那只向我伸来的美丽的手上……

（原载《当代》1989年第6期）

无人喝彩

层层叠叠的皇宫金顶，在落日的余晖下近乎熔解地流淌着道道烈焰。

重重高大的朱红殿门一进进洞开着，新刷的油漆浓郁欲滴，犹如已经凝固涂抹均匀的血。

宫殿的飞檐、廊柱、铜缸、瑞兽及一切高大竖立的器物都在千万只脚摩擦得光滑似镜的石砖地上投下倾斜的影子。

白日供人参观的皇宫此刻游客已经绝迹。

李缅宁在殿门纵深处出现，他身后跟着出现了一行粗壮的男人。

他们在逐次用古老的铜锁把一道道宫门锁上，仔细地贴上封条，一层殿一层殿地退出来。

暮色中，一群群黑色的乌鸦和燕子，在宫殿挂着网的斗拱架梁间飞舞，鼓噪着飞到空旷颓败的广场上疾倏盘旋。

灯火通明的舞台上，坐着一支大型完整的交响乐队。

台下观众仍在走动，找座位，低声交谈，穹形的剧场上方聚集着一片喊喳嘈杂的声浪。

穿黑色燕尾服的老年指挥挺胸走出侧幕，径直走上指挥台，翻开第一页总谱，扬起他的两条胳膊，一只手里拿着细细的指挥棒一只手空着。

观众席上仍然不安静。

台上的乐队自顾自地泰然开始演奏第一支乐曲。

坐在定音鼓前排小提琴手们后面的肖科平，眼睛盯着乐谱，嘴横长笛，吹出自己在整首乐章中的第一个音符。

她的两只手极为修长光洁，毫不逊色于她手中的那只银亮的长笛。

那只刚才按弄长笛的手拉开冰箱门，与刚才舞台的明亮相比，冰箱的光区显得十分狭小。

肖科平端出一盘剩菜，用手指拨拨已经凝冻了一层白色油脂的盘中内容，拣出尚完整的腊肠和整根的油菜叶放进嘴里。

她仰起的脖子有几条青筋十分突出。

她边吃边端着菜盘走到房间一角的自制长沙发上坐下，看着书柜前的电视节目。

电视里一出戏曲连续剧已近尾声，一个时装老旦在对着一群生旦净丑劝勉有加地唱，只有字幕没有声音，她没开音量。

她穿着睡裙，出神地看着电视，嘴里咯吱咯吱地嚼着油菜茎，脸上的化妆已经卸去，在电视的荧光中显得苍白、憔悴，她已经不年轻了。

她把菜盘放在茶几上，从沙发上拿起一卷手纸，撕下一截儿，擦擦嘴擦擦拣菜的两个手指，把纸揉成一团扔进堆满烟蒂的烟灰缸。

她站起来，从拖鞋中伸出一只脚，用大脚拇指关了电视，趿着拖鞋绕过书柜。

书柜后面有一张大床，床上乱堆着棉被和枕头，还有一本打开没看完的杂志。

她抽出一条被子，又找出一个枕头，拍松，搁在床头，接着上床，两脚高抬蹬着被子手拎着另一头，查看了一下被里，盖在身上，关灯翻身睡了。

窗外传来夜行火车隐隐的鸣笛声。

天蒙蒙亮了，几道光线从终日紧闭的旧窗帘中透出来，屋内的家具摆设影影绰绰地显现出来。

这是间教室改的宿舍，在墙的另一端，那张长沙发上还镶有一块长方形的木质黑板，上面胡乱写了一些留言等字迹。

房间里堆了过多的家具，新旧杂陈。电器和玻璃器皿上都落满了灰尘。总的感觉是凌乱、马马虎虎，令喜欢秩序和有洁癖的人不能猝睹。

肖科平仍在床上熟睡。床所在的那个角落是屋内最幽暗的地方，窗外泻入的些微光线都被那排书柜挡住了。

门锁"嗒"地一响，接着双扇门被轻轻推开一扇。李缅宁闪进来，返身掩好门。他环顾了一下四周，蹑手蹑脚直奔电视。

李缅宁把电视旁的一台游戏机搬到茶几上，跑来跑去身手敏捷地把连接线和电源全部接上，然后到沙发上坐下看着屏幕渐渐亮起来的电视，两手按在游戏机的揿钮上，脸上充满兴奋与期待，活像一个刚搞到二两大烟土的瘾君子准备好好享受一番。

电视屏幕上出现彩色斑斓的图像，形形色色的太空入侵者伴着各种"嘀嘀嘟嘟"的怪响从四面八方出现。

李缅宁精神抖擞地操纵着激光炮沉着迎战，以科学家般的严谨与缜密态度有条不紊地将其一一摧毁。

射击声、爆炸声不绝于耳，李缅宁完全沉溺在他的海湾战争中，英勇无畏地厮杀，不时发出低低的欢呼和沮丧的叹息。

肖科平鬓发散乱、睡眼惺忪地出现在书柜旁，一脸厌恶。

"你不睡，也不让别人睡？"

"……"

"哪天我非得把你这游戏机砸了。"

李缅宁一阵欢呼，得意地转向肖科平：

"你说什么？"

肖科平腻歪地一扭脸，转身回到书柜后，片刻出来，披了件罩衫。她从茶几上拿起一只喝过没刷的玻璃杯，抓一袋撕了口的奶粉倒进去半杯，拎起地上放着的暖瓶冲了一满杯，用一只长把匙子搅着奶粉，坐在一边跷起二郎腿说：

"我妈说了，这星期天让咱们回去一趟，我弟弟要结婚了，有些事要跟咱们商量。"

李缅宁继续全神贯注地玩。

"我妈就一人，岁数也大了，身体又不好，好多事干不了。我弟弟他们想把我们家那房子装修一下……哎，我说话你听见没有？"

肖科平把匙子"当啷"一声扔到茶几的玻璃面上。

"你说你的。"

"我说什么呢？"

"你弟弟要结婚——结吧。"

"让你帮忙。你的同学里不是有搞室内装潢的？"

"……"

电视里起劲地怪叫:"嘀嘀,嘟嘟——轰!"

"你能不能呆会儿再玩?"肖科平一眼不看电视,盯着李缅宁。

"嗯?"李缅宁猛回头,"早没联系了——噢,有事才去找人家?"

"李缅宁,你现在眼里还有我吗?"

"有哇,你这不是一天到晚在我眼前晃。"李缅宁眼睛不离电视。

"你要是烦我了,就直说。"

李缅宁又是一阵欢呼。

"玩完这阵的,今儿我准备破纪录。"

肖科平站起身,过去把电视关了。

"你现在除了玩,什么心思都没有了是不是?"

"我正玩着半截儿呢——你怎么这样无理?"

李缅宁过去开电视,一巴掌打开肖科平阻挡的手。

肖科平紧捏挨打的手,作疼痛钻心状。

"李缅宁,你现在对我手够狠的。"

"少废话!告没告诉过你,我玩游戏机的时候不许捣乱?"

他坐下继续玩。

肖科平扭身冲过去一下又把电视关了。李缅宁立刻又去抢开电视,与挺身阻拦的肖科平扭打。

肖科平先还缩腰护胸咯咯笑,被李缅宁一把猛地推开,一个歪斜跌坐在沙发上,再跳起来,已然气急败坏。

"你现在都敢打我了——哈!"

"你再来劲?你再动一下电视试试?"李缅宁指着肖科平脸,也气得直喘。

"少拿你们家那些破事烦我！你弟弟结婚，爱结不结！就他那花花公子，别糟践人家女孩儿了——回头我就打扫黄专线电话举报他！"

肖科平慢慢挪动到电视前。

"我弟弟花花公子？我还说你爸爸老抠门呢。"

她在电视前犹豫了一下，"啪"地再次关上电视，挺胸迎问李缅宁。

"我关了，你怎么着吧——我告你李缅宁，你要动我一下，我今天就跟你拼命或者从二楼跳下去就说是你推的。"

李缅宁气笑了："我看你都快成无赖了！"

肖科平挺得意："借你俩胆儿——敢动我就跟你离婚。"

"离！不离你都不是女的！"李缅宁手指到肖科平鼻尖上。

肖科平一把打开李缅宁的手。

"你早想跟我离婚呢吧？"

"谁一天到晚老把离婚挂在嘴边？威胁谁呢？好像谁怕离婚似的。你不离我都跟你离！这日子过着也没劲了。"

肖科平理直气壮："我那都是说着玩的。"说完翻个白眼。

"谁跟你说着玩？"李缅宁瞪着眼睛喊，"说离就离，咱们也认真一回。"

"我一天到晚在外忙，累得半死，给你挣钱，嘴都吹得长溃疡了。你成天在家玩，大爷似的——你还烦了？"

"谁让你给我挣钱了？你还少说这个！咱俩谁花钱花得多？我他妈一年到头值夜班，辛辛苦苦，白天回家想轻松一下你还不让，还得受你管——你算干吗的？"

"好，好。"肖科平点头，"今天终于把心里话说出来了。说得好！要不我还傻呵呵蒙在鼓里呢。早就瞧我不顺眼了是不是？嫌我老了，想找个年轻的？"

"对，没错，全让你说着了。"

肖科平欲哭，想想也没什么好哭的，也实在哭不出来，便冷笑："你是不是已经在外面有了相好的？"

第二年的春季。

初看似雪，定睛凝视方知那在阳光中漫天飞舞的是一团团柳絮。

柳絮飞上枝头，飘落在地，使得春天的街景到处白茸茸的犹如发霉长了毛。

将近下午五点的时候，街道一侧的建筑物已阴影重重，而另一侧的高楼大厦则镀满夕阳明亮的光辉。

在阴下来的那面街上，李缅宁和肖科平从一个挂着不少黑字白牌的机关门里出来。

从赫然醒目的仿宋体黑字，可以轻易地辨认出这是这个城市中的一级人民政府的所在地，其职能之一便是批准与不批准其辖下群众的婚丧嫁娶。

更多的男女从街两旁的机关、公司里出来，使本来冷清的街道骤然变得熙熙攘攘。这些工作了一天的男女职员们面带疲倦和轻松，个个衣冠楚楚却毫无笑容。

肖科平穿过马路向十分明亮的街对面走去。李缅宁则返身沿着阴下来的街道往回走，在街拐角消失。

肖科平的长发和敞开的风衣，被她疾步而行所带动的风，吹得向后飘去。夕阳在她的头发、双肩上罩了一层茸茸的金子般纤细的光芒。

天已经完全黑了。远处的处于另一视角的立交桥，犹如一只巨大的夜光表盘，或插着无数蜡烛的双层大蛋糕，轮廓鲜明地浮凸在黑沉沉的旷野中——像梦中景象一样不真实。

这套位于十六楼顶的单元房内灯火通明，每间屋内的每盏灯都开着。曾经精心布置过的居室陈设，此刻被搞得乱七八糟，地上一片狼藉，散扔着纸片、破内衣、烂书和单只袜子；那些显然是经过仔细挑选，刚买了不久式样时髦的崭新的组合柜和成套沙发被拆散、移位；男女款式迥异的四季服装成堆地分别码放在两只一模一样的大号皮箱内。

肖科平和李缅宁正在非常认真地分家。各自不停地把归了自己的那份家具往自己的房间搬。

大件的家具两个人便协力搬运。

两个人抱着大包衣物被褥在走廊相遇，像两个大胖子狭路相逢，只好分别贴着墙踮着脚尖挤过去。

一摞硬壳俄文书搁在过厅地板上，两个人从那儿经过时都绕过去或跨过去。

"幸亏及时分了这套单元，否则咱们俩里就得有一个睡到大街上。"

肖科平放下刚和李缅宁一同抬进屋里的写字台，气喘吁吁地说。

"那只能是你了。"李缅宁说，"这房子是我们单位分的。"

窗外下着瓢泼大雨，虽是上午但室内昏暗得如同黄昏，仍开着一两盏灯。

两个人在虽已分割就绪但仍显凌乱的室内进行最后的清算。

肖科平拿着一把缝纫剪从一本本相册中抽出李缅宁的照片，一张张递给站在一旁的李缅宁。李缅宁手中已握着厚厚一摞照片。

遇到二人合影，肖科平便一剪为二。

李缅宁抬头看到墙上还挂着一帧二人合影，便摘下镜框，取出照片递给肖科平：

"剪齐点。"

肖科平一剪下去，然后又仔细地把残留在她那半张上的李缅宁右肩剪掉，抬头看看李缅宁："你挺得意的?"

"想看我给你哭一下吗?"

"为什么得意? 终于骗我跟你离婚了是吗?"

"说好，这可是你要跟我离的，别这会儿又装得受了遗弃似的。"

"怕受道德谴责是吗?" 肖科平望着他笑。

李缅宁拿着照片转身就走。

"等等。" 肖科平叫住他，一指梳妆台，笑嘻嘻地说，"把你的刑满释放证明拿走。"

李缅宁忍着气把梳妆台上的两本黄色的离婚证抄走一本。

片刻，又回来，手里还拿着那本离婚证。

"拿错了。"

他换了一本，打开查看了一眼。

"什么时候带来让我见见?" 肖科平慢悠悠地说。

"谁呀?"

"你那位新欢呀，噢，不算新欢，得算老人了。"

"怕你受刺激。"

"没关系。帮你参谋参谋，够打几分的。"

"费心。"

"怕你上当，为你好。你这么老实，随便一个什么女的还不把你涮了？把你交到谁手里我也得心里有数呀。"

"我就喜欢让人涮，没人涮我还难受呢。"

李缅宁拔腿走了。

肖科平笑眯眯地继续剪那些合影照上的李缅宁的断肢残手，笑容变得讪讪的。

墙上曾经挂过二人合影照的地方留下一个清晰的照片框印。

雨已经停了。一道阳光像舞台上的追光打进屋内，有所不同的是这束光立刻在屋内散开，使整个房间豁然亮了起来，屋顶吊的那盏灯倒灰暗了。

肖科平在光芒中振作起来。

她扯下归她所有的那张双人床上的床单、被套、枕巾，抱着去卫生间一股脑儿扔进洗衣机。

洗衣机轰隆运转起来。

她回到过厅，看到那摞堆在地板上的俄文书，朝李缅宁房间喊：

"喂，把你的破书搬走，搁在这儿怪碍事的。"

李缅宁从房间出来，看了眼那堆书："这些书我不要了。"

"不要也别搁这儿啊，卖给收破烂的。"

"你卖吧，卖的钱归你。"他说完回了房间。

肖科平拿起一本厚砖头似的书翻了翻："当年哭着喊着到处买买不着，现在又都不要了。"

外面楼下传来吆喝声："有废书旧报纸——我买！"

肖科平立刻穿过李缅宁房间来到阳台，朝下喊："旧书要吗？"

李缅宁自顾自地在摆弄游戏机，视若无睹。

一会儿工夫，一个男人拎着麻袋敲门进来，一副呆头呆脑的样子。

肖科平脚踢踢那摞书问他："这书多少钱一本？"

"两毛钱一斤。"收破烂的男人蹲下，用力把那些俄文书的硬壳封面撕下来。

肖科平伸手从洗衣机的甩干桶内拿出搅成卷的被单、床罩，一盘盘扔进李缅宁端着的脸盆里，神态冷漠。

"想什么呢？"

"想你。"肖科平看了眼李缅宁，"想我自个儿，我的前半生。"

"别苦着自个儿，你的前半生除了遇见我是个错误，其他都好，算得上顺利。"

李缅宁端着满满一盆衣物来到阳台，恍然与云开日出的太阳打了个照面，立刻被那夺目的光芒射个满眼漆彩，人也红光满面。

"为什么会遇见你呢？又没认出你是个坏人，差点毁了一生，这教训还不够沉痛吗？"

肖科平也来到阳台，二人一起挽着袖子把床单、被罩抖开晾在铁丝上。

"那时你还年轻。"

"是啊，第一次还可以用年轻原谅自己，还有机会悬崖勒马，再碰上一个你这样的呢？"

"那就太说不过去了，我都替你害臊。"

"那真是自找没趣了。"

湿淋淋、沉甸甸的床单、被罩挂满阳台，阳光如油慢慢渗出，将床单、被罩上的花卉图案勾勒出来。

人脸、室内倒阴了下来。

"放心，我这样的人也不是随便就能碰上的。"

肖科平关了煤气灶上的火，端起炒勺把里面的菜倒进案台上的一只精致的瓷盘内。

案台上已摆着一个盛着截然相反的色泽和内容的菜肴的同样款式的瓷盘。

她置锅于灶，解下围裙，端着两盘菜出了厨房。

她把两盘菜放在堂屋的圆桌上，从桌上的饭锅内为自己盛了碗饭，坐下正要吃，看见李缅宁拿着自己的碗筷从容地在桌对面坐下。

"你干吗，蹭饭?"

"我交饭钱，这顿饭吃完，我这碗归你。"

"这碗才一块八。"

"那我再搭一把不锈钢匙子，你这饭也就是便饭。"

"算了，你别交饭钱了，吃完打工——刷碗。"

"这就不该谁了。"

"你得理解我，强迫和一个自己反感的人生活在一起，我这已经算够客气的了——我怎么还看着你气不打一处来? 按说犯不着再跟你生气了。你能不能这辈子让我再见不着你?"

李缅宁含着一嘴饭菜，看着肖科平使劲嚼着，又低头没命地吃。

台灯的光芒透过白坯布的花盆形灯罩，放射出来已淡漠昏暗了许多。

李缅宁坐在藤椅上吃水果糖，糖块在他嘴里滚来滚去磕碰着牙齿"当啷"响，两腮忽凸忽凹。

肖科平推门进来，脸上笑嘻嘻的。李缅宁乜视着她，含着糖说：

"又想干吗？看你就是不怀好意。"

"没有。"肖科平仍笑着，"我就想问你有没有她照片，参观一下。"

"给我没要。"李缅宁大剌剌地说，"怕被你搜着。"

"长脸还是圆脸？个高吗？"

"你就往古典美人那个方向想去吧。"

"噢，那就算长圆脸了。"

"鹅蛋脸。"

"一定挺白的吧？"

"白里透红。"

"怎么勾搭上的？大街上还是人家里，或是别的什么社交场合？"

"……"

"说吧，说说吧，反正现在说了也没事了，别不好意思。"

"先在人家里认识，后来又在其他社交场合相遇。"

"谁先主动？"

"同时，几乎是同时，同时迸发。"

"别编了，你以为我信？就你那德性，除了我这么傻的谁看得上你？还鹅蛋脸呢，有松花蛋脸的就不错了。"

"对，没有，我骗你呢，你千万别信我的话。"

"有你带来呀，别光吹。也别什么古典美人，是个女的就行。"

"我不是告你了嘛，没这么个人。"

"有就有吧，也别难为情。我信那句话：蔫人出豹子。还有一句也是俗话：好汉没好妻，赖汉聚花枝。"

"对，我也特信这句话。"

"我真不会受刺激，只会为你高兴。你就满足一下我的好奇心吧，没准我和她还能成为好朋友呢——求你了。"

"你歇会儿吧你——烦不烦呀！"

"那你要是没有第三者，干吗这么死乞白赖地非要跟我离？你到底憋着什么坏？咱们得好好说道说道。"

肖科平眼神儿忽然变得十分可怕，犹如恐怖片里魔鬼附体的女人。

"我倒要知道，我在你眼里究竟算个什么？"

这是个阴霾的早晨，扑面而来的凉风中夹杂着星星雨滴。天上乌云疾走，地上人车乱窜，一场雨顷刻就要下来。一些未雨绸缪的行人已经纷纷站住，撑开随身携带的伞或取出雨衣往身上套。

李缅宁赶到公共汽车站，车已停稳，开了前后车门上下客。他挤在人堆里翘首以待。

胖胖大大的钱康从车上喝道而下："挤什么挤？先下后上！"

他穿过车门旁的人群昂首而去。

钱康走了几步，环顾街景，发现不对，再看站牌，提前下了一站。他返身挺胸冲入人群再往车上挤时，已不得其门而入。

李缅宁挣开沉重地压在他肩头的钱康，又向人似乎少些的中门冲去，中门关了。他弃中门又奔后门，后门也不失时机地关了。到底没上成车，和钱康并肩站在站台上，眼巴巴地看着塞满了人的公共汽车艰难离去。

钱康皮包夹在肋下，执拗地朝司机的后视镜打"T"形手势叫停。

然后又一步跨上马路，横在街头，朝每一辆疾驶而来的计程车跷大拇哥，口口声声喊："太克塞!"

雨当真落下来，站台上的乘客都退到街边商店的屋檐下避雨。

雨幕被风吹得不断改变倾注方向，忽而如矢扑来使檐下人群衣衫尽湿；忽而齐刷刷掠过马路将街对面的商店橱窗打得斑泪万点。

钱康在大雨中已成落汤鸡，头发湿漉漉地趴在额前，怀抱着皮包向街边一家亮着日光灯的百货店走。

雨已停了多时，碧空如洗，午后骄阳从素若飞絮的白云间破障而出，迸射出数道斑斓有力的粗大光束。

街上复又熙攘安详，人群在湿漉漉映着日光的晶亮街道上摩肩接踵，往来川流。

李缅宁无所事事地漫步街头，从背后看上去，他的双肩很宽很平很合适扛肩章。

迎面而来的少女和妇人的脸庞络绎不绝，各秉风姿，或娇嫩或妖媚或端庄或娴雅。

李缅宁左顾右盼，常常看得呆了，怅然若失。

衣着、姿色普通的韩丽婷始终跟在他身后一步之遥，有时近乎并肩。她手提一个老式软布兜，看不出是上下班路过还是专程购物。

直到她超过李缅宁走到他前面，并在一家自行车商店门口消失，李缅宁仍旧毫无感觉，只是东张西望。

天色迅速地暗下来，由铅青转为钢蓝，如同天笔洗墨，夜色渐渐洇开来。

钱康重又笔挺油亮地从一座金碧辉煌有民国初年北洋将军打扮的门卫守候的玻璃幕墙大厦内走出来，拾级而下，一手挥舞着俗称"大哥大"的手提电话。

这次，立即有计程车驯从地开过来。可他没上车。

他来到华灯初上的街头，神气十足地漫步徜徉。

在一座霓虹闪烁的豪华商场门前，他与从里面出来的肖科平擦肩而过。

钱康拐过另一条街。这条街仍都是规模不一的商店、餐厅和娱乐场所。从门面的装潢和灯光的明亮程度，以及进出其间的顾客装束看，似乎比他刚离开的那条街档次要低一等。

他进了一家门脸儿很亲切不摆架子但场面不小座位众多的饭庄。

饭庄内一侧的几张餐桌旁，坐了好几十身份可疑的中年男女在热闹地说笑。几个男人看见钱康进来便起立高叫欢迎。

这都是当年钱康中学时的一班同学。

古柏森森的公园一角的小树林里，很多中年男女在葱茏的林木中影影绰绰地逡巡。

他们彼此常常走到很近的地方，脸挨脸地互相打量、揸摸，态度极为严肃，接洽极为谨慎。

有看上眼的便驻步与之攀谈，询问各种指标。

李缅宁相当自信、乐观地站在几个待价而沽的男人身边，满心觉得自己在这批货里算上等的，一点也不急、不贱。

一个朦胧的老姑娘远远看他，他满面春风地朝老姑娘微笑，老姑娘扭身给他个不屑。

又有一个戴眼镜的知识妇女游动过来，挨个审视这排男人，像在警察局辨认强奸犯。

这妇女走到李缅宁面前，站住盯着他。问："多大了？"

"小四张了。"李缅宁回答。

妇女用手估了估李缅宁的身高，走到下一个男人面前打量了几眼，又回头看看李缅宁比较了一下，冲那男人一努嘴，将其带到一旁仔细盘查。

李缅宁不甘寂寞，主动走到树林深处排列着的一批妇女面前，同样吹毛求疵地挨个鉴赏了一遍，冲其中最出色的一个一努嘴。

那妇女动也不动，转朝另一个走过来的男人微笑。

李缅宁臊眉耷眼地走到小树林边缘灌木丛旁，点起一支烟正要吸。

一个男人急急走过来问："同志，厕所在哪儿？"

李缅宁东张西望了一回，胡乱指了个方向："直走拐弯。"

这时，他感到有人用手指轻轻捅了他一下。

一个小个子男人感兴趣地瞅着他，周身上下地打量：

"你有一米七吗？"

"有哇，七多。"李缅宁不以为意。

"结过婚吗？"

"离异。"

"有住房吗？"

"有。"

"想找个什么样儿的?"小个子进一步问。

李缅宁觉得小个子问得可笑,有心跟他逗逗:"首先一条,得是个女的。"

"这当然,跟我的条件一样,得是个男的。"

李缅宁一惊。

小个男人接着说:"我瞅你不错,像个老实人。我也不挑别的,有住房、老实……"

种种荒诞、色情的传说涌入李缅宁脑海,他恐怖了:"干吗呀?我可不乱来,我是个规矩人。"

"就看上你规矩了。"小个男人朝身后林深处一击掌,叫,"出来吧,这个还凑合。"

韩丽婷从一株松树后转了出来,盯着李缅宁。

小个男人问李缅宁:"你觉得我妹妹凑合吗?"

"端好笛子,左手在前右手在后,要放松,脖子腰板挺直——你怎么把笛子横左边了?噢,左撇子。"

肖科平正在家里辅导两个鼻涕孩子学吹笛,给两个孩子纠正姿势。

孩子们的两个俗妈,坐在一边像看圣人一样直勾勾地看着自己孩子。

大门响了一声,李缅宁带着韩丽婷鬼鬼祟祟地进来。

李缅宁在门口让韩丽婷换拖鞋。

肖科平隔着门缝看见李缅宁带个女的回来,立刻坐不住了。

她对小孩儿们说:"你们先吹哆来咪发嗦,我听听你们音准不准。"然后赶着来到李缅宁房间，一脸是笑，对韩丽婷十分热情：

"来啦？李缅宁你快给人家倒茶。我那儿有苹果，你拿几个来给她削了皮吃——怎么称呼？"

她不住拿眼上上下下打量韩丽婷，见她其实是姿色平常的女人，更加亲切了。

韩丽婷不知这位是干吗的，以为是李缅宁的女性血亲，于是也客气：

"来了。姓韩。"

"噢，小韩。我姓肖，肖邦的肖，肖飞买药的肖。"

李缅宁低头在一边忙活，洗杯子沏茶。

那边房间传来两只笛子忽高忽低，参差吹出的：哆—来—咪……

肖科平笑吟吟地望着韩丽婷："挺好的最近？"

"嗯，挺好的。"韩丽婷也望着肖科平笑。

两个女人就这么对望着，暧昧地互相看着笑，找不出话说。

笛声停歇。

肖科平一下从椅子上跳起来，往自己屋走："你们先聊着，我那边还有两个学生。"

她心情愉快地回到自己房间，看两个小孩正拿着笛子发呆，便说："再吹一遍，刚才那遍我没听清。"

一个妈不满地看了下手表，计算一下时间。

两个小孩又开始吹笛，笛声刺耳。

肖科平视线一转，看到盘里的苹果，拿了两个，又抄起一把水果刀跑出屋。

这回两个妈同时看了眼手表。

李缅宁把肖科平堵在门外，从门缝接过苹果和水果刀：

"谢谢，你忙你的。"

然后用力关严门，见肖科平不再往里推了，才回来把苹果连刀一起递给韩丽婷。

"吃，你自己削。"

"不吃，喝茶就行了。"

李缅宁在一边坐下，偏过头乜眼问："你是哪厂的来着？"

"麻纺厂。"

"噢，织麻袋的。"李缅宁仰头搜肠刮肚地想，"我好像认识一人也是你们厂的。"

"叫什么名字？"

"叫什么名字我忘了。好像姓刘，刘建力还是刘建设我记不清了。过去打过一段交道留了个印象。"

"刘建设？"韩丽婷也回忆，"哪个车间的？"

"好像是……你们那儿有粗纺车间吧？"

"有。"

"那就是粗纺车间的。好像还是个头儿，车间主任什么的。"

"粗纺车间没这人呀，我在那车间呆过。"

"那就不是粗纺车间的。你们那儿有混纺车间吗？"

"没有。"

"应该有啊。我记得那人不是粗纺车间的就是混纺车间的。"

"你说那人是男的女的？"

"男的，长得有点阴阳人。"

"男的我们厂没姓刘的，只有个姓尤的。"

"那就是姓尤，反正我也记不清了。"

"那也不对。姓尤的是个小伙子，才进厂没俩月，你说那人多大岁数了？"

"跟我差不多大。"

"那就不是。是不是工会那老牛啊？这人岁数倒跟你差不多大。个儿不高挺黑的……"

"甭管谁了吧，没准我记错了，那人根本不是你们厂的。"

"没准是毛纺厂的。一般人都容易把这两厂弄混。"

"那就是毛纺厂的。"

"毛纺厂我也认识不少人……"

肖科平推门进来，手里拎着一串葡萄，一边摘着吃一边含笑说：

"洗了串葡萄，给你们一点。"

她放下葡萄，笑睄了他二人一眼，翩然离去。

韩丽婷笑完问李缅宁："这女的是你妹妹？"

"不是。"

"你姐姐？"

"一亲戚。"

"什么亲戚？表姐表妹？"

"八竿子打不着的亲戚。"

"老师，我这孩子是按小时交的钱，我希望他能在这段时间内多学些东西。我们的时间也很宝贵，还要学钢琴、绘画。"

一个妈嘚啵嘚啵地跟肖科平唠叨。另一个妈嘴噘得能挂件大衣，一个劲翻白眼，给儿子用手绢捂着鼻子擤鼻涕："擤，用力！"

"你这孩子口型不好，应该给他整整牙，否则吹起来带哨音。"

肖科平对另一个妈说："你这儿子倒是嘴大唇厚，我觉得他学唢呐可能更有前途。"

妈们气鼓鼓地牵着孩儿们出门走了。

肖科平再次笑眯眯地推开李缅宁的房门，大大方方进去，在他二人对面坐下，为韩丽婷添水，亲热地聊：

"终于走了。这些家长真烦人，也不管自己孩子什么条件，什么都敢让他学。没办法，总得挣几个钱……噢，李缅宁还没给你介绍我是谁呢吧？我是他妻子。不过你别吓一跳，我们已经离婚了，但还是好朋友——对吗缅宁？"

小个男人正在和他的妻子，一个高他一头的丰满女人拥抱在一起，两人一边急切地互相摸索着，一边像鸟儿似的彼此啄着，发出阵阵啁啾声。

"你妹不会马上回来吧？"

"不会。起码十一点，互相通报完一般情况也得这时候，其间还得打会儿岔呢。"

"哗"的一声，小个男人掀下小褂，露出广东武师的那种排骨。

女人已接近于一摊泥，于兴奋、痴迷中犹有抱怨："本来是明媒正娶，回回弄得跟通奸似的。"

小个男人于鱼跃中蓦地有所警觉，停在半空。

女人立刻觉察到了质量的变化："怎么啦？"

"外边好像有人。"小个男人如去时那般敏捷撤"磅"下床。

小个男人开了房门探出头，韩丽婷坐在洒满月光的台阶上。

屋内灯开了。

这是间狭窄逼仄的旧平房，柜子挤柜子，箱子摞箱子，在大床和单人床之间挂着塑料布。单人床上摊着一件织了一半的女式毛衣。

女人装裹得像个伊斯兰妇女从塑料布帘后转出去，亲热地对韩丽婷说：

"没关系，不合适咱们再找，千万别将就，明儿再让你哥陪你去小树林蹲一晚上。"

韩丽婷朝嫂子笑笑，笑得很难看。

太阳如同一个红亮的煤球在灰蒙蒙的城市边缘升起，缓慢爬升，在远空蓦地被击中般地爆炸开来，溅射出极为耀眼的炽光，吞没了浑圆的轮廓。

纷如雨下的金色光雾笼罩了整个城市，那片皇宫的重重金顶在这弥漫的金雾中赫然突出。

李缅宁领着一帮警卫正在挨间殿门开锁，揭封。

一所寝宫殿门上的封条被撕破了，锁斜吊在一旁发出晃荡声。

警报声在晨曦中的庞大宫殿群中凄厉地响。警卫部队执枪从四面八方拥出来，一股股橄榄绿的人流在朱红的宫墙间跑动。顷刻间，层层殿门、通道都布满了摩拳擦掌、虎视眈眈的武装士兵。

李缅宁从殿前退到汉白玉护栏旁，抬头向各处殿顶张望，眼神茫然。

李缅宁在自己家的藤椅上坐下，打了个哈欠。他困了，垂着头向床走去。

外面传来施工工地的机械运行声和重物敲击声以及间或响起

的哨音，这一切都显得很渺远。

他刚坐在床上，扯过被子盖住下身，便响起敲门声。

肖科平一本正经地走进来，若无其事地说："你指甲刀借我使使。"

李缅宁拽过衣服，从兜里掏出套在一串钥匙上的指甲刀扔过去，不与她的眼神接触：

"我这指甲刀可是连脚指甲都铰。"

肖科平拿了指甲刀并不离去，只是不住瞅李缅宁，一边剪着指甲身子倚在门框上。

她的眼中充满活泼的笑意："她比我想象的要漂亮。"

躺下去的李缅宁睁眼，严肃地仰望她。

肖科平也严肃，点头："真的，很不错。"

说完忍不住便笑，一笑就不可收拾，站在门口笑弯了腰。

"对不起，对不起，我不是嘲笑，你别多心。想问一下，不是大街上现捡的吧？"

说着又笑起来，自己强迫制止了自己，口中连说："骚瑞骚瑞——她是干吗的？看上去像知识分子。"

说完再次捂住了眼睛，低头控制了好一会儿，再露出脸，确实是很正经了。

李缅宁也很正经地回答："电大中文系的讲师。"

"噢——"肖科平点头，走到藤椅前坐下，"你还挺有追求的嘛。"

"相当执著。美貌钱财我不爱，重要的是参加。心心相印我俩就手拉手。"

"你还挺懂感情。"

"我从来都感情细腻。"李缅宁仰面朝天看着天花板说,"只不过是跟你一起生活使我变庸俗了。在这之前我还会弹吉他呢。"

"谁为看《鼹鼠的故事》跟我急抢频道?"

"我再庸俗也没看国产影片哭过。"

"对,你的心肠是铁打的,只会为我妈在咱家多住几天动感情。"

"你呢?我爸去世了,点了多少天眼药水?"

"我流产都快死在医院里了,你还在别人家聊天撒谎说在路上被交警扣了。你懂感情?你除了爱自己你还爱过谁哪怕小狗小猫呢。别坑人家学中文的大龄女青年了!"

"你瞧你泼得还像个小家碧玉吗?"

"我就这样儿怎么啦?"肖科平昂首挺胸,"我这样儿的你还没处找去呢。"

说完得意回屋,又吃小胡桃又啃苹果梨。一会儿,长笛声从她的房间飘出,曲调悠扬。

长笛在钢琴的伴奏下曲调依旧悠扬。

肖科平坐在一家豪华酒店的宽阔大厅的有人工竹林和喷泉的角落,为咖啡座上正在谈笑的中外男女们吹奏乐曲。

人和曲子都很典雅。

酒店的场面也很气派,很上流,使用了很多金色、红丝绒和亮晶晶的镜子,金矿老板的府邸也不过如此吧。

很多中国人进来都有些害羞呢。

一曲终了,咖啡座上的男女仍自说笑,连那些应该很文明应该视长笛为家乡小曲的金发洋人也无人回顾。

这时,就像跌倒后的一把搀扶,就像委屈时的一声垂询,从远处响起一个人清脆、有节奏的掌声。

肖科平循声望去，只见一个高大白胖西服革履的男人，庄重地朝她一下下鼓掌。

肖科平在行李房里脱下长裙换了便装，拎了笛盒出来，沿着昏暗的走廊低头往外走。

那个鼓掌的男人站在走廊口注视着她走来。

她抬头看到他，很快又垂下眸子。

钱康微笑地开口唤她："肖科平——不认识我了？"

钱康像个训练有素的侍者扶椅请肖科平就座。肖科平顺手把坤包放在一边。

她那个同事仍在喷泉边的竹林中弹钢琴，旁若无人。

"想起来了吗？"钱康在肖科平对面坐下，"我是三班的，你是四班的，咱们两个班的教室斜对门。"

肖科平暧昧地笑。

"两杯咖啡，一定要放糖！"钱康对侍女说，"当然你不会对我有什么印象，我对你可是印象深刻，说仰慕也不过分。"

"是吗？"肖科平用匙搅和咖啡，回头瞟了一眼她那个正在弹琴的同事。

"绝不瞎说！"钱康大口喝了下咖啡，"我记得你那会儿在学校就吹笛儿。有次党的生日，你们校宣传队在操场演出，你吹的是《太阳照在塔什库尔干》。瞧我连当时你吹的曲子都记得，啊啊啊噔，嘿啦啦……是这调儿吧？"

"不错。"

"你现在还在那什么乐团吗？"

"还在。"

"常演出？"

"很少。"

"是啊，你们是国家级的乐团，演出一次都是很隆重的。"

"倒也不是那么回事。"

"听说你嫁了个造飞机的工程师。一定特有才吧？肯定，要不你也不会看上他。"

"已经离了。倒也不是因为他有才才看上他。"

"反正他配娶你一定也是有过人之处。噢，离了。离了也正常，我也离了。当然我这情况跟你们不同，我那个前妻就是个小市民，一天到晚唠唠叨叨，庸俗得很，没什么爱情——我没给过你名片吧？"

钱康指着肖科平问。

肖科平摇摇头。

钱康立即掏出一个精制的名片夹，用食指和中指夹出一张递过来。

"这张印得不太好，我有那种带照片的可惜已经送完了。"

"总经理。你可以呀。"

"瞎混瞎混。你有名片吗？可不可以给我一张？"

"我从没印过。"

"那有电话吗？给我留个电话。特别想再跟你联系。"

"也没有。现在电话那么贵，我们可装不起。"

"别逗了。数你们文艺界有车的人多，漏税的人多……"

"我这行和歌星完全两回事，你是不知道。"

"真的，今天能遇见你我特别高兴。上次我们班开同学会我还逢人就打听你。茫茫人海，失之交臂。再回首，恍然如梦……"

"我给你留个我家的地址吧。"肖科平拿出笔写在一张纸片上。

抬头朝钱康一笑。

中午，街道上的阴影完全消逝，凡金属、玻璃或浅色的建筑涂料都在熠熠闪烁。

街上正在行走的姑娘漂亮得令人销魂。

韩丽婷拎着一大兜西装鸡鸭鱼肉，沿着高层楼房外封玻璃的悬挂式走廊走来。

阳光中她脸上的斑痘、色素沉着都很明晰。她的表情沉着、坚定。

电梯向楼下高速降落的隆隆声愈来愈远。倏尔消失。

走廊很静，外面蓝天无垠，有鸟无声地飞过，可以看到远处火葬场的大烟囱竖立在山间。

她通过一扇门进入楼内走廊。

两边全是房间的楼内走廊，很昏暗，更加静谧，有人在远处开门关门。

她的脸暗下来，柔和了许多。

她凭印象敲了一扇门，敲出来一个白胡子老头。老头指点迷津。她再郑重地敲了另一扇紧闭的门。

韩丽婷手攥着把手拧开了门，居室内聚满的阳光像一槽水决口一下涌出来。

她立刻在阳光中栩栩如生，笑容可掬。

李缅宁光着膀子，手拿一个啃了一半的冷馒头，鼓着嘴呆望着她。

他下意识地拉出副逃跑姿势，很快又挺胸站直了。

"光傻看着，还不快接接我。"韩丽婷大大方方地笑嚷。把手里拎着的大小网兜一股脑儿塞到李缅宁手里，"累死我了，你们这楼真高。"

李缅宁被手里的兜子坠矮了。

韩丽婷支使他："快找个盆倒上水，这鱼还是活的。哟！这肉都化了，直滴答，快送厨房去。我的妈，你这人怎么这么笨——我来吧！"

李缅宁这才说出话："你买这么多东西干吗？"

"吃啊！让你加强点营养。"韩丽婷说话间已然撸胳膊挽袖子，拿盆拿碗钻进厨房忙了起来，"今儿我好好给你做顿饭，让你尝尝我的手艺。我刚上完一个烹饪学习班，没来得及实践呢。"

李缅宁想撤，心里刚动念头，就被韩丽婷一把薅住："你别走，我做饭得有人打下手。你先把韭黄择了，回头再把土豆洗了削皮。来，给你系上围裙。"

韩丽婷顺手从暖气管子上扯下一条围裙，把李缅宁车转个身，从后面拦腰系上，扎紧，打结，按到菜堆儿前蹲着择菜。

自己也拿了条肖科平的围裙系在腰间，一手按着在案板上活蹦乱跳的鱼，一手在空中乱抓着嚷嚷：

"菜刀呢？快给我把刀。"……

肖科平拎着把水萝卜开门进来，看到厨房青烟滚滚，油锅噼啪作响，几条人影晃动，便凑过去隔着门玻璃往里看。

"我要的是滚刀块，你这切的什么呀？"韩丽婷正在呵斥李缅宁，"快出去吧你，帮不上忙还净添乱。"

她抬头看见肖科平，露齿一笑，隔着玻璃喊："等着吃现成的吧。"

李缅宁一身油烟,从厨房跟跄而出。

肖科平望着他笑:"她是几级厨子?看打扮够专业的。"

李缅宁冷笑。

肖科平拍了下他肩:"你可真有福气。"然后扭着身子回房换衣服。

肖科平换了拖鞋出来,见李缅宁正打鸡蛋黄调沙拉油,筷子飞快地搅着。

"看来不是会不会,而是肯不肯干。"

说完笑吟吟地走到桌旁坐下,嗑着瓜子看李缅宁卖块儿:"顺着一个方向打,这样才越打越稠。"

韩丽婷端着两盘拌好的凉菜出来,放在餐桌上,自我欣赏着:"色香还是挺勾人食欲的吧?"

"你真能干!"肖科平夸她。

这时门响,有人敲门。

肖科平拉长声音说:"进来。"

钱康拎着皮包,举着手提电话昂然直入。

肖科平一下停止吃瓜子,站了起来:

"你怎么来了?"

"路过,顺便让司机停车,上来看看你。哎呀,你们自己还吃这么好?搞这么多菜。"

李缅宁小声问肖科平:"谁呀这是?"

"一个朋友。"肖科平盯着钱康。

钱康顺手拈起一根玉米笋放进牙缝里嚼:

"嗯嗯,罐头的。"

他天真地朝肖科平笑："正好让我赶上，多一个人没问题吧？"

"没问题。"李缅宁抢答，"无非是多添个饭碗添双筷子。"

"要不要我去买酒？我去吧。"钱康从皮包里掏出个无线传呼机，拍到肖科平手里，"给你个BP机。"

"不用，喝什么酒啊？"肖科平看了眼BP机，"给我这玩意儿干吗？"

"联络方便，有事我'拷'你——喝点喝点，有酒热闹。"

钱康从皮包中掏出一只大钱夹，掖在西服口袋里转身欲走，又回头，"你们这儿商店在哪儿？"

"下楼一拐弯。"李缅宁说，"干脆你再带瓶醋算了，家里醋早光了。"

"好好，镇江香醋如何？"钱康答应着，积极跑了出去。

李缅宁扭脸瞅着肖科平奸笑："是个款爷吧？"

肖科平白他一眼，端详手里的BP机，随手扔到一边："我从来不关心人家挣多少钱。"

韩丽婷从厨房出来，张着手嚷："快把桌上的东西挪开，大菜陆续要上了。这是谁的皮包？咦，还有个电话。"

她的兴趣被钱康的手提电话吸引，拿起来颠来倒去地看："能打吗？"

厨房里"噗"的一声汤潽了。她急忙跑回去。

钱康空着双手，一脸困惑地进来，进门就问李缅宁：

"你说那商店在哪儿啊？找了一圈没找着。"

说完踱进厨房，站在一边看韩丽婷炒菜。

"你很会做嘛，愿不愿到我的餐厅去掌勺呀？"

"行！给多少钱吧？"

钱康不吭声了，笑眯眯站了会儿，出了厨房对肖科平说："哪天我请你们到我那个餐厅吃一顿。我有个广东师傅手艺很好的。噢，你们这儿哪有电源？我这电话得充充电。"

李缅宁从自己房间拿了瓶白酒出来，听到此说，便道："有，有，我给你拉个线板。"

一头扎回屋里，一会儿屁股朝外拉出一根电线。

钱康拿起酒瓶看商标："这是什么牌子？野点。"

韩丽婷端了盘新炒的菜出来，问："这是你的电话？"

"我的我的。"钱康回答，"你要打电话吗？全世界直拨。有没有什么美国朋友想问个好儿的？"

这时，又有人敲门。

李缅宁扭头问肖科平："你还约了谁了？"

离门口最近的钱康把门打开，一对胖胖的中年夫妇挽着手走进来。

他们进了门就往里屋走，边走边仰着头朝天花板四周张望。

女的对男的说："这两居室的格局和刚才看的那家不一样啊。"

"你们找谁呀？"肖科平问。

一句提醒了李缅宁："噢，换房的。"跟着进了里屋。

女的坐在肖科平弹簧床上颠了颠屁股："还挺软，梦丽达吧？"

"梦特娇。"李缅宁赔笑。

这对夫妇来到外屋，看看其他人，问李缅宁："这都是你们一势的？"

"朋友。"李缅宁给老爷们敬烟，老爷们断然拒绝。

"知道我们为什么要换房吗？"女的说，"我们现在住那房原先的房主就是朋友多。五六年了还有老朋友找来。上个月让警察当黑窝还给抄过一回，点着名让我们交出一个江洋大盗。"

"来吧来吧，咱们都入席吧。有什么话坐下说，菜都凉了。"

钱康直张罗，招呼其他三人坐下，率先举起酒杯：

"都端起来，咱先为什么干杯?"

"为……"韩丽婷张嘴后才发觉也没词。

"咱们还都不认识呢。"钱康放下酒杯。"喝也得喝个明白。"

"主要是都不认识你。"李缅宁说。

"我来介绍吧。"肖科平喘了口长气，飞快地说，"这位叫钱康，是我的中学同学。这位李缅宁，怎么说呢，我的前夫……"

"幸会幸会。"钱康热情地向李缅宁伸出手，"早就和肖科平背后议论过你，今天终于见着了。搞飞机的吧?"

"早不干了，跟飞机也离了。"

韩丽婷矜持地等着介绍她。肖科平看看她，转向李缅宁：

"这位……这位你来介绍吧，你比较清楚她是哪儿来的。"

"这位……"

李缅宁向韩丽婷一歪掌，忽然想不起她的名字，低头犯愣。愣了会儿索性说：

"干脆你自报家门吧，你是哪儿的打哪儿来的?"

"我叫韩丽婷，姓韩的韩，美丽的丽，亭亭玉立的亭加一个女字旁。我是麻纺厂医务室的护士。"

"吃吧吃吧。"李缅宁说，"该打听的都打听了，也没什么好说的了。"

"还没说人物关系呢。"韩丽婷嫣然一笑。

大家开吃。

"好吃。"钱康边吃边评论,"菜好,酒好,再有点音乐就更好了。"

"哟,我还有一汤忘了。"韩丽婷忽然想起,"你们慢点吃,我去端汤。"

"我去我去,你别动。"李缅宁嘴里含着块热鸡翅,忙站起来。

他一阵风进了厨房,颤巍巍端出一个滚烫的钢精锅。

"你们都该先喝这汤。这汤好喝极了。我搁了无数的东西:海参、鱿鱼、虾米、玉兰片、火腿……"

韩丽婷骄傲地数说。嗔怪李缅宁:"你怎么把锅端上来了?应该用大汤碗。"

"一样。"

"不好看。我端去换汤碗。"

韩丽婷说干就干,蓦地站起来,双手去提锅耳朵。李缅宁大惊失色,张嘴欲喊还没出声,韩小姐已把锅举到众人头上方,然后一只锅耳脱落,一锅浓汤怎么上去的又怎么落下来。

"啪——"一锅汤结结实实砸在桌子上,汤汁四溅。

在座三人以极出色的反应和敏捷,同时从桌旁跳开,唰地贴在各自身后的墙上,收腹含胸,叉腿举手。

最后一滴汤汁不偏不斜正溅在钱康的眼镜片上,他的眼神儿立刻蒙眬了。

他反应过来后第一个下意识的举动就是直扑桌上的"大哥大"。

他从海参鱿鱼堆里拨拉出湿漉漉的"大哥大",用袄袖子擦擦,放到耳边听,"啪啪"地按键。

肖科平前襟溅了摊白花花的汤汁,犹如自己吐了一身。

李缅宁躲得快,身上倒没搞脏,但他刚想移动,脚底滋溜一滑，几乎表演个大劈叉。

韩丽婷拎着一只锅耳朵，哭丧着脸站在那儿，身上也是一塌糊涂。她咧嘴龇牙，看得出她是想笑笑。

"你动作太快了，我都没来及提醒你。这锅耳朵有毛病，螺丝都脱扣了，非得连锅边一起捏着才拿得住。"

李缅宁像在冰上似的不断向后抬腿，蹭着鞋底。

"连忙音都没有了，线路受潮了。"钱康对大家说，一边拿着"大哥大"穿过李缅宁房间到阳台继续试打。

"我就知道，非闹出这种事才算完！"肖科平铁青着脸，回自己房间，把门"哐"地锁上。

韩丽婷臊眉耷眼跟李缅宁回屋，嘴里嘟囔，"你老婆怎么那样啊？"

"把我这件衣裳换上吧。"李缅宁扔给她一件夹克。

他走上阳台问钱康："怎么样，有声了吗？"

钱康把电话贴在耳边，纳闷地说："声倒是有了，怎么老串线？'大哥大'还会串线？喂喂，你是法国？我不要法国我要英国！"

"她到底是干吗的？"肖科平在卫生间对着镜子在自己脸上涂洗面奶，"自个儿有家没家？"

李缅宁站在一边对着马桶刷牙。他吐出一口牙膏沫，说："不是什么金枝玉叶，也就是个民间丫头。"

"丫头？看她的身材可不像姑娘。"

"你那老爷们长得够白的。是不是特效增白过？瞅着真干净。"

"我觉得韩丽婷看人有点斜眼。是不是视力不太好又不敢戴眼镜？"

"视力没问题，你看着斜是她给我送秋波呢。"

"是吗，还挺会的。"

肖科平洗完脸，用毛巾揩干，冷笑着在小板凳上坐下，拎起暖瓶往脚盆里倒水脱下两只袜子，把一双白脚浸入水中：

"你和这民间丫头还真合适。多会疼人，手又巧。她穿的那身衣裳要不是自己做的我把脑袋给你。哼，将来当不成时装设计师，也能在中老年服装队当个名模儿。"

"你和那胖子也挺合适。"李缅宁擦去嘴角的牙膏沫儿，拧开水龙头撩着"哗哗"流的水洗脸，"那么整齐的一身肉，搁联合国也拿得出手。当过少爷吧？那眼睛，多有神！"

"她在你眼里是天仙吧？是不是爱得不行了？"

李缅宁也端了盆水，在肖科平对面坐下洗脚：

"是，我眼里的天仙就这样儿，档次低吧？我一想起她就魂不附体。"

李缅宁手拿洗脚毛巾扪胸闭眼作陶醉状，接着低头用力搓脚丫子。

肖科平揩干脚，趿着拖鞋站起来："那就别等了，快把她接进门，手续一时来不及办先姘着。"

说着"哗"地把一盆洗脚水泼进马桶。

"哪能那么轻率？人家是良家妇女。得按礼儿，不说八抬大轿，也得请几桌客放几挂鞭，然后欢欢喜喜入洞房——到时候你一定带你那胖子来喝喜酒啊。"

李缅宁也"哗"地把洗脚水倒进马桶。

肖科平板着脸往外走，一脚绊在李缅宁伸着的腿上，一个趔趄冲出门外。

旋即满眼怒火，一头再冲进来，逼着李缅宁嚷："你也犯不上这就给我下绊子呀！要害死我招儿多了，下毒！夜里进来掐！再不趁我睡着开煤气……"

"说什么呢？这都哪儿和哪儿啊？"李缅宁辩解，"我又不是成心的。"

"也别忒狠了！"肖科平只是嚷，"凡事也给自己留条后路。你还非赶尽杀绝——而后快？"

说着说着便被自己感动了，觉得自己很悲壮，于是掉下泪来，泣不成声。

李缅宁不知所措，待要不理，又见她光脚穿着单褂披散着头发站在那儿哭怪可怜，少不得将就将就，上前解劝："就绊了你一下，也没说要你的命，值得这么悲痛欲绝吗？真勾起轻生的想法倒把自己折磨坏了。"

这一劝，那边倒哭得更狠了。恨声中带着怨气：

"你找女朋友就找呗，谁也没让你找。你们俩好就悄悄一堆儿好去吧，干吗故意跟我显摆——这不是成心气人吗？"

"没好，哪儿好了？"

"还不承认？还抵赖？砸了我一锅溅了我一身汤我说什么了？"

"好好，都怪我，我得意忘形，没顾到你一边受了刺激。我卑鄙！"

李缅宁搀着泪人似的肖科平回到她的房间，拔了鞋伺候上床，拉过被子给她盖上，又递过一条手巾擦眼泪。

肖科平已镇定下来，自己也觉没趣儿，睁着哭红的眼睛对李缅宁说些冠冕堂皇的话：

"其实你有了中意的对象……"

"她不是……"

"听我说别打断！其实你有了中意的对象，我从心里都为你高兴。只是你不该拿话气我。过去咱俩在一起时，你就老这么气我，现在都离了婚，你还这么气我——你太不应该了！"

"我这人是这点不好，你批评得对。"李缅宁只是一个劲检讨，以求息事宁人。

"你这么气我倒没关系，我也会原谅你。将来结了婚，也这么气你那位新娘子，人家还不跟你闹上天去？"

肖科平说到这儿扑哧一笑。她极诚恳极关切地对李缅宁说："往后真得改改了。"

"改，改，一定。"李缅宁垂首站在肖科平床前，连连称是。

肖科平心满意足地说："现在，你去吧。"

李缅宁正要躬身退出，忽听屋里不知何处响起类似蛐蛐叫的"嘀嘀"声。

"什么响？"李缅宁心中疑惑。

"不知道——噢，BP机！"肖科平忽然想起，掀被下床，站在地上一筹莫展，"我给搁哪儿了？"

李缅宁帮着她在屋内东寻西找。

BP机又叫，李缅宁在沙发上肖科平的一堆衣裙下面发现了它。拿起来按钮看指示，扭脸对肖科平说："呼你哪。"

"没事瞎呼什么呀？"肖科平夺过BP机看了一眼，"这么晚到哪儿去打电话？"

"我替你去回个电话？"李缅宁向肖科平献殷勤。

李缅宁连蹿带跳地上楼，在昏暗的走廊里跌跌撞撞地跑，进了门便靠在门上看着肖科平大口换气。

肖科平穿着睡衣，坐在灯光雪亮的李缅宁房间玩他的游戏机。

"两件事。"李缅宁喘着气走进房间，"一是明天一早让你在家等他，胖子来车接你出去。二是问你喜不喜欢紫色？"

"什么意思？"

"不知道，大概是想给你置行头吧。"李缅宁在肖科平身边坐下，看她玩游戏机。

她玩得很一般，连遭摧毁。

"我教你玩啊？"李缅宁微笑。

肖科平立即站起："无聊。"

她翩然而去，进了自己房间，把门"喀嗒"一声锁上。

李缅宁出来，站在过厅想了想，高声道：

"你用不着锁门。"

一座肥矮结实的巨型花岗岩大厦，矗立在烈日中的广场一侧。

巍峨堂皇的大门前排，列着粗大浑圆的大理石廊柱撑着沉重的殿顶。

宽阔无边由无数阶级组成的犹如大搓板的台阶上，西服笔挺的钱康非常潇洒轻快地拾级而下。

犹如脚底抹油，犹如乘风滑翔，钱康神采奕奕，顾盼自得，仿佛他是天下自我感觉最好的人。

他看上去真是很白，就像一团上等的埃及上绒棉。

一辆黑色流线型汽车无声无息地开过来，像送到他嘴边的一块肉停在他身边。

李缅宁正在街心花园蹲着和几个没牙没毛儿的老头打扑克，手握着一把牌琢磨。

一个人的影子挡住日光。他漫不经心地抬起头。

浓妆艳抹长裙拖地穿戴得像只孔雀或说是吉卜赛女人的韩丽婷，笑吟吟地摘下墨镜。

李缅宁立即站起，随之一阵头晕眼花，想抬腿走，却双膝麻木人像砍断的树向前栽去，被韩丽婷一把托住。

"不成，不成。"他蹒跚坚定地往前走，嘴里喃喃地说，"我一夜没睡了，必须回家睡觉。改天吧，改天！"

"你要真困得不行，那咱们就回家吧。"

钱康牵着肖科平在一间漂亮得像精制贺年卡的西餐厅入座。

他们像一对油画里的人物优雅地进餐，食品都如广告摄影般的鲜艳。

肖科平抬起眼睛，她手中的刀叉和质地细腻的瓷盘相碰发出悦耳的叮当声。

环境里有细若游丝的音乐和富于韵律的法语呢喃声。

"你使的是哪种牌子的增白粉蜜，奥琪吗？"

正舔着手指上的奶油，用颇为意味深长的眼神望着肖科平的钱康闻言一悸，目光立刻混乱了，安详、妥帖的绅士风度，像揭膏药掀斗篷似的一扯而下。

"那我睡觉了你干吗呀？"李缅宁一肚子不乐意不放心地站在铺好被子的床前解衣扣。

"我复习功课。"韩丽婷拉上窗帘返身说，"明天晚上我们德语补习班要考试——我不影响你，我在心里默诵。"

李缅宁无可奈何，咬牙上床蒙头躺在被窝里叹息。

韩丽婷在李缅宁桌旁坐下，挺惬意。她用两手量量桌子的长宽，把上身趴上去看是否舒适；又开了台灯，看看照明条件。接着悄悄拉开李缅宁的抽屉，翻拣信件。

李缅宁在床上翻了个身。

她立刻把抽屉关上，转向他高声道歉：

"对不起啊，我保证不再出一点声音。"

太阳像个人老珠黄的电影明星，脂粉虽浓已掩不住憔悴和倦态。曾被它照耀得白炽如镜的天空，渐渐恢复青灰和呢绒般挺括的质感。

一座围墙的影子慢慢从墙基爬出，像条大蟒从泥沼中呈露出自己阴郁的躯体。

钱康伴着肖科平，站在老城区一条旧街的河道已经填平仅留桥身的小石桥上，一副浮想联翩、感慨万千的样子。

"真仿佛又回到了从前。"

"这儿倒是老样子没变。"肖科平看着熟悉的街道也有些出神。

"当年，我每天下午都躲在那家杂货店里，只要你排完节目从学校出来，一走到电车站，我就立即迎上去，在这桥头跟你来个邂逅——特可笑是吗？"

"为什么不跟我说话？"

"每次都想好了一肚子词儿，准备特自然地笑着开口；每次都发了毒誓，准备破釜沉舟；每次一见你就又什么都说不出来了。自己臊得满脸通红，攥着拳头看都不敢看你就走了过去。"

"真够纯情的。"

"的确，承认。"

"特感动——我。"

"老实告诉你，你当年是我心目中的'春偶'，别稀里马哈的。"

"是你什么？"

"春偶呀——青春偶像。你可能无所谓，对我那可是了不得的事，会死人的。"

"你现在不是已经认识我了？可惜我已经老了。"

"仍然是，一往情深！"

"你臊我。"

一个肥胖的女人手里拿把鼓槌，一边啐着唾沫，一边绘声绘色地唱着京韵大鼓《三国》，不时随着剧情撑臂扭腰瞪眼亮相。

一个瘦如核桃的瞎老头儿，不断翻着白眼拨弹着三弦。

这是个极其简陋的茶馆，听众大都是老年男子，稀稀落落坐在一排排条凳上，袖着手晃着二郎腿打瞌睡，偶一惊觉便拖着口涎痴笑。

在徐疾有致的鼓点声中，钱康领着肖科平笑呵呵地进来，那风采活像查尔斯王子领着黛安娜王妃视察第三世界的难民营。

正自寂寞的掌柜和伙计一见钱康，立时眉开眼笑，齐刷刷迎上去，拉拉扯扯，众星捧月似的让到上座。嘴里还埋怨：

"这我可得怨你，老没见了，不该呀。"

"人钱先生是瞧不上咱这旮旯，净泡大饭店了。"

钱康只是笑，不住说："忙，太忙。"

光说没用，掏出十元钱往桌上一拍。

掌柜立刻把钱揣起来，扭脸一迭声喊："一壶高末儿。"

唱大鼓书的胖女人此时也停下来，满脸堆笑对钱康说：

"还有我们哪，钱先生。"

"有，有，都有。"钱康又拍出张钞票，"来段'枪挑小梁王'。"

胖女人疾步过来掇了钱，笑眯眯连啐几口痰，重新击鼓开唱。

这一乱，一停，倒把听客中一位两手撑膝、瞪着眼睛直盯前方坐着睡着的中年汉子闹醒了，嚷："吕布这箭刚搭上，怎么来者是岳飞？"

"人家那位先生专点了这段儿。"胖女人拿出钞票一捻，又立马塞回去，正色唱。

汉子愤愤地乜眼冷觑大模大样坐在正中高出众人一头的钱康。

钱康小声对肖科平说："我最喜欢的那首歌就是：'走遍了世界各地，我还是最爱我的北京……'"

肖科平好奇地四周张望："解放多少年了，这些人还在？"

"嘿，你以为呢，这就是咱们民族精神带文化的根儿！少了这些人还行？就说这壶高末儿吧，是喝不起好的吗？就觉得亚赛威士忌！"

旁侧一个昏昏欲睡的老头儿这时冷不丁开口，恶狠狠地盯着二人：

"这话不假，打庚子年八国联军洋枪洋炮轰了这么些年，底根没变，靠谁？现而今八国联军又攻伊拉克去了吧——没戏！"

钱康赔笑："您见得多——当然！"

老头儿鼻子哼了一声，又靠墙睡去。

一直盯着钱康看的中年汉子，忽然想起这位爷的名讳了，吼了一嗓：

"白脸！"

正悠闲滋润地呷了热茶品味儿的钱康闻声一哆嗦，一嘴热茶立时喷回碗里，举头往后张望。

汉子跨过凳子，三五步过来，亲热地拍着钱康的肩膀：

"不认识我了，白脸？我是'三儿'啊。"

"啊，三儿。"钱康认出汉子，"你不是去新疆了？"

"是去了，架不住又回来了。行啊，白脸，发了吧？这一身西装得几千人民币？"

"不值什么，工作服。"

汉子骑着条凳坐下："早听说你发了。一宣布改革我第一个想到你，完了，这小子要扇起来。咱班四十多个同学，一水的胡同串子，偏你，当时我就看出这丫大了不会闲着——果然！好啊，好！不错，不错——继续混吧。"

"我没怎么着。"钱康嗫嚅道，"主要是给国家挣点洋钱，自己也就弄一肚歪。"

"这贡献还小吗？这就算混出来了。你爸怎么样？老人家还在吗？"

"还在还在。"

"打你们家搬走，我就没见过老头儿。前一阵儿还想呢，什么时候抽空儿打听清楚了上哪儿去看看老头儿。好歹也教过我虽然什么也没教会——这妞儿是你'傍家'？"

汉子扭脸上下打量肖科平。

"她也是咱们学校的。四班的你没印象？在学校就吹笛儿。"

"噢，噢，也是咱这一带的家雀变的。"

"比我可强。人那是正经的。艺术家！我们亚洲都数得上的长笛演奏家。我准备给她举办个人演出会，好好宣传宣传——省得谁也没听说过。"

"噢，噢，《百鸟朝凤》全是你吹的吧？"

肖科平板着脸在暮霭沉沉的街上大步走，钱康在其身后左右周旋着，解释着，诉说着：

"我真没有半点拿你开涮的意思，绝对是发自内心的吹捧。我真打算给你办个独奏会，谁骗人谁孙子！这事我已经萦绕脑海几天几夜了。"

"你不腰酸吗？按说你这年龄的男人百分之百肾虚。"

韩丽婷翻看着一本按摩推拿书，问早已醒了仍赖在床上的李缅宁。

"我这肾摘下来直接炒腰花不加葱蒜都是一大盘子。"李缅宁斜眼看韩丽婷，"你眼睛近视吗？"

"两眼一点五。"韩丽婷拿着书过来，用手捏李缅宁膀子肉，"肩膀呢？后背呢？"

"都好好的，你不提醒我都忘了它们还长在我身上——那你别老用眼角看人，那样别人会觉得你……挺傲的。"

"我才不傲呢，不拿正眼瞧人——从小我就会拿眼盯得人抬不起头来。"韩丽婷又盯着书，把手搁李缅宁脖子上，"你不可能一点毛病没有吧？脖子呢？这种老扭来扭去的地方起码转过筋吧？"

"昨天睡觉倒是差点落枕。"

"我给你推拿一下，保你好使。"

韩丽婷立即扔了书，兴奋地站起来，不由分说把李缅宁脑袋扳正。

肖科平摔门进来，门弹回去尚未关严又被钱康顶开，他也跟了进来。

肖科平一进门就看见李缅宁坐在敞着门的房间内，被韩丽婷摇拨浪鼓似的摆弄着，一颗头上下左右没筋似的抬起耷下，表情还挺舒服。

肖科平十分看不惯，又不好说什么，扭身进了自己房间。

钱康倒对这场面很感兴趣，凑近人家房间，问韩丽婷："你会推拿？"

"会一点。"韩丽婷笑答。

钱康随即脱鞋趴上李缅宁的床："你帮我踩踩，我正浑身发皱呢。"

"我行了我行了。"李缅宁对韩丽婷说，"我已经觉得很像轴承了。"

韩丽婷松开李缅宁，含笑向钱康走去，边走边脱鞋："哪儿不好？"

"只管放开大面积地踩——哪儿都不好。"

韩丽婷高高站在横陈脚下的钱康身上。

她用脚踩着钱康的斜方肌，脚趾用力按揉着。她把钱康的脊椎踩得"咔咔"响。

钱康快活地呻吟："好舒服！"又断断续续地问，"我发觉，你，没不会……的，全能……先天，还，是后……天的？"

"我吧，就是特爱钻研。"韩丽婷运动着回答，也有些喘吁，"对什么都有兴趣，不管社会上刮什么风我都跟着凑热闹。我现在正跟着个班练气功呢，还有半个月毕业，到时候我给你发功啊。"

钱康趴着喘着恭维把他踩在脚下的女人：

"你真是热爱生活。跟你比，我都觉得自己平凡了。"

"我觉得人活着吧，就要做事，没事也得找事，要不太空虚了。"

"我太……同感了——轻点。"

肖科平端着一玻璃杯白开水站在房中间一口口喝。

她咽下一喉咙水，又喊："钱——康！"

"叫你哪。"李缅宁对只顾快活的钱康说。

"嗯，谁叫我？"钱康扬起后脖梗子，大声喊，"哎，这就过去！"

韩丽婷"咚"的一声从钱康身上双腿蹦到地上，指着钱康的中段儿说：

"你这儿肉厚，容易打绺儿，应该经常踩踩。"

钱康双臂一撑，抬身下床，站在地上提裤子重新系皮带：

"往后我高薪聘你当我的保健医吧，每天专门给我踩一小时。"

钱康通体舒泰地做着扩胸运动，拉胯走大十字步走进肖科平房间。

肖科平仍在喝水，眼睛从杯口上方盯着钱康："舒坦啦？"

"还行，这小韩还真看不出有两下子。"

"时间长了没准还有第三下第四下呢。"肖科平放下玻璃杯，从镜子里端详了自己一眼，过去从在沙发上坐下的钱康屁股底下抽出自己的外衣挂在衣架上。

她在另一只沙发上坐下，甩甩头发说："你说给我办音乐会，现在还没变卦吧？"

"钱先生没别的缺点，就一条：说话算数。二十万够不够？"

"用不了，当然你要花也花得出去。"

"要办，就照最狠的来。音乐厅怎么样？包几场你说。"

"我可是全靠你了。"

"这算什么？挣钱干吗的？就是花！大吃大喝买金手镯那是俗人。为你花钱我高兴——千万别替我省钱。"

肖科平笑，转睛又问："你觉得小韩那人怎么样？在男人眼里算可爱吗？"

"谁？噢，她呀。还行，不讨厌。"

"你是不是对她印象不错？我听你老夸她。"

"没有没有。"钱康连忙表白，"我跟她是客气，逢场作戏。和对你完全不一样。我真是……我觉得有时候挺傻的——自己。都这岁数了，还跟少年一样——不过我也挺愿意犯回傻的。"

眼睛闪闪地痴笑。

"李缅宁呢？"肖科平又问，"你对他印象怎么样？你觉得他和小韩能成吗？"

"他呀？"钱康扶扶眼镜说，"不知道。两个人的事儿别人哪说得准？我过去挺有判断力的，现在都不准了，整个被你搞乱了。有时弄得倍儿露骨，我自己也觉得倍儿惭愧。"

肖科平冷笑："这韩丽婷就跟没家似的，一天到晚摞在这儿。老姑娘没嫁过人的真恐怖——嗯，你说什么？"

她抬脸问钱康。

"我得去上夜班了。"李缅宁穿戴整齐问韩丽婷，"你不跟我一起走吗?"

"今晚我不走了,就在这儿住了。"韩丽婷仰倒在床上,双手垫着后脑勺问李缅宁,"行吗?"

"那你就住吧。这屋里东西,你……随便。"

"能偷东西吗?"

已经出了门的李缅宁立刻转回来:"不能!"

韩丽婷瞅着他咯咯笑。

李缅宁在黑漆漆的楼道内撞上一个正慢慢行走的人。

那人回过头,眼镜片在黑暗中闪闪发亮,是钱康。

"麻烦你到阳台把我晾的两件衣服收回来。"肖科平站在门口对韩丽婷说,"谢谢了。"

"你进来吧,没人。"韩丽婷把房门大敞开,"李缅宁上夜班不在。"

"哦,我倒不是……"

肖科平只好走进去,到阳台上把自己晾的衣服收下来,拿回屋里。

韩丽婷迎着她笑问:"你们俩平时还互相回避?"

"我们是互相尊重。"

"你饿不饿?"韩丽婷忽然说,"要不要我给你做点夜宵?"

肖科平对韩丽婷这套笼络人的小手法颇不以为然:

"不用,我是吃饱了回来的。"

"没事,不麻烦的。"韩丽婷热情洋溢,"我买了很新鲜的汤圆心子。我也挺想吃的。"

"赖汤圆吧？"肖科平厉声道，"不用！你要吃你就自己吃。"

"瞧，你还跟我客气。"韩丽婷仍一脸微笑。

肖科平不再理她，抱着衣服回到自己房间……

肖科平正在灯下摊着曲谱看，韩丽婷端着两碗热腾腾的汤圆用身子顶开门进来：

"我都做好了。"

"哎，你也真是的，多麻烦。"肖科平只得起身接过盛汤圆的碗。

"吃吧，你就别客气了。"

韩丽婷端着碗自己坐到一边沙发上一五一十地吃起来。边吃还边跟肖科平聊天：

"那天我在'大方'服装店看见一套玉色的羊绒套裙，我觉得你穿上一定特好看。真的，特适合你，当时我就想替你买下来。"

"是吗？"肖科平吃着汤圆，脸上也露出微笑。"多少钱一件？"

"二百五。不贵。我摸了那质地了，手感真好。哪天你一定去看看，保你喜欢。我本来自己也挺想买，只是我这样子也犯不上穿那么好的东西。"

"你挺好的。"

"不行，人都锈了。你看咱们同岁吧，你就显得比我年轻多了。我觉得你们搞文艺的都特别显年轻，看着真是羡慕。女人，姿色还是挺重要的。漂亮总是占便宜，别人一看就有好感。"

"你中学毕业是去插队？"

"没毕业。兵团！东北！八年！冰天雪地，风吹日晒所以老得快！"

"你回来就去的麻纺厂？"

"哪儿啊！哪那么容易一下就找着理想的工作？先是分到街道

厂，后来四处托人……不提了，说这个我心里就难受，比回城一点不省事。"

"你现在住厂里宿舍?"

"我住我哥那儿，一间十四平米的房子，他们一家三口加我。前几年我爸妈还在的时候更挤，现在他们都死了，宽绰多了。"

韩丽婷过来拿肖科平吃空的碗："碗给我洗去。"

肖科平非但不给，还夺她的碗，认真对她说："我洗。你要这样，以后我就不吃你做的东西了。"

韩丽婷看着肖科平由衷地赞叹："你怎么就能一点不显岁数呢?"

一道阳光照在正在熟睡的肖科平脸上。BP机在一边的桌上"嘟嘟"响，惊醒了她。

她闭着眼伸手在桌上乱抓，摸到BP机，关掉，又在阳光中闭眼躺了一会儿，睁开眼睛。

她没有立即起床，蜷缩在被窝里脸伏着枕头想心事。

外面大门响，有人进来，窸窸窣窣在门口换鞋。

"李缅宁。"她躺在床上喊。

外面没了声音，片刻，李缅宁探头进来。

"你来。"她倚在枕上微笑说。

"什么事?"李缅宁进来。

"没事就不能聊聊吗? 坐，把沙发上我那堆衣服挪开。"

她仰脸出了回神，笑着对李缅宁说："小韩人不错，挺实在的。"

李缅宁看了她一眼，拿起一只钱康丢下的漂亮打火机"啪啪"打火："难得，你还能说谁好话。"

"真的，我觉得她特朴实，对你也好像是一心一意。"

肖科平伸出两只赤裸的胳膊："把我那件衬衣扔过来。"

李缅宁从沙发上乱堆在一起的衣服中挑出一件衬衣，扔给她："你用不着先想方设法安置我。我挺好，你只管忙你的，不必惦记我。"

肖科平坐在被窝里左右开弓穿衬衣："你这人心里头怎么这么阴暗？我是关心你。"

"我领情。"

"讨厌！你怎么老这德性就改不了啦？自尊心真那么强你就像个强的样子——这强得也不是地方啊！"

肖科平光腿跳下床穿裤子，指斥李缅宁："有时真觉得你特可气。"

李缅宁沉默了片刻，抬头问："你真觉得韩丽婷不错？"

"真的，除了不漂亮——你很看重女人的长相吗？"

"那倒不是。我总觉得这女人貌似马虎其实挺有心计——你说她该不会是图我什么吧？"

肖科平十分不屑地把脸使劲一扭，再转回来柳眉倒竖：

"你照照镜子去。"

李缅宁脸红了："说高了。"

肖科平冷笑："除了我还有第二个糊涂的看上你我已经很吃惊了。别说现在，当年你就没什么可让人图的。我一直想不通那时我怎么就鬼迷了心窍哭着喊着非要跟你配偶。"

"当年我还是比较潇洒的。"李缅宁一本正经地说，"所以你一见钟情。"

"呸！"肖科平被气笑了，"我纯粹是叫你骗婚，耍了套小手腕，还没跟你算账呢。我告你李缅宁，你等于是毁了我的青春。"

她狠狠瞪了李缅宁一眼，想起往事眼圈竟有些发红。

一时两人都有些伤感，各自垂头不语，气氛变得尴尬。

片刻，李缅宁强笑说："过去的事就别提了。胖子怎么样？还有些优点吧？"

"是个人就比你强一万倍。"

"我有那么坏吗？叫你说的我一无是处了！评价一个人总该一分为二。"

"对你，没什么公平客观好讲，就得一棍子打死。我这辈子遇到谁都对我挺好的，只有你伤过我的心。"

肖科平背对李缅宁看着墙，俄顷，抬手抹了一下腮帮子。她回头看到李缅宁还站在原地，便说：

"你还站着不走干吗？那边屋里还有人等着你呢。"

李缅宁垂头往外走。

他走到门口听到肖科平叫他："等下。"

他转回身，肖科平平静地望着他，说：

"他没搽过增白粉蜜，天生那么白。"

李缅宁几乎笑出来，克制住了，扭曲着表情肌笔直地走出门。

韩丽婷已经离去，房间收拾得井井有条、纤尘不染，墙壁、桌面和地板光可鉴人。

肖科平穿着轻薄、凉爽的绸衣站在窗前。阳光把窗玻璃映得辉灿晶亮。

阳光几乎使她的眸子完全透明，像猫眼一样变幻莫测。

她和李缅宁坐在窗前的桌旁吃早饭。窗台摆着一盆开满一圈粉花的蟹爪莲，花影婆娑投在他们二人的脸上。

这次他们俩同时很开朗地笑了。

肖科平温柔的表情和李缅宁坦然自若的举止以及他们不时互相对视的眼神儿，使他们看上去很像一对相爱的夫妻在共餐。

BP机在一边"嘀嘀"响，肖科平看都不看那边一眼。

肖科平从自选商场货架上拿下一盒巧克力和一瓶浓缩果汁，放进跟在她身后的李缅宁手中的塑料筐里。

"你真打算嫁给胖子？"

肖科平又拿了两袋生腰果仁："我们就是同学，你怎么不信呢？"

"别随便跟他上床，男人都是既得陇复望蜀。"

他们来到肉食冰柜前，肖科平下手翻拣，拎出一袋肥大的西装鸡观察其发育状况。

"他对我倒挺有意……"

"胖子倒是道貌岸然。"李缅宁拎出一袋排骨扔筐里，"他说爱你了吗？"

他们来到付款处排队交款。

肖科平忽然问李缅宁："你说我怎么对他一点感觉都没有？"

"一定要逼他说出口。"李缅宁数着钞票交给收款小姐，出了闸口回身对肖科平叮嘱，"这样他将来翻悔，就可以拿这话羞他。"

"言不由衷说得好听又有什么用？"

"谎言重复千遍就是事实！"

他们出了自选市场，街上万头攒动。到处都是打着红旗，举着横幅标语，就地摆摊，口口声声为过往群众做好事的三教九流，各色人等。

—个匆匆往自选商场内快步走的男人与肖科平撞个满怀。肖科平"唉哟"一声。

李缅宁一把扯住那男人："连声对不起也不会说？"

"干吗？"男人耷拉着翅横身问，"又不是故意的。"

"不故意也得道个歉呀。"李缅宁不依不饶，"瞧脚上那大鞋印子。"

"没那习惯。"男人大言不惭。

"算了算了，走吧。"肖科平拉李缅宁。

"文明月你们俩大街上这么吵合适吗？"一个戴红箍的老头儿打一旁闪出严肃地说。

肖科平拉着李缅宁膀子在大街走出很远才松开手。

"和这种无知的人吵什么？"她说。

他们在一溜堆满各色鲜艳水果的小摊前挑橘子和香蕉。

肖科平举着一把香蕉问小贩："多少钱？"

一辆"蓝鸟"牌轿车从他们身后的马路上开过去，在前面刹住，缓缓倒车过来。

钱康在倒行的车中摇下玻璃窗探头出来，喊："嗨，你们在这儿干吗呢？"

李缅宁回头看见他："没事，我……我们玩呢。"

"我刚从你家过来。"钱康对肖科平说，"我呼你怎么不给我回电话？"

肖科平拎着沉甸甸的网兜，注视着他不吭声。

"来，上车，我送你们。"钱康打开后车门，"我正给你联系音乐会的事呢，你得跟我一起跑几个地方。"

"我不舒服，刚从医院看完病出来。"肖科平站在原地不动。

"你怎么样？能去吗？"钱康问李缅宁，"你们俩总得去一个，否则我不知道什么感觉的是你要的。来来，上车，我带你玩去——好玩。"

他伸出一只肥厚的手把李缅宁拉进车。

轿车开走，钱康露头对孤零零站在街边的肖科平喊："回头吃饭你可得去。"

钱康坐在疾驶的车内用车载电话往四处呼叫，发号施令：

"……这事得找文化局吗？好，立刻安排我和文化局的人见面。我现在就要得到演出许可证。"

又拨了一个电话：

"喂，我是钱！我让你去找唐辉你找到没有？我不要别人，就要他。我看过他给世界艾滋病日晚会设计的那堂布景——我就要那种味道。还有，我呆会儿能不能去看剧场……"

再打了个电话：

"……记者都通知了吗？一定要有晚报的人。中午我请他们吃饭，广告公司的人改到晚上……最好一桌都能坐下，实在不行就两桌。告诉经理，我请客！让他把能坐二十人的大台给我留出来。"

他放下电话，仰着脖子对坐在后排座一声不吭的李缅宁露出既得意又无可奈何的微笑：

"没办法，大事小事无一不得事必躬亲，手下的人太不得力。真羡慕你逍遥自在——你有没有什么特能干的人给我推荐一下？"

"肖科平。"

钱康哈哈大笑，拍着司机的肩膀："超过前面那辆车。"

钱康带着李缅宁在空无一人的音乐厅里穿行走动，四面八方观看结构。

音乐厅里的灯全部打开，华丽阴森。

"怎么样？这剧场还凑合吧？"

"过得去。"李缅宁点头。

钱康三步并作两步，加上助跑，一个箭步窜上舞台，西服后摆掀起，露出绷得浑圆的屁股。

他走到舞台正中前沿，面向观众席，摹仿着外国马戏演员行了个深深的躬身礼，直起腰脸涨得通红说："这感觉不错。到时候让肖科平穿条长裙，行一个欧洲宫廷的那种拽着裙边的屈膝礼——上来先来这么一下！"

他揪着自己的裤腿蹲下去，含笑低头。

"来听会的观众都让他们穿上燕尾服。"李缅宁坐在第一排说。

"没错。"钱康热烈赞同，"票上印上这规定：'衣冠不整者，恕不接待。'"

"蓝鸟"汽车停在一间花店门口。花店里的鲜花隔着玻璃窗争奇斗艳。

钱康领着李缅宁大步向花店走来，活像香港黑帮片里的流氓大亨领着个杀手来砸店。

"要把你们店这些花都装在一个篮子里，会姹紫嫣红吗？"钱康问卖花女郎。

"肯定。"女郎彬彬有礼地回答，"不过我们恐怕就要为您专门订做一个特大篮子。"

"不是一个，是一片，一大片。"钱康纠正女郎，"怎么，最损也得要十五个澡盆那么大的花篮。"

"如果不用花篮，扎成花圈儿呢？"李缅宁建议。

"哦，那倒不知会是什么样子。"钱康使劲想象。

"这就要看您先生往哪儿送了。"女郎说。

"对了，你应该知道，肖科平最喜欢哪种花。"钱康思路跳开，"咱们得选择最能博得她欢心的。"

"这我还一下答不上来，真叫你问住了。"

"你过去送她都送什么花？"

"我就记得过去我回家手里不是拿捆菠菜就是俩茄子。"

"那就统统的，每样儿若干。"钱康大手一挥，对女郎，"隔天你甭卖了。"

"花篮有了，缎带上写什么？"女郎拿出小本和笔，"我店备有《贺词祝语辞典》。"

"热烈祝贺……祝贺什么回头我再告诉你——敲电话。"

"落款？"

"挚友？你的？哎，李缅宁你说我落什么好？"

"把你的名片给小姐。"李缅宁说。

花店外街头，钱康一边向车走去一边非常虚心地问李缅宁：

"故宫的房子有多少间来着？"

"九千九百九十九间半。"

"那个数字怎么说来着？慈禧太后一顿饭花的银子够当时多少个农民吃一年的？"

肖科平出现在一座晚清妓院风格的饭店门口。

她沿着铺红地毯的走廊往里走，穿过一间间厅堂。

她走进大厅，远远就看见钱康指手划脚地说着什么，十分突出地坐在一大群戴眼镜的男女记者之间。

足够两个成年人做爱的大圆台面上仅摆着两壶茶、几碟花生米和一排啤酒，菜还一样儿未上。

她的到来引起席面上一阵忙乱的互相介绍和狂递名片。钱康像献宝似的把她在每位记者面前炫耀了一番。

待她热闹完了，在钱康身边坐下后，才发现李缅宁正坐在她对面。

他红着脸笑眯眯地瞅着她，显然已经空腹喝了不少酒，有些飘飘然，陶陶然，笑容带有几分无耻。

她凝视着他。

"肖女士的长笛是在哪儿学的?"一个很帅的男记者问。

"一开始是跟一个老师学，后来到音乐学院进修过两年。"

肖科平轻轻咳嗽了两声，以手掩嘴，又继续凝视李缅宁。

"要说肖女士的笛儿，那吹得是真好。老话怎么说的? 妖精悸魂，穿云裂帛。"李缅宁说着笑起来，"吹起来绝对勾人魂儿。"

一个脸上不太干净的女记者问:"得过什么奖吗?"

"这我知道。"李缅宁不等肖科平回答便说，"每回都差那么一点。噢，有一回，一九七五年长笛独奏《万泉河边》得过三省一市中学毛泽东思想宣传队调演奖。是第一名吧?"

肖科平不回答，只是看着他。

"你老看我干吗? 我觉得光荣!"李缅宁扭脸对钱康说，"你这事办得真对，我真得好好谢你。她实在是个好的长笛演奏家，只是一直没有机会。一个艺术家，没人欣赏，那种内心寂寞，真是十分可怕。她能遇到你是她的幸运——来，为你干一杯……我可是干了!"

李缅宁一口喝干,把杯底亮给钱康。

"我喝一口吧。"钱康喝了口酒,唤侍女,"小姐,怎么菜还不上来?"

"不够意思。"李缅宁瞅着钱康的酒杯嘟哝,"没劲。"

"我确实不能喝,喝就脸红。"钱康解释,"小姐,快点。"

"我喝两杯你喝一杯,这总行了吧?"李缅宁又干掉一杯,拎着空杯在指间晃悠。

钱康勉强又喝了一口,看了眼肖科平。

"她不但是个好艺术家,还是个好女人。"李缅宁谁也不看地大声说,接着目光灼灼地盯着钱康,"我是有资格说这话的。"

"那是。那是。"钱康赔笑。

"有追求,有骨气,应该幸福——她就是为过幸福生活而生的!"

李缅宁望着大家惨然而笑。

众记者冷漠地望着他。

肖科平不动声色。

接着他变得一双眼睛水汪汪的,推心置腹地对钱康央求:

"你也一定没少发现她的长处吧?"

"发现了发现了。"

"这不算什么,往后瞧吧。这个女人哪,我跟她混了十年,总觉得昨天刚认识,一点摸不透她。"

李缅宁的眼神儿变得温柔了,对肖科平投以温情的一瞥。

"常有新鲜感不是很好吗?"钱康干巴巴地说。

李缅宁笑,又为自己倒满杯酒,扣在嘴上喝,放下杯子,一嘴白沫儿:

"问题是你也不能不新鲜。"

李缅宁含情脉脉地望着肖科平，对钱康说："她，我就托付给你了，你一定代我好好照顾她，千方百计——让她幸福。你行，你有这能力，哎，老钱，我这可是跟你说正经的。"

"一定。"钱康说，"放心，往后没你什么事了。"

"否则，"李缅宁顺着自己刚才的思路说，"我跟你急！"言罢勃然变色，虎视眈眈盯着钱康。

钱康未及作态，他已眉开眼笑，笑嘻嘻地一迭声问：

"你不会做对不起她的事儿吧？不会吧？你看着那么雅致那么从容不迫——那样温良恭俭让。"

钱康火了，拍桌吼："小姐，我们的菜怎么还不上？等了快一小时了。"

"你一直在广播乐团？"一个中年女记者问肖科平。

"十二年。"

她始终凝视李缅宁，不断轻轻咳嗽，拿纸巾擦嘴。

小姐小跑着陆续把一些菜上来，再三向钱康道歉。钱康气呼呼地不理人。

饮了半天清茶的记者看到菜来了，川流不息地去上厕所。

留下的人热烈地吃。钱康怼出笑脸，伸着筷子左右张罗："吃呀，大家吃菜。"

再看李缅宁，已耷拉着头坐在椅子上睡着了，愁眉苦脸，一副倒霉相。

"他不缺心眼儿吧？"钱康问肖科平。

他伸手一挡欲前探唤醒李缅宁的肖科平："让他着凉去！"

肖科平抬头"哈"地大笑一声，又恢复到面无表情，用一根筷子敲敲自己的瓷碟。

李缅宁蓦地惊醒，站起来茫然四顾，问送菜经过他身边的小姐："厕所在哪儿？"

小姐忙碌中为他指了个方向，他蹒跚地离开餐桌，自顾去了。

肖科平开门进来，微微咳着。她听到李缅宁房间游戏机发出的阵阵"嘟嘟"声。

她犹豫了一下，推开他的房门。

李缅宁正坐在电视前专心致志地穿迷宫。他的脸已尽褪红色，显得十分苍白。

"怎么没吃半截儿就走了？喝难受了吧？"肖科平在他身边坐下，"是不是吐了？"

李缅宁看她一眼，疲倦一笑："觉得高了，怕破坏你们情绪。"

"小韩没来？"

"不知道。她还天天来，不干别的了？"

"有点借酒撒疯是吗？"

"没有，脑子一直特别清醒。钱康生气了吧？"

"没有，他不会生气的，不像你。"

李缅宁看了肖科平一眼，又玩了会儿游戏机，盯着电视屏幕说：

"我不是说老钱这人不好，人挺热情的。但这种做生意的人跟他接触一定要小心。别光听他说，有些事该了解清楚的都打听一下。我这不是给他垫砖。他接触的人多，过去难免遗留瓜葛，都让他搞清楚了，闹出麻烦也怪没意思的。"

"知道。"肖科平看着李缅宁双眼说，"其实我对他的过去一点都不感兴趣。我只是拿他当一个比较好的朋友。"

二人互相寻望，彼此无语。俄顷，李缅宁"扑哧"一笑："老大嫁作商人妇。"

肖科平也笑："你希望我嫁吗？"

这时，门又响，韩丽婷背着美国海军陆战队的迷彩大背囊进来，一脸兴冲冲，堵着门口停住：

"哟，你们聊哪！"

"哦，没事。"肖科平迅速站起来，"闲扯几句。你们聊吧，我走了。"

韩丽婷一边给她让路一边叫："别走哇，一起聊。"

"我还有事。"肖科平低头走出去，回到自己房间。

韩丽婷把背囊卸下肩，坐到李缅宁跟前问："你们聊什么呢？怎么我一来她就走了？"

"没聊什么。"李缅宁怀疑地盯着那只鼓凸的斑斓大背囊，"你包里装的什么？"

"我发觉你们俩之间话还挺多。"

李缅宁十分不快："你这人怎么这么无聊？我们说几句话怎么了？"

"是几句吗？"

"你要是看不顺眼，你就请回。谁请你来了？"

"你怎么突然对我不好了？"

"你这话才叫奇怪呢。我什么时候对你好过？哪次不是你主动找来的？"

"你怎么口气全变了？脑子里又打什么主意呢？我主动上赶着找来的？当初谁在小树林里胡乱趸摸来着？"

李缅宁吼："我到小树林又不是找你！"

韩丽婷毫不示弱地也厉声道："那你去找谁？你把我带到你家来干吗？莫非你就是那条正通缉的色狼！"

那边肖科平听到这屋吵了起来，忙赶过来解劝：

"好好说着怎么吵起来了？"

"你不是去找对象你去小树林干吗？你憋着什么心？你有老婆你还去再找，想玩弄女性啊？"

肖科平听着直皱眉头："别吵了，我们已经离了。"

"离了？我看不像离了，比那真两口子还好。别以为人家都是傻瓜看不出来。"

"你老家是山西的吧？"李缅宁嚷着问。

"这是你误会了。"肖科平和颜悦色地对韩丽婷，"我们确实……"

李缅宁冲过来指着韩丽婷的鼻子喊："明告你——我烦你！"

"李缅宁，你怎么这么说话？"肖科平沉下脸。

"噢，现在你烦我了，当初呢？"韩丽婷先是一惊，接着便委屈，拉着肖科平的手哭诉，"肖科平你给评评这个理，我哪点招人烦了？我怎么招人烦了？我怕让人烦怕让人烦还是让人烦了……"

李缅宁直走到韩丽婷眼前，对着她脸冷笑一声："哼！"甩手走到一边坐下。

"你瞧他呀肖大姐。"韩丽婷又惊又惧，"你瞧他对我那样子。"

说完掩面哭啼。

肖科平经她一扯，剧烈咳嗽起来，还流两道鼻涕，忙在身上找纸来擦，捂着嘴还咳个不停。

她这么一咳，韩丽婷倒不哭了：

"你感冒了?"

"可能有点。"肖科平捏着鼻尖擦鼻涕。

"头疼吗?"

"不,不头疼。就是咳嗽,流鼻涕。"肖科平鼻尖红红地说。

"发烧不发?我试试你温度。"韩丽婷说着把手捂到肖科平额头上。

"不,不用。"肖科平挡开她的手,"我回去了,你们也别吵了。"

韩丽婷跟着肖科平往外走,一路继续关怀,苦口婆心:

"你可别不当回事,现在正流感流行呢。我们厂病了一百多号,厉害的都转成肺炎了。"

她跟着肖科平进了她的房间。

肖科平坐下说:"我没那么严重,喝点板蓝根就好了。"

"板蓝根管什么用?"韩丽婷拍手叫,"你得吃西药。"

李缅宁一头冲进来:"你还说自己不招人烦?人家都说没事没事你还没完没了!"

韩丽婷掉脸朝李缅宁嚷:"我是医务工作者,这儿发现病人了——你怎么连起码的同情心都没有还别说阶级感情了。"

李缅宁咬牙切齿,攥拳跺脚连声喊:"你就是烦人,烦死人!"

肖科平蜷缩在沙发上高声央告:"求求你们了,别吵了,我头真晕了。要吵你们回屋吵,让我休息休息。"

李缅宁拽着韩丽婷一边回房一边继续吵。

"搞医的就是没病找病,好人也都让你们治坏了。说,你这辈子杀了多少人?"

"李缅宁,你说话要负责。你这是侮辱了我们全体医疗战线的同志从老到小。"

"你算什么医务工作者？蒙古大夫都够不上。"

"有本事你一辈子别生病。"

韩丽婷嘴不停，手不停，从背囊侧兜掏出一支体温计，风风火火再次来到肖科平房间，冲刚要躺下的肖科平喝令：

"抬起胳膊——试表！"

李缅宁也跟了进来："我看试完表不发烧你脸往哪儿搁！"

韩丽婷看着手表："起码我是尽到责任了。不像有的人对谁都是冷冰冰的毫无感情自私得要命。"

她从肖科平腋下取出体温表，一看，立刻惊叫：

"呀，三十八度五！"

肖科平当时就觉得自己不行了，身子一歪，软绵绵地倒下。

韩丽婷严肃地对李缅宁说："你还有什么可说的？我是蒙古大夫吗？有病没病我一眼就看得出来——快去找药，你家都有什么药？"

二人回到李缅宁房间，翻箱倒柜，同时继续争吵，高一声，低一声，鸡一句，鸭一句：

"你们家怎么什么药都没有？平时都不生病吗？起码阿斯匹林胃舒平总该有吧？"

"可让你得词了——别动那盒子，那里是我的水果糖。"

"没出息，这么大人还吃水果糖——回头我给你买点果冻。"

肖科平拼着全身力气支起身喊了一嗓子：

"别找了，我不吃药，睡一觉就全好了。"

韩丽婷更大更坚决的声音传过来：

"不吃不行！有病还不治，想死啊？睡一觉就好，真是一群无知的人！"

韩丽婷气冲冲地空手回到肖科平房间：

"什么药都没有，哪有公费医疗的人自家一点药都没有的？"

"你说要什么药，我出去买。"李缅宁站在门口说。

"就你？告你药名你一路背到药店一张嘴也得给忘了。"

"我确实不需要吃药。"肖科平说，"烧也不高睡一觉出点汗肯定会退的。"

韩丽婷下了个决心，抬脸对肖科平说："现在就只有一个办法了，扎针——扎针退烧有奇效。"

"我看你就像巫婆！"李缅宁喝道，"怎么不烧香——你？"

"什么呀巫婆？"韩丽婷迎上去吵，"祖国医学宝库大着呢——你无知才说这种话！"

"你知道扎哪儿吗？不行，我信不过这所有没科学根据的野招儿。"

"那你就眼睁睁看着肖科平烧死？这会儿你怎又不心疼了？"

韩丽婷走到肖科平床前："保你没事，我在兵团干过七年赤脚医生，我们周围那几个屯子的贫下中农都让我扎遍了，没一个扎死的。"

肖科平脸喷红地睁开眼，有气无力地说："好好，你扎吧，我让你随便扎——只要你们别吵了。"

"我可告你韩丽婷，缝衣裳针消了毒也不能使。"

"无知的人只会说无知的话——我随身带着急救包呢。"

又是一个像解放区的天一样晴朗的日子。窗台上的花草大都盛开，石榴、金橘果实累累。

已经退烧的肖科平坐在窗前吹长笛，面前架着乐谱，她在准备个人音乐会的曲目。

钱康扶着酒柜站着，颔首欣赏，以脚击拍，如同一个随时准备引吭高歌的男高音歌唱家。

李缅宁在自己房间刚起床，听着笛声懒洋洋地穿衣服。

韩丽婷戴个墨镜精神抖擞地闯进来，如果手里再端支M-16自动步枪，就活脱脱像是个刚空降到别人国家的美国精锐女兵。

她进门就找那只迷彩大背囊，找到后就胜利欢叫：

"果然在这儿，我的判断一点不错。"

"什么呀都是？"李缅宁一边下地一边问，"跟个炸药包似的我担了好几天心了。"

"衣服。"韩丽婷蹲下美滋滋地打开背囊，抖出一大堆花花绿绿的便宜货，"都是我前儿个逛街买的，还有给你买的呢。"

她举着一件有牡丹花图案的丝绸衬衫招呼李缅宁：

"穿上叫我看看。"

"这色儿我能穿吗？寒碜不寒碜？"

"便宜呀，这件才五块钱。"

她愣给李缅宁套身上，退后一步端详着。

"可以可以，除了艳点没别的毛病，正流行呢——五块钱你还想穿成什么样儿？不许脱啊！"

她又从背囊里拎出一段廉价衣料，自我满足地欣赏：

"这如何？圆点代表温柔。我想给自己做件披风，我从小就喜欢、羡慕布琼尼式的骑兵斗篷——肖科平房间是不是有台缝纫机我记得见过？"

"是有一台。"

"她烧退了吗?"

"你没听见笛儿都吹起来了。"李缅宁开门出去洗脸。

韩丽婷抱着衣料来到肖科平房间,肖科平边吹边向她点头致意。

"你都好了?"

"嗯?"肖科平嘴离开笛子,翻了页乐谱,"亏你帮忙。"

"没事,应该的。"韩丽婷热情地说,"有病就得抓紧治。前儿个我从这儿回去,我们街坊也病了好几口子,忙了一夜没合眼——你好老钱。"

"你好小韩。"钱康问,"拿的是块什么呀?"

"一块料子,想做件披风。你觉得怎么样?"

"嗯,好看。"

"真的? 对了小肖,我能借你缝纫机用用吗?"

肖科平边吹边点头,吹完一小节,说:

"你推走用吧。"

韩丽婷已经揭了缝纫机罩子,装轮带,穿针引线:

"不用那么麻烦。我很快的,踩两下就好。忙你的,就当没我一样。"

肖科平开始吹下一乐章。

钱康感兴趣地走到韩丽婷身边,摸着料子:"我又发现你一门特长,真让我惊讶。"

"你跟我认识就准备好天天吃惊吧。"

那边肖科平被这里两个人的嘀嘀咕咕弄得有点分神,曲调吹得结结巴巴。

"你这布还有吗?"

"有啊，你想做什么？"

"你觉得用这布给肖科平房间每件家具都做个套儿，整个布置起来——那会是什么感觉？"

"好啊！我这么想了都没敢这么说。"

韩丽婷开始"哒哒"踩动缝纫机。

肖科平先还准确地按谱吹，渐渐被加入进来的缝纫机节拍吸引、带领，节奏开始紊乱，几经调控，终不能排除，顽强对峙与竭力背道而驰的结果也只能是脱离正轨。

缝纫机快速有力地敲着点儿，笛声越吹越快，越吹越急促，如同两个人赛跑。肖科平满脸憋得通红，几乎来不及换气。

"哒哒哒，嘀嘀嘀……"

她一下把笛儿放下，靠在窗边大口喘气，累得粉脸失色。

韩丽婷和钱康仍在毫不知觉地边踩缝纫机边亲密地说笑。

"你什么时候去把我办公室布置一下？"

肖科平拿着笛子进入李缅宁房间，李缅宁正在剪指甲。

"你是不是能管管你们那位？"

她冷若冰霜地说，接着发现李缅宁穿着那件花衬衫，像个二流子，不禁吸口凉气："是她给你打扮成这样的？"

李缅宁自豪地一翘剪得光秃秃的大拇指："五块钱！"

钱康笑着进来："这小韩啊，真没她不能的，是个人才。"

"你觉得她好是吗？"肖科平扭脸问他。

"是不错嘛。已然是个女人，却有一身武艺，实在难得。"

"既然你这么欣赏她，"肖科平转向李缅宁，"是不是请你再发扬一次风格？"

"没问题。"李缅宁干脆地说，"立马把她带走。"

　　钱康怔了一下，看了眼李缅宁，又看看肖科平，摇头，表情也随之庄重：

　　"这我就要批评你了，肖科平，这你就太尖刻了。人和人之间没点宽厚、菩萨心肠怎么行呢？其实我早就发现你这性格上的弱点了。你有好多次都不自觉地流露出来。完全凭一时冲动，想怎样就怎样。上次在茶馆你说走就走了。前次请记者吃饭，大家都是来捧你的，你带搭不理，好几次你都搞得我很尴尬。"

　　"我就这性格，改不了啦。"

　　"这样就不行！这样你到社会上就要吃亏！"钱康低吼，随即和风细雨，"我当然是不会计较，但别人就不见得个个容忍你。男人其实不喜欢任性的女人。要撒娇也该回家撒而不能撒在大街上——对不对李缅宁？你是不是也觉得她这毛病挺大？应该你是受害最深。"

　　"你们吵你们的，少把我扯进去。"

　　"这就是你不对了，我又得批评你了。"钱康矛头对准李缅宁，"肖科平之所以变成今天这个样子，跟你有很大关系——你一贯纵容她嘛！该批评不批评，放任自流，那是什么结果？严是爱，松是害，这道理你不该不懂。苦果你现在也尝到了吧？"

　　"你少给我们上课！"肖科平冲钱康嚷道，"哪轮得着你来教训我们！我怎么了？李缅宁怎么了？不假，他是混得不如你，没你有钱，但做人问心无愧。你那钱还不定是怎么来的呢，不定干了多少缺德事！我们穷，穷得光荣，听见警车叫，面不改色心不跳——别以为你在现如今这时代混得好，混得比我们有脸面，做人也就一定比我们强！"

“没错，”李缅宁说，“笑到最后才是笑得最好看的。”

“你们怎么都冲我来了?”钱康无辜地摊开双手，“我也没说什么，怎么连我的品质都怀疑起来了?”

韩丽婷双手举着展开的花披风，一步跳进来，喜洋洋，美颠颠的，叫：

“怎么样，好看吗?”

正在争吵的三个人沉默下来，冷冷地看着她，无人答腔。

她还不满，噘着嘴翘首以待：

“怎么都不说话？好看吗倒是?”

李缅宁拍拍钱康肩膀：“对不起，真冤枉你了。”

他走到韩丽婷面前，正要劈面大喝，蓦地发现韩丽婷精神涣散了，视线越过他，直愣愣地盯着阳台：

“有人从那儿跳下去了。”

李缅宁浑身一机灵，倏地回头，见肖科平和钱康好好地站在身后。怒视韩丽婷控制不住地浑身乱颤地笑：

“你什么东西!”

韩丽婷根本顾不得李缅宁，把花披风往他身上一披，越过他急匆匆奔上阳台，隔着纱门回头朝三人喊：

“真有一大姑娘从楼上跳下去了!”

只见她趴着栏杆往下瞧，激动地嚷着什么，然后仰头扪胸，两眼一翻，又睁开眼急急再往下看，活像一个蹩脚的哑剧演员在做着夸张表演。

肖科平半信半疑地上了阳台，扶栏一望，回头时神色大变：

“快来看——真的!”

钱康三步并作两步冲上阳台，在两个女人中间挤：“哪儿呢哪儿呢?"

韩丽婷激动万分地回头朝迟迟不动的李缅宁喊：

"姑娘妈也站在窗台上了!"

李缅宁拔腿正要往阳台跑，门"咣"的一声被撞开，几个手里拿着钩镰枪的戴头盔的消防队员埋头冲进来。

低头跑了几步，为首的恍然大悟，喊了一声："进错门了。"

一干人又呼隆隆跑出去，冲进隔壁人家。

李缅宁泄了气，点着一支烟，神态恍惚地吸。一个全身披挂的武警高手，吊着绳索冷丁从楼顶降落，出现在窗外，吓了他一跳。

韩丽婷、肖科平和钱康在花草葱茏的阳台上紧紧挤在一起，一齐向左侧空中恳求：

"想开点，求你了。"

黄昏，四个人手拉手在街上徜徉。街上都是手拉手的年轻男女，但四人一组的尚属罕见。

他们来到一家灯红酒绿的歌厅门口，肖科平请求说：

"我想进去，我嗓子发痒。"

"齁贵的，甭摆这阔。"李缅宁首先反对，言罢还瞥了钱康一眼。

钱康只得与其协力将肖科平拉走。

又来到一家专放夜场电影的光怪陆离的电影院，韩丽婷往下坠着身子不肯走：

"今晚这四部片子里都有我想看的抒情片断。"

三个人把她一个趔趄从有阿飞逡巡的影院门口拽出，像拉着一个绑着手拴在马后的女奴，连奔带走拖出一箭之地才停下。

钱康耐心细致地做她工作："报上说了，看一次夜场电影相当于在避孕药车间工作十年，很多人都因此丧失性功能。"

"流氓！"韩丽婷骂他。

电视里播着一个"高麻"家属似怨似嗔的婆婆泪眼，下一个镜头便是这位"高麻"本人走进派出所投案的背影……

四个人在灯下聚精会神地打麻将。有人得意，有人苦思，有人不动声色，有人紧张万分。

电视自顾自地开始播自已然叫了半天好儿的一部电视连续剧。人物尚未出场便唱起如泣如诉的歌，剧中那位苦人儿才露面便已泣不成声。

"对不起，我又'和'了。"肖科平捡过李缅宁刚打出的一张"五饼"，放进自己牌中，把面前一行牌"啪"地按倒，指着三人，"2，2，4！"

李缅宁和韩丽婷各扔两元钱过去。钱康桌面上不够四块钱，掏出一张百元大钞递上去：

"破大张儿吧。"

"我给你找。"面前也堆着不少钱的李缅宁把钞票接过去，从裤兜掏出一卷十元钞票，一五一十数给钱康。

"你们俩过去是不是常联手卷别人？"钱康一边洗牌一边看着肖、李说，"怎么老是你们俩'和'？我和韩丽婷都快成牌架子了。"

"就是，"韩丽婷也数着自己剩下的钱说，"他们俩老互相喂'张儿'，里头肯定有腻。"

"没有没有。"李缅宁笑说，"我们也是打官牌。"

"不成，得让他们俩换座儿，不能挨着上下家。"

韩丽婷起身把李缅宁换到肖科平对面。

四个人八只手把一桌牌抹得稀里哗啦。

"八条。"李缅宁略一哦吟，打出张牌。

"碰！"肖科平隔桌拿走那张牌。

她那只无名指上戴着个细细金戒指的修长的手，在李缅宁面前灵巧一抓，狡兔般地缩回。

李缅宁抬眼望肖科平，肖科平也正在看他，她微微一笑，低头看牌。

她在灯下犹如瓷器，光泽温润，线条如泻。

李缅宁感到同时受到注视，他向钱康看去，钱康的目光立刻越过他，向房间黑幽幽的深处看。

韩丽婷似笑非笑，正待张嘴说什么，头顶那盏灯忽然灭了，远处肖科平房间的那盏台灯也同时灭了。

"怎么回事，停电了？"黑暗中肖科平说。

一阵桌椅响。钱康在黑暗中说："别混牌，我都上'听'了。"

通往楼道的门开了，有轻轻的气流穿过房间。

似乎是肖科平站在门口张望，外面也是漆黑一片。

不少人家都有人出来，在走廊里乱嚷："谁家用电炉了？"

有手电光射来射去。

李缅宁按亮打火机，门口站着的果然是肖科平。

一团火苗照出他二人两张挨得很近的脸的轮廓。

肖科平鼻翼一侧的半边脸不受光仍隐在黑暗中，这使她的脸五官有如雕刻般清晰，表情神秘具有圣像般的魅力。

肖科平神态安详地端着一支点燃的蜡烛走到牌桌前，把蜡泪滴在一只倒扣的玻璃杯底上，将蜡烛竖直粘牢。

烛光在黑暗的房间内摇曳闪烁。

窗外整个住宅区的楼群都是黑魆魆的，只有远处立交桥和逶迤蛇行的几条马路依旧灯火通明。还有溶溶月色。

李缅宁又点亮一支白蜡烛，光区扩大，坐在桌四周的几个人的脸都绰约浮现出来，犹如浸在显影液中的相纸逐渐层次分明。

大家的情绪忽然消沉了。

"继续玩吗？"肖科平手托腮懒懒地问。

"不想玩了，太累眼睛。"韩丽婷站起来对李缅宁说，"你来一下，我有话对你说。"

李缅宁跟她回到自己房间，在桌上点着一支蜡烛。

韩丽婷关了门对李缅宁说："不喜欢她那装腔作势的样子。"

"谁也没叫你喜欢啊。"

"她也不是你老婆了，你干吗还那么听她的？她以为她是谁——撒切尔夫人？"

"你叫我来，就想跟我说这个？"

"还有。我看你跟她还眉来眼去的，你盯着她看的时间比看牌的时间都长。"

韩丽婷说着忽然动了气："你给我说清楚，你们俩到底现在什么关系？平时我不在钱先生也不在的时候光剩你们俩——你们都干什么了？"

"跟你说不着——你以为你是谁？"

这时，外面传来肖科平的嘤嘤叫声："缅宁，缅宁，你出来一下。"

"不许出去！"韩丽婷命令道。

李缅宁置若罔闻，摇摇摆摆往外走，到了门口一个闪身便出去了。

"贱，这就叫贱！"韩丽婷发狠说。

肖科平和钱康坐在烛光中笑吟吟地望着李缅宁。

"我们正聊你呢。"肖科平说，"老钱有个问题想让你证实——我说他不信。"

"你们俩当初结婚是谁追谁呀？"钱康眯着眼暧昧地笑问。

"互相追。"李缅宁坐下，回答。

"谁追得更猛点——总有一个主动在先的吧？"

"你让我说，我当然得说肖科平比我猛了。我记得咱们认识之后，是你首先提出幽会的请求的。"李缅宁望着肖科平说。

肖科平笑："第一次约会的电话绝对是你打的，我记得很清楚。"

"那是在你再三暗示后，我想我要不打那个电话就太折磨你了。"

"无耻。"肖科平笑，"谁老跟我念叨他特孤独特空虚？"

"你也没少跟我表白只重感情不爱钱。"

"那你们离婚时是谁蹬的谁？"钱康打断他们热烈的交谈，"她可说是她蹬的你。"

李缅宁顿了一下，看了眼肖科平："这倒不假。"

肖科平脸上仍有淡淡的笑意，但眼睛不再正视李缅宁。

"你也够惨的。"钱康快慰地笑，"怎么连个媳妇都留不住。早认识我呀，我教你几招儿。"

"这话得这么说。"李缅宁眨眨眼开口，"她对别人可以将就，唯独对我偏不将就。"

说完他哈哈笑，十分得意。

肖科平在一旁也不禁莞尔。钱康看在眼里，颇为郁闷，偏又一时语塞，只好昂昂然——沉默。

"李缅宁！李——缅宁！"韩丽婷隔着房门拉长声音叫。

李缅宁含笑扬长而去。

"你笑谁？"韩丽婷指问李缅宁。

"没有，就是灭了胖子一道。"李缅宁尽量令语气平淡，不使开心流露。

韩丽婷手按腹部，脸上露出痛苦的表情。

"怎么啦？"李缅宁问。

"胃疼，晚饭吃得不舒服。"韩丽婷打了个逆嗝儿，"我胃部动过溃疡手术。"

"年轻轻的怎么得了个胃病？"

"我能躺会儿吗？"韩丽婷额头冒出米粒大的汗珠儿，疼得弯下腰，"在兵团……"

"躺吧。"李缅宁忙过去搀扶她，"要不要喝点热水？"

他倒了一杯热水端过来。

韩丽婷躺在床上呻吟："你这儿有治胃疼的药吗？颠茄、普鲁本辛都成……算了，你这儿什么药都没有。"

"疼得很厉害？你带针了吗？扎针不是也可以止疼？"

"我不敢给自己扎，我怕疼。"

韩丽婷的脸在昏暗的烛光下白得惊人，平时那些争强要胜、赖皮赖脸的劲儿此刻荡然无存，格外憔悴格外单薄十足一个脆弱的女人。

她侧身蜷卧，身上的骨节块块凸出。

她哭了，几滴沉甸甸的泪珠顺着颞侧流进耳朵。

"你告诉我穴位，我给你扎。"李缅宁说。

韩丽婷掀开层层衣襟，袒露出来的肚子上一道竖长红紫的刀疤在苍白干枯的肌肤间十分醒目。

"看着那么一个快乐的人……"李缅宁蓦地有些心酸，拿着银针的手一个劲颤抖。

突然来电了，住宅区每座楼的窗户都星星点点地闪亮了。

电视也重新出现画面：一位古代妇女一翻白眼旋转着仆地昏倒……

肖科平敲门进了李缅宁房间："晾的衣服忘收了。"

李缅宁正用被子盖住闭眼昏睡的韩丽婷。

肖科平怀抱几件洗干净的衣服关了阳台门回屋。

李缅宁默默地坐在床头，他感到燥热，脱下套头衫，韩丽婷的脸被他遮住，只露出一把乌黑散乱的长发。

"快到节日了，没准要来查户口。"肖科平站着一件件叠衣服，语气委婉。

李缅宁弯腰从脚丫子上揪下两只袜子，揉成一团放到鼻尖嗅了嗅。

肖科平抱着成摞的衣服往门口走了几步，停住回身："能劝你们一句吗？"

李缅宁把袜子扔到藤椅上，似笑非笑地望着她。

"虽说时代在变，道德还是古代那道德，再说李缅宁你也应该对人家小韩负责。"

见李缅宁只笑不语，她又说："小韩我也劝你一句：防人之心不可无。"

语气、表情均十二万分诚恳。

"那是对敌人。"李缅宁凛然道，毫无愧色。

肖科平忍气吞声带上门出去。

钱康正在房间里的台灯下非常认真地看一本不知什么鸟人的著作，翻过一页，脸也随之转个方向。

肖科平进来，把衣服放进衣柜，然后坐在一边发怔。

"那俩睡了?"钱康放下书含笑问。

肖科平站起来，拿起钢丝拢子梳头。

"这小韩一看就特轻浮。"

肖科平低头从拢子上拔出一根根梳掉的长发。片刻后瞟了眼钱康：

"你怎么知道人家轻浮的?她跟你轻浮了?"

"不是那意思。"钱康慌忙解释，"全凭印象没一点根据。"

肖科平不再理他，在梳妆镜前坐下，端详着自己出起神儿。

她似要看穿自己。她眉间有皱，一丝极细微极不易被察觉的纹线，似一缕缠绵又若一抹忧郁。

她坐在镜前用一柄银亮的水果刀为自己片着苹果，一瓣瓣递进嘴里吃，不时凝视自己一眼。

钱康懒散地出现在镜中，脸上挂出微笑，些许欠身，一手置于肖科平右肩，一手背在自己身后，往镜中窥望。

肖科平立刻绷直身体，停止手中动作，眼睛如手中刀刃发出凛凛寒光，乜视着自己肩上的那只手。

钱康脸一红，讪讪地缩回自己那只手。

房门"咣"的一声被推开，日光灯跳了一下，大放光明。

李缅宁如在敌前铁丝网遭探照灯扫射，下意识地低头隐蔽。

肖科平、钱康鱼贯直入，钱康胁下夹着个铺盖卷儿。

韩丽婷受了一惊，以手遮眼，衣衫不整地从被窝里探身问李缅宁："怎么啦？"

"你躺你的。"李缅宁端着一杯热水从床前款款起身，沉着地盯着肖科平。

"抱歉，没想你们动作这么快。"肖科平不带眨眼地说，"我想了一下今晚的住法，咱们都还要严格要求自己，暂时先分男女宿舍——我让老钱把铺盖带来了。"

钱康干笑着上前把铺盖卷在韩丽婷脚下一放，坐在床边说："我自己其实不想来。"

"我还是回家吧。"韩丽婷挣扎着要起来。

李缅宁一把按住她："你不要动！这会儿已经两点了，你想走也没车了。"

"就是，我也没想呆这么晚。"钱康说，"一混就给混忘了。"说罢低头看手表。

"是不是可以商量？"李缅宁问肖科平。

"我不想让人说我提供奸宿。"

"我还是走吧。"韩丽婷想起床，被李缅宁拽着一动不能动。

"那又怎么样？"他目光尖锐地看着肖科平。

"影响不好。"

"那又怎么样？"

"你不在乎可我在乎，我还想有个好名声呢。"

"谁会这么无聊？谁会这么吃饱了撑的扯这份臊？"

"没人管更该自觉。"

"要是我就不呢？"李缅宁走到肖科平面前，盯着她问。

肖科平镇定自若："你们三个住在一起也可以。"

"我倒无所谓，住在哪儿跟谁住都可以。"钱康表态。

"肖科平，你这不是成心恶心我吗？"李缅宁拉下脸，"成心治我！"

"不要动气。"钱康站起来拍拍李缅宁，"不要使用不文明的语言，大家好说好商量。"

"你这么想？"肖科平盯着李缅宁。

"我怎么能不这么想？"

李缅宁再次拨开钱康的手："去一边呆着，这里有你什么事？"

钱康敏捷地反手一把抓住李缅宁的手腕子："怎么没我的事？我在这里关系大了。"

"你一贯如此！"李缅宁一边和钱康较着手劲儿同时冲肖科平嚷，"什么事你都要干涉，什么事你都要插一杠子，冒充英明冒充果敢冒充无所不能！"

钱康趁李缅宁分神之际已渐占上风，面呈得意。

"咱们历数吧，从打咱们认识，哪件事你不是占我上风？哪件事不是最后你说了算？请示这个请示那个最后还非得请示你——我的公民权没一年不被你剥夺！"

"你从头数吧，哪件事不是我对？"肖科平心平气和地说，"要不是我帮你跑，你现在还在四川那个山沟里窝着呢。"

"要不是你拖我后腿，我哪至于混到现在倒成了个门房，虽说是皇宫的门房，'高工'早评上了。我的同学都有当上学部委员的。"

"你就是当上'高工'不也是天天呆着？喝茶聊天看报纸——钩心斗角，设计个劣质电冰箱洗衣机坑害消费者——还是在人手下。"

"我在你手下也没得好儿!"

李缅宁"嘿"的一声彻底把钱康的手掰倒,夺手指着肖科平泄愤道:

"明告你为什么和你离婚,就为受不了你,所以揭竿而起——你还当是你蹬了我呢?"

钱康追过来,抱着李缅宁的胳膊找手意欲再战。

"你干吗呢这是?"李缅宁连连甩手甩不开。

钱康像咬着钩的鱼随着他的甩动乱蹦乱跳:"不信你手劲儿比我大。"

"你别这儿添乱了好不好?"已然忧郁脸色依旧苍白的韩丽婷也说钱康,"正听得有意思你老给打断——专心致志的。"

她又对李、肖二人说:"吵你们的,别理他。"

"你也觉得我是添乱?"钱康问肖科平,"我可是帮你。"

"你确实属于添乱。"肖科平说,"人家没说错。"

钱康颓然松开李缅宁,低下头,再抬头时,两眼无一有神。

"你说……"李缅宁扭头正欲再跟肖科平理论,发现肖科平人已不见。

肖科平被钱康揪着脖领子顶在墙角,像张画似的贴在墙上。

"你说,你到底跟谁一头?"

"救命!"肖科平憋着嗓子细声细气地叫,两眼泪汪汪。

"当着我面你就敢打她?"李缅宁登时急了,上前一把将钱康拎着原地转了个一百八十度面对着自己,恨骂连声,"她跟了我这么些年,这么气我,我都没舍得动她一指头。刚转到你手里——人给你是让你去爱的我的同志!"说到动情处他不禁感慨,"我李缅宁从小就有个心愿，一辈子跟人不笑不说话。这双手打得坏一辆卡车，可连打苍蝇都是高举轻落——今儿却要落到你身上了。"

钱康重拳临头之下，倒也从容："别打我脸，我还要见人呢。"

"不是，我就是难过。"李缅宁放下拳头，"干吗人和人非得打才最后有个结果？"

"我这人就是血热，一冲动就忘了后果了。"钱康对肖科平说，"对不起啊，不是故意的，咱们那音乐会该办还是照办。"

"那也不该动手。"李缅宁说，"动手不好，应该摆事实讲道理，再有理一打就没理了——我血就不热吗？"

"咱都是热血汉子。"钱康诚恳地说，"你这么跟我说，我一听就听进去了，真打倒把我打糊涂了。赶明儿咱哥儿俩好好聊聊。"

"嗳嗳。"李缅宁一个劲点头答应。

韩丽婷坐在床上笑了："就这么完了？"

李缅宁对钱康笑："她还想看咱们热闹——打不起来小姐，我心里明镜似的。"

"还疼吗？还生气吗？"钱康低声下气地问一直在旁边泪汪汪揉脖子的肖科平。

肖科平扭身往外走："你来，帮我收拾东西。"

肖科平板着脸把衣柜里的衣服一批批往外搬，扔进床上敞口的皮箱。

"你就搬我那儿去，我别处还有房子。"钱康在一边收着小摆设说。

"这又何必呢？"李缅宁走到门口，瞅着屋内乱糟糟的一切说。

肖科平冷冷乜了他一眼，继续在衣柜里摘衣裙。片刻，探出上身对他说：

"我怕了你了！"

这是个不放假的节日，街上挂出一些彩旗、灯笼和祝贺标语。但街上来往的人群神态如旧，商店也没有增加供应，照常营业。

正午阳光下的阳台上的花色繁复，从隔街的公共汽车候车亭远远望上去，犹如一幅干净艳丽的漆画：文竹兰草嫩绿鹅黄的枝叶葱茏地拥在栏边，月季、牡丹婀娜地娇挺着花朵点缀其间；居室的玻璃闪闪发亮，几只空衣架晃悠悠地挂在高悬的铁丝上。

肖科平出现在阳台上，手拿一只喷壶，斜臂举着往花丛上浇水。

清水纷如雨下，被阳光映透，化为万点金屑。

花很热烈，人很冷漠。

她极为平静地望了一眼远方殷蓝的苍穹，转身离开阳台。

房内十分整洁，近乎萧瑟。所有带有个人生活的痕迹的零碎物件和凌乱摆设统统不见，只留下一些面壁而立的高大柜橱和一张空荡荡的大床。

李缅宁倚在墙上吸烟。

他们坐下来等人，默不作声，偶尔互相看上一眼。

李缅宁站起来，看那些经过擦拭虽一尘不染但仍透出岁月痕迹的旧家具。

他敲敲衣柜的板材回头说："现在的家具都不会再用这么好的板子了。"

钱康没敲门便进来了，身后跟着一群穿工作服的男人。

为首的一个年龄很大的男人，进来就开柜门敲板壁，逐件检查家具。

他对钱康说："要搁我们那儿一件件寄卖价儿可能高点。归了包堆儿一总卖掉，我只能给您这数儿。"

他伸出一拳一巴掌。

钱康看肖科平，肖科平点点头。

工头数出厚厚一沓钞票递给钱康，钱康转手交给肖科平。

每搬走一件家具，原来的位置便空出一个积满陈年灰尘的印子。

一地已成絮绒状的灰尘中，散落着一些久已丢失的小物件：硬币、药粒、断了齿的梳子、发卡和断了线的彩色塑料珠子。

李缅宁从已搬走的床原处的灰尘中，捡起一串不显眼的咖啡色树粒项链，拎着吹去上面所蒙的尘埃。

纷飞的灰尘眯了他的眼。

那项链一经抖开，非常之长，上百个菱形树粒密密麻麻歪歪扭扭地摆列着，已完全失去光泽。

钱康和工头聊着家具市场的行情走出房间。

"这不是我那次去海南出差给你买的那串项链吗？丢了到处找不着，原来掉床底下了。"

肖科平接过那串项链端详。

"当时还挺宝贝、时髦，现在大概只有小姑娘才戴这种便宜东西。"

肖科平把那串项链套头戴在脖子上，在胸前理妥帖，抬头问李缅宁。

"好吗？"

"不好。"李缅宁摇头笑道，"你现在应该戴金子或者珍珠什么的。"

房间已经搬空，顿时显得空旷，阳光中飘浮着大量尘埃，光线混浊，人也显得朦胧。

钱康从门外探进头，对肖科平说："该走了。"

说罢先出了门，在外面走廊喊："我在下面车里等你。"

"马上就来。"肖科平匆匆往外走，边走边大声对李缅宁交代，"每天想着给花儿浇遍水，别乱上肥要不招腻虫，米兰和君子兰明年该换盆了，夜来香和月季冬天要剪枝……"

"知道了——"李缅宁在大敞着门的房间内某个不为人知的角落大声回答。

正在上升运行的电梯间内，钱康靠着一壁注视着他对面的肖科平。

肖科平眼睛看着别处，一脸倦意，身后的壁镜衬映出她的另一侧身体。

他二人之间站着一个眼巴巴盯着逐次亮起的楼层号码的白发苍苍的老年妇女。

钱康忽然一笑，欲对肖科平说什么。

老太太转头对他热情地笑。

肖科平出神地盯着放在玻璃茶几上的那串树粒项链。项链的咖啡色几乎与茶色玻璃浑然一体，乍看上去几乎不能一下看清她盯着的是什么东西。

这是套经过宾馆式装修的多居室大开间的公寓，满铺了浅色的高绒地毯。房间正中摆了一套三件装的泰国水牛皮沙发，靠墙摆了几件红木多宝格柜橱和聚酯酒柜，上面摆有精美瓷器和一些异形的外国名酒瓶子和一排排崭新的皮面烫金的外文书籍。

钱康正在从一个红木卧榻下面往外拖一个纸箱，拿出一件捆得十分严实的东西层层剥纸："我给你看件好东西。"

他剥净包装纸，亮出一个青花瓷瓶："猜猜多少钱？"

"二百。"肖科平瞟了一眼，随口说。

"二百你卖我！上个月，在索思比拍卖行，一模一样的东西，拍了一百五十万——美元！"

"那你还留着干吗？"

"我这件有点残，少了一耳朵。"

"那起码也值十五万——十五万人民币最起码的吧？"

"那没问题，不止。"

"女人，"肖科平忽然笑说，"就是太傻。"

钱康欣赏着自己的收藏，根本没听见肖科平的话。

肖科平坐在舞台中央吹奏长笛，妆化得很浓，眼圈发紫，嘴唇鲜红，穿着一身黑皮裙，紧裹着身体，像个在南边混的东北妓女。

她身后站了一排长发披肩、神态痴迷的摇滚乐手，边扭边弹，各人手中的电子乐器发出阵阵啸声，负责地烘托着她的笛声。

舞台上方、四角，或悬或竖着她的大幅彩照。都属于艺术摄影，无一例外地突出她的双眼和嘴唇，深沉的嗔怨的挑逗的和空洞茫然的甚至还有贱笑的，可以肯定，拍照者和被拍照者都有强烈、不容忽视的个人追求。

钱康领着大批、黑压压的经理及其马仔坐满剧场，自下而上，没一个不是西服领带背头眼镜，神色也是一律矜持庄重如同一个日本商界访华团，集体来此过夜生活，就差一人两腿间竖一把日本战刀了。

钱康神采飞扬，聆听之际不时向左右和他视线相遇的哥儿们举手示意，接着含情脉脉地望着台上。有点黑手党教父的错觉。

不断有油头粉面的青年，端着高级长焦相机哈腰来到台前，瞄准肖科平"啪"地耀眼一闪。

每一次闪亮，肖科平都不由自主闭下眼。

忽然灯光旋转，七彩霓幻，摇滚乐手一齐歇斯底里，金蛇狂舞，电子声响天崩地裂倾泻出来，犹如置身迪斯科舞厅。

观众普遍精神一振，视线齐刷刷越过肖科平欣赏起后边什么。

肖科平心怦怦跳着，硬着头皮拿着架子吹，笛声完全被电声淹没，她只得加大气力用劲儿吹近乎吼叫，仍像一个双簧演员在装模作样蒙哄观众。

她似乎感到了什么，边吹边往左右乜眼，只见身后的天幕像行星一样运行起来：山河壮丽，星空璀璨，银河如瀑布般地向整个舞台倾泻下来……

舞台灯齐灭，一片漆黑中只有频闪灯打出一道道闪电般的强光。

肖科平像个幽魂，显灵，消逝；亮相，隐去……

没人知道笛子是什么时候吹完的，声如迅雷的鼓声戛然而止的同时，舞台大放光明，台下掌声雷动。

肖科平涎着脸站起来鞠躬，很有些无功受禄的不好意思。

掌声持续片刻，变为热烈，有组织的三阵："夸夸夸、夸夸夸，夸，夸，夸！"

鸦雀无声。

接着是欢快的迎宾曲。

乐曲声中，剧场的灯统统亮了。钱康从前排站起来，面向观众，高高拱手握拳相谢。观众也同时向他热烈鼓掌、欢呼——都是哥儿们。

钱康和前排陆续站起的各种嘴脸的总经理们——赞助人热情拥抱，笑着把脸贴在一起。

他甚至热泪盈眶地向观众们抛飞吻，左右开弓，或者两手一齐来。

几个妖冶似窑姐儿的女郎，开始把一篮篮菜筐似的大簇花卉抬上舞台，花山一样堆码。

有的力怯女郎松手时还一趔趄，险些一头栽到花篮里。

肖科平站在台上走也不是，不走也不是；笑也不是，不笑也不是。

还挺妨碍一趟趟搬运花篮的姐妹。

钱康满头大汗前后数着人头，把他的哥儿们领上台，排着队鼓着掌，怯生生笑着向肖科平逼近。

上来就把她呼啦围在中间，死盯着恨不能看下块肉似的没完没了鼓掌，还得钱康把他们一个个掰开，转过来面向观众席，站成一排，把肖科平和他簇拥在中央。

一个老绅士在人排后着急地往里插，次次都被一肘顶回，不停嘟哝：

"我是捐了上万的，我是捐了上万的。"

还是肖科平闪身让出个空当，够他斜着身子插着，露出全脸。

一群闪光灯冲这排大脑壳闪成一片。

富丽堂皇，鲜花满室，肖科平端着一杯盛着琥珀色酒液的酒杯站在窗前。

她出神地凝视着窗外的夜空，手神经质地转玩着高脚杯底托。

钱康从后面向她走来，两手搭在她肩头。

她一动不动。

钱康放下一只手，松了松脖子上的领带，摘下眼镜小心翼翼地放在一边，然后把肖科平车转过来，搂在怀里。

他松开肖科平，把上衣袋里的一支金笔取下采，放进裤兜，继而再次好好正式地拥抱肖科平。

肖科平面无表情地后仰着上身由他抱，右手还端着那杯酒，巧妙地保持酒不被洒出。

钱康把头埋在肖科平胸前，蹭来蹭去，陶醉地发出一些喘息声。

蓦地，他不动了，绕着伸上来一只手摸头发——他的头发钩在肖科平的胸针上了。

一动便扯着头发疼。

"疼。"他嗳嗬，歪着身子。

肖科平放下酒杯为他解头发，头发缠得很死，解起来很费劲，最后她索性把胸针摘下来，放在眼前才一点点丝缕有致地扯出。

钱康捂着头发龇牙咧嘴退到一旁：

"怎么搞的？"

"缠在这个上了。"肖科平把胸针递给他看。

两个人隔得很远站着，冷冷地互相打量。

"再来。"肖科平说。

"你不想欠情对吗？"

肖科平笑笑。

"你把我当嫖客了。"钱康走开，拿起眼镜重新戴上，给自己倒了杯酒，喝了一口，抬眼看肖科平：

"我要花钱买，根本用不着找你，有的是比你年轻漂亮的。"

他把酒饮尽，咬牙站在那儿打了个寒噤，放下酒杯，拈起桌上盘中的一颗铁蚕豆扔进嘴里，"咔吧咔吧"响亮地嚼着，向肖科平点了点头朝门外走去。

在门口，他开了门说："有事给我打电话。"

房间一片漆黑。房门忽被推开，泻入一道星光。

正在熟睡的李缅宁被一只手粗暴地弄醒，他迷迷糊糊睁开眼蓦地坐起，见灯光刺眼，肖科平披头散发站在灯下哀恸地望着他，泪流满面。

"你怎么来了？"李缅宁昏头涨脑地嘟哝，"什么东西又忘这儿了？"

肖科平的眼睛立刻干涸了。

"几点呀现在？天还没亮吧？"他伸手去拿床头桌上的手表看时间。

再抬头，肖科平人已不见，门紧关着，似乎从没人来过。

他茫然地坐在床上，怀疑刚才是在梦里。

钱康坐在一间幽暗、几乎没什么客人的咖啡厅里又吃又喝，边吃边往窗外街头张望。

宽大的茶色玻璃使外面的街显得像阴天，人群的脸也都失去血色。

他低头猛吃一块奶油蛋糕，一手按着碟子，一手用小匙挖下一块块送进嘴里，然后端起旁边的酒杯猛灌一口。

李缅宁出现在他身边的窗外。走在他前面的两个姑娘忽然停住，往街对面看，他也随之停下。

两个姑娘又往前走，从窗外消失。李缅宁也移动身体往前走。

钱康抬头看见了他，微笑、点头，见他毫无反应，而且快走过去了，急忙用手敲玻璃。

李缅宁走出视线，又退回一步斜着身子往里张望。

钱康又是比划又是叫嚷。

窗外的李缅宁仍无动于衷，眼露凶光。

他把脸贴近玻璃，用手遮住倾泻下来的阳光往厅里瞧。

他的脸在茶色玻璃上映得十分清晰，同时十分苍白，如同黑白摄影的人物肖像。

他的视线从钱康对面的空座位越过，投向幽暗无人的店堂内部。

钱康从座位上站起，整个上身横过琳琅的桌面，俯撑着把自己的脸向李缅宁贴上去。

李缅宁瞪着眼回身走开。

钱康没趣地坐下，开始喝一杯游泳池水般天蓝清澈的加薄荷的鸡尾酒，这酒有一股牙膏味儿。

他用牙咬着塑料管不停地把酒吸入嘴里，喉结上下滚动。

他的两肘搭在桌上彼此交错，一动不动地吸酒，似在沉思。

他略一抬头，李缅宁在他对面坐下，坐下便掏出烟点着了抽。

钱康松开嘴，塑料管已粘在他唇上，随着他抬头掉出杯外，酒渍染了白桌布。

他捡起吸管，又投入杯中，招手叫来侍者，伸出一排手指头："再来这么些杯一模一样的。"

侍者看了一眼新来的这个男的，又瞟了眼这位坐了一天的先生，蓦地把腿往后一拿，恭敬退下。

很快，侍者把酒上齐了。

钱康叼上一根烟，伸着脖子凑过去跟李缅宁对火。

李缅宁这才发现他已喝得烂醉，眼神儿恍惚。

他揪下他嘴上的烟，对着了，又塞回他嘴里。

"是她派你来找我吗？"钱康仰身靠在软椅背上，大剌剌痴笑地问。

"不是。"李缅宁端起酒杯喝了一口，皱了下眉头。

"那也无所谓，反正你带耳朵来了吧？"

李缅宁又尝了另一杯中的酒，同样皱了眉头："带了。"

"我实在是想和人聊聊。"钱康推心置腹地说，"我喝了一天了，发现这酒根本堵不住嘴。"

李缅宁凑合将就地端起一杯酒喝。

"我觉我这人挺棒的，怎么回顾怎么觉得自己没毛病，怎么想怎么觉得自己了不起，应该让人羡慕。"

"你可以算个人精了。"

"为什么我一看上谁，谁就撒腿跑？不爱搭理的倒呼呼往上扑——为什么？"

"你得容许有人有眼不识金镶玉。"

"问题这不是一个两个，他妈的简直成规律了。"

"……你说的这都是女人吧？"

"嗯，男人我跟他着什么急？"

"女人？女人这就不奇怪了。女人那是世界上最不稳定的一种化学成分。我一向认为孙悟空是受了女人启发创造出的艺术形象。"

"真的？叫你这么一说我恍然大悟，怪不得流传甚广老少咸宜呢——可我还是想不通！为什么我不能当唐僧，总是充当牛魔王？她们凭什么这么无法无天？想干吗？真经在谁手里她们自己清楚不清楚？"

"可不都是吃着碗里望着锅里。"

"不对，不对，不是这么回事，一定是另外有人！拿我当猴儿耍呢。谁呢？"

"如果另外有人，那这个人一定隐藏很深。"

"是啊，表面还会装得比谁都老实。"

"谁呢？"李缅宁也纳闷。

"咱们推理吧。"钱康说，"一般的特务肯定是潜伏在重要目标附近吧？"

"当然，要不干吗来呀。"

"老特务一般还都有个让谁都不会怀疑的掩护身份，一想到他，咱们自己就先否定了自己，有一万条原因认为他不可能。"

"这个人肯定是个咱们平时能常见到的人。"

"没错！最不起眼又最有接近目标的机会，每次出事他还都在现场。会是谁呢？"

"这范围已经很小了，可以断定不出这屋了。"

"不是别人，就是——你！你想啊，不是我就是你，我可以肯定不是我。"

"特务起码也该自己知道是特务，没听说已经让人捉住了自己还蒙在鼓里的。"

"再没别人了，只能是你，当然你也可能还不知道你已经被人发展了。你想，咱们刚才分析的那些条件你全具备。老李，你别跟我装傻充愣了，你就招了吧，你们到底是真离了婚没有？没关系，你就说你们是跟我拆了一道白党，我也不计较。"

"我现在就可以带你去政府那儿核实，你信不过我总相信咱们人民的政府吧？"

"老实说，我也看出来了，她那心还在你身上。"

"不瞒你说，说离婚时我没怎么着，真离了……当然，现在说痛苦好像挺浅薄。"

"我也想明白了，我干吗那么不知趣儿啊？"

"哥哥劝你一句，千万别随便离婚，能糊弄就糊弄。当着人面你没见我哭过吧？背地里，被窝都哭潮了。"

"爱嘛，有千万种，睡觉是最低级的。"

韩丽婷敲门，敲了两下停下来等。肖科平打开门。韩丽婷探头探脑往她身后房间纵深张望："李缅宁没在里面？"

"他怎么会在我这儿？"肖科平很不高兴。

"求你了，肖大姐，"韩丽婷恳切地说，"告诉我李缅宁在哪儿。我好几天找不着他了，回回去他家回回扑空。您千万别说您不知道，他瞒谁也不会瞒您，是他不让您告我的对吗？"

"这么着吧。"肖科平让开门，"你进来搜我一遍。"

入夜，钱康仍和李缅宁坐在咖啡厅里亲密交谈，互相拍着肩膀，称兄道弟。

李缅宁也喝得五迷三道，晕头转向。

"李兄，弟弟捧你一句，实话：你比弟弟只强不差。"

"我，没错呀，挺高尚的，不行就让贤。"

"弟弟一个小学教师都混出来了，你飞机都造了还能不如我？关键是你不肯下水。"

"你当过小学教师？"

"嘿，弟弟也算小知识分子，要不跟你有话呢？但凡当年我能住上间平房，我现在还两袖清风呢。"

"你这摇身一变也够麻利的。"

"不说那个，没劲。赶明儿有空儿你闲了想惹点闲愁，我再给你一一道来这里的酸甜苦辣。我是个没气节的人，忍不了。"

"欲哭无泪。我现在脑子里只有这四个字。"

"还记得高尔基那句话吗：'我到这世界上来就是为了不妥协！'英雄造时势！你的忙我帮定了，你不能再这么下去了，谁受损失？民族受损失！"

"我真是觉得自己完了。像我这个年龄，学的这个专业，已经没有机会了。"

"一个大国，不能永远只造电冰箱洗衣机，不能老是仿造别人。只要咱们把自己当青山留住，总有一天这把柴会有人来砍！"

钱康一拳擂在桌上，眼镜的一条腿从耳朵上滑下来，荡悠在涨得通红的脸上。

"我准备一辈子独身。"李缅宁高叫。

两个男人互相搀扶着摇摇晃晃地沿着黑暗的顶层走廊走来，一路遇到灯钮就按一下，有的灯坏了，完好的灯泡便亮起来，投下一些灯光。

他们旁若无人地大叫大嚷。

"瞎说！你生病了怎么办？将来老了怎么办？心里憋屈看了一部好电影好小说想找人聊聊怎么办？你一生孤僻白在这个世界上活了一百年，一个人都没结交就这么悄悄走了……"

他们来到李缅宁家门口，李缅宁掏钥匙开锁，怎么也对不准钥匙孔。

"我来，你醉了。"钱康夺过钥匙，去捅锁眼，也是无论如何对不准。

这时，门开了，肖科平站在门口，她显然已在此等候许久了。

肖科平既意外又嫌恶地看着这两个明显喝醉了的男人。

两个男人一见她，却一起咪咪笑起来，一点也不为她的突然出现惊诧。

"你怎么在这儿？等我哪？"李缅宁摇摆着撞着门框进屋。

"等你。"肖科平回答。

"知道我们为什么这么高兴吗？"钱康拨拉肖科平的肩头，"聊了一晚上你！"

肖科平摆开钱康的手，跟李缅宁进屋："李缅宁，我有话跟你说。"

"坐下说，要不要喝茶？"李缅宁靠在墙上回过身来，手在腿前来回晃胳膊脱了臼似的。

"你跟那姓韩的到底怎么个意思？是谈是不谈？她现在一趟趟找我要你，好像我把你藏起来了。"

肖科平说着来了火儿："这算怎么回事！你要谈你别老躲着，不谈你也痛快跟人家讲明态度。"

"不谈！"钱康关上门，像个瘸子似的一拐一拐地走进来，"我替老李答复她。"

两个男人各靠着一堵墙互相瞅着嘿嘿笑。

"有你什么事？"肖科平白了钱康一眼，"还嫌这关系不够乱？"

"我一点不是添乱。"钱康认真地说，"我已经替老李看好了一个人，正准备隆重推出。我们已经决定了，这里没韩姑娘什么事了。"

"就跟有你什么事似的。"

"是，也没我什么事了。"

"还有件事，李缅宁，户口本在哪儿？我要用去派出所迁户口。"

"户口本在……"

李缅宁环顾室内，发现室内空无一物，他们不自觉地又走入肖科平原来居住的房间。

这间房子如同肖科平走的那天一样空旷，不同的是有人仔细打扫了它，清除了垃圾和灰尘并精心保持了它的洁净。

水泥地板被擦得平滑如冰，光可鉴人。

唯有四壁贴满的已经陈旧的浮凸壁纸告诉我们有人曾在此生活，在此寄存遐想。

三个人都不作声了。

那天，李缅宁刚下夜班，出了神武门，就被钱康派的车接上拉到他家。

他进门看见肖科平已经坐在客厅里了。

"我还没来参观过你现在住的地方呢。"李缅宁对肖科平说。

他到各屋转了一圈，啧啧称赞了一番才回到客厅，坐下问钱康找他来有什么事。

"好事。"钱康说，"先说第一件，你的新工作我已经全都帮你联系好了，那边已经答应要你。你们宫里的头儿我也见了，他根本不知道有你这么一号。这就好办，不拿你当宝贝就容易脱身，你最近再表现恶劣点。"

"你把他搞哪儿去？"肖科平说，"到你那儿当骗子他还真误事。"

"我那个小庙哪敢委屈李兄？"钱康对李缅宁说，"去就是经理。我的能耐也就这么大，再往上爬就全靠你自个儿努力了。"

"去就是经理？"李缅宁倒有些含糊，"我干得了吗？"

"我还告你，专业对口。人家一看你开的简历，极表欢迎。"

这时门铃响。

"你还请谁了？"肖科平问。

钱康不答话，奔去把门开了，领进韩丽婷。

"我还以为进了地主家呢……"韩丽婷看见肖科平、李缅宁在座，立刻不说话了。

"人到齐了，咱们可以开始了，"钱康搓着手，安顿韩丽婷坐下，问大家，"谁还记得今儿是什么日子？"

大家胡乱猜了一顿，结论一致：平常的日子，既没有可庆贺的也没有可悼念的。在伟人层出不穷的二十世纪，有这么一个清闲的日子还很难得呢。

"猜不出来吧？告诉你们，今儿是我生日。"钱康笑说。

"这你可不能怨我们记不住。"肖科平说，"日历上没有。"

"早说呀。"韩丽婷埋怨，"顺道就给你装俩点心匣子拎过来。"

"你属什么的？"李缅宁问。

"呆会儿你数蜡烛就能算出来了。"钱康说，"就怕你们送礼，所以自个儿也是昨晚才想起来。"

"琢磨了一夜，终于想出个名堂，又是死无对证。"肖科平说。

钱康离席去门后搬出个早已订好的双层大蛋糕，大家帮着把一匣蜡烛往上插。

"你岁数也够大的。"李缅宁说，"这蜡烛都插上就看不见蛋糕了。"

"不能都点。"肖科平说，"弄不好会闹火灾。"

"你们说得我多伤心。"钱康取出一瓶酒，四只杯子，一一往里斟。

"你可真俗。"肖科平说，"净弄这俗套儿。"

"我是俗，我承认。想了半天，也没想出更有趣儿的，只好俗了。"

"可以吃了吗?"李缅宁拿刀比划。

"我先说两句。"钱康放下酒瓶。

"不要超过两分钟。"肖科平说，"过时我就起哄。"

"都端起来。"钱康端着酒杯嚷，"认识三位我真是高兴，这是我今年除了挣了几十万块钱之外最大的收获。人生得一知己足矣，何况一下得仨……"

"不要啰唆。"肖科平说。

"不想干吗，什么也不为，将来往后你们能拿我当朋友，有了难事第一个想起来托我办，我就知足了。首先……忘词了忘词了。"

钱康低头想了一会儿，扶扶眼镜说："首先，这杯酒为我母亲干了。四十年前的今天，是我的降生日，也是我母亲的蒙难日。为了我这个混蛋的诞生，她经历了巨大的痛苦和磨难。为了我，她从第一天起就备受艰辛，而且我没有预付任何报酬……"

钱康一下哽咽了，以手挡眼。稍顷，重新抬头，笑着：

"干了，她已经不在了。"

另三人低着头，一小口一小口地把杯中酒喝干。放下杯子，脸都变得喷红，目光灼灼。

　　"下面该你们祝我了。"

　　肖科平拎过酒瓶为钱康斟酒："我来祝你，祝你发财。"

　　钱康以手捂住杯口："这杯我不喝。"

　　"那好，改个说法，祝你快乐。"

　　"虽然这个祝福很渺茫，但作为个愿望——我喝！"

　　"我祝你长寿。"李缅宁说。

　　"可我不想活得太长。"

　　"我只会说这个。"

　　"干！"钱康碰了一下李缅宁的杯子，一饮而尽。

　　"我从没过过生日，所以也不会祝酒。"韩丽婷说，"免了吧。"

　　"气氛有点沉重，这不好，咱们还是说点高兴的事吧。"

　　钱康把韩丽婷的杯子斟满："这酒很柔的，喝多了也不上头。"

　　他对大家说："为了活跃气氛，咱们下面是不是挨个讲一下自己的初恋？初恋总是美好的——谁也不许隐瞒。"

　　没人开口。

　　"都不好意思，那我先说。"钱康坐直身体，笑着把脸转向肖科平，"我的初恋对象就是肖科平。李缅宁你不要吃醋啊，呆会儿轮到你说。她是中学三年级转到我们学校来的，对吧肖科平我没记错吧？那是暑假过后刚开学，那天刮大风，你从我们班窗前经过，低着头拎着小马扎，那天全校在操场开批判会。当时我就愣了，我怎么不知道四班还有这么个女生？后来隔了好几天，我听你们班同学喊你名字，才知道你叫什么。知道我当时最恨的是什么？最恨教导处怎么没把你分到我们班来。我是不要脸瞎说了啊，大家原谅。这么多年，快二十年了吧？我不能听你名字，一听就心里发疼。我现在回忆我听说你结婚的那几天，天一直是阴的——李缅宁，说实话你挺不是东西。也就是咱们现在熟了，要是我在街上遇见你，肯定不容分说大耳刮子抽你！"

"我的初恋对象跟你一样，也是肖……"

"不可能！你中学也不是我们学校的，肯定有别人！"

"真的。"李缅宁说，"我上中学时那个学校的女生没一个像样儿的。大学在北航好一点的女同学都被别人捷足先登了。我这人是这样，不是我的我也不存非分之想。我和肖科平……是在你姨妈家认识的吧？当时也不是介绍对象，就是互相有点好感，然后就通信。当时我被分到四川三线工厂，也见不着面，就一直通信。通了二十多年，婚后仍然是写信，所有的交流都靠信来传递，经常看着她写的信一个人发狂。好容易调回来，住在一起，发现感觉一下都没了。有时我看着她都怀疑那些信是不是她写的，当然她看我可能也一样。"

"不是感觉没了，而是人确实变了，我老了。"

"不，不是那么回事。"

"就是这么回事！"肖科平说，"岁数大了，变得实际了，爱唠叨了，天天在一起也不像写信满篇只写情话。不像那时候一年只能见一面只顾扮演伟大的爱人，原形毕露成了一个平凡的男人和一个平凡的女人。从性格上说，你也同样变了。你们是不知道，李缅宁过去是个非常爱开玩笑的人，整天乐呵呵的，什么事也不发愁，一张嘴就能把人笑死，一点不像个搞工科的人。现在，笑话说尽了是吗？"

"他是你的初恋情人吗？"钱康问。

"有一阵我以为是。"肖科平说，"后来我仔细回想了一下，发现不是。其实我的初恋对象是我在另一个中学的体育老师。可我从来没跟他表白过，也不允许，他是结了婚的人。"

"大概就因为你从没跟他表白过，所以才觉得是，真结了婚过几十年又觉得不是了。"

"可能。这老师我前年见过一次，老得不行了，白发苍苍，完全是个老头儿。可我还觉得他是，我说的是当年我心目中的那个他。"

钱康转向韩丽婷："你呢？我们都说了，你还一声没吭。"

"我没有初恋。"韩丽婷干巴巴地回答。

"人人都有，单相思也算。"

"可我就是没有，单相思也没有！"

"这不可能。"

"怎么不可能？这太可能了。我十四岁就去插队，后来到兵团，回来整三十。你让我去恋谁？"

"广阔天地里也不是没小伙子。"

"是有男的，可我除了把他们当战友当同志没想过别的。我们那儿是反修前哨，一手拿镐一手拿枪。噢，要说初恋，那就是爱那片土地爱这个国家还有咱们先前的毛主席。那热爱程度比你们这三位的眉来眼去鸿雁传书一点不差！也是揪肝扯肺，也是说死立刻赴汤蹈火，够得上你们的初恋标准吧？"

韩丽婷伸出手从茶几上的烟盒中取了根烟，"刷"地划着一根火柴，极为老练地深深吸了一口烟，徐徐喷出淡淡均匀的烟雾。冷笑：

"男人是有，我也跟他们睡过觉，从连里睡到团里，为了回城——这算初恋吗？"

她冷冷地挨个打量三人，眼神变得冷酷，这眼神儿最后落到李缅宁脸上，李缅宁垂下眼睛。

"舍此就剩跟李缅宁这档子了。咱们真是恋到一堆儿里，不做朋友天地难容。嘿嘿，你别一听说我爱你脸都吓绿了。我没那么贱，自尊心还剩了那么一点点。我知道你不爱我，见我烦，不会逼你娶我的——这下放心了吧钱康？"

钱康面红耳赤："这跟我有什么关系？我不懂你的意思。"

"你不就怕我在里边搅和吗？拆了人家一对好鸳鸯。煞费苦心过你娘的生日，花那么多钱买他妈的奶油蛋糕和那么多蜡烛——这情我先替他们领了。"

钱康汗流浃背，连说："误会，误会。"

李缅宁在一边也红了脸。

韩丽婷微笑着又吸了口烟，长长的烟灰掉在她的裤子上。她瞟了眼李缅宁：

"知道我看上你哪点了吗？"

李缅宁只是埋头喝酒。

"房子，就看上你那间房子了！自己能有间房子，这真叫我在眼里觉得你特别可爱。所以你说我怎么会计较你对我的态度？这下想通了吧，嗯，肖科平？还觉得我无耻吗？"

说着，韩丽婷转向肖科平，目光落在她脸上：

"你眼圈红了，大概想哭吧？你哭起来一定特别楚楚动人，还没见你哭过，这两个男人先得晕菜。你有什么理由动不动就哭？就哀叹？你可以了！有自己的房子，还大小算个艺术家，笛儿吹得不错，又有这两个男人一天到晚屁颠颠地追踪着你，你要再觉得不幸，别人还没法活了！收起你的眼泪，不要看你这副贪馋的嘴脸——小娘们儿！"

肖科平忍不住捂脸啜泣。

"李缅宁，这女人归你了。她那么娇，那么弱，没男人简直就活不了，哪怕是你们二位这样的男人！别这么看我！我知道我现在样子可怕，狰狞——你从没在我这副丑恶的嘴脸上发现过一点可爱吗？"

韩丽婷脸上掠过一丝激动的神情，随之眼神出现一种柔情，话也变得凄楚：

"可惜咱们认识太晚了。我不是生下来就这样儿的。我想我原来也会的，比她不差。可惜没机会了，本来想带张我小时候的照片给你看看……"

她把烟蒂在烟灰缸里拧灭，就那么斜着身子一手按着烟头僵摆了很久，头发垂落下来遮住了她的脸。

她抬起脸平静地对钱康说："我说完了，该喝了吧？"

肖科平咳了一声坐正了，安详地用手帕擦去自己颊边的泪痕，露出微笑。

原先很宏伟、典雅如今已经陈旧灰黯的仿俄式大剧院内，观众三三两两地入场，在一排排阶梯式褐红皮座椅间游鱼般走动。

乐池内传出乐队调音的阵阵管弦声。一只小号吹出一小节嘹亮的乐句，在最高的音符处戛然而止。

更多的观众鱼贯入场，排队在座椅间梭巡。

肖科平扭身往后瞅，无数的人脸整齐有序地密密麻麻摆列在她身后层层递升。李缅宁似乎隐在人丛中望着她。她再次扭身回顾。

剧场内千百盏顶灯一齐黯灭，所有人脸都隐于黑暗中，只有两边环廊休息室有光芒，从不同高度的太平门外泄。

大幕拉开，剧场的前半部分再次被映亮。亮如白昼的舞台上，一百多位搽着红脸蛋的男女文职军官，列成四排严肃地望着观众。

一个有几分姿色的高个女军官，笑吟吟地从侧幕出来，走到舞台中央，手拿牵线麦克风，用清越激昂的嗓音向数千名观众宣布晚会开始。

排山倒海的歌唱，惊天动地的器乐。

灯光明亮的环廊休息室里站满仨一群俩一伙在吸烟、交谈、喝汽水的青年男女，一团团烟雾从他们头上升出，弥漫开来。

肖科平从包着皮革的太平门出来，一个女高音匕首般锋利的歌唱随她一同从里面飘出。

她从站着吸烟、交谈的人群中往前走，人们纷纷闪开为她让路。最后几个小伙子让开后，她面前出现一个卖糖果饼干和各色冷饮的售货柜台。

正倚在柜台上喝汽水的李缅宁转过身看着她。

他们互相皱着眉头看着对方，仿佛陌生，仿佛看着一个威胁。

肖科平正要走开，一群来买饮料的小伙子和姑娘从后面拥过来，把她挤到李缅宁身边。他们俩被一起挤出柜台前，站到一边。

他们站在一盏吊灯下冷漠地相视，身后左右都是大声谈笑、吞云吐雾的年轻男女。

李缅宁喝光汽水，他沿着弧形的墙壁向另一个大厅走去。

他刚经过的地方有一排自动饮水龙头，突突喷着低低水柱如同不规则的心跳。

一个男人骄矜地在夕阳中沿着湖岸走来，湖畔的杨柳垂枝纷纷扬起犹如一只只人手，或戏或拂，再三落下，继而又起。拂不去此公脸上的得意之色。

背光而立脸色发黑的韩丽婷紧张地调整了一下自己的表情，在那个男人看见她的一刹那，欢笑着弱不禁风地迎上去。

酒店门口，闪闪发亮的小汽车不停驶来。

门厅一侧摆着一张豪华的大办公桌，上面放着古色古香的台灯和全世界首屈一指的办公用具，旁边搁着一块黑色的有机玻璃铭牌：大堂经理。

穿得像个香港人的李缅宁，油头粉面地坐在一把同办公桌配套的高背镀金软椅上，望着从酒店自动门进来的穿着无一能与他匹敌的普通男女。

看不出他脸上有什么表情。

身着皇后般长裙的肖科平在大厅一隅的咖啡厅演奏台就座，端起银光闪闪的长笛。

笛声悠悠荡荡隐约传来，曲调凄婉悱恻。

大厅中，一个外国旅行团的鹤发红颜的老爷爷老奶奶们，带着大批箱子聚集在那儿发愁。

一群东南亚华裔妇女操着一口难懂的话吵嚷着抱怨，她们的头发都该焗油了。

几个本地骗子引着几位外国骗子信心十足地往最昂贵的餐厅走。

只有李缅宁闻笛远远投去一瞥。

（原载《当代》1991年第4期）

过把瘾就死

杜梅就像一件兵器，一柄关羽关老爷手中的那种极为华丽锋利无比的大刀——这是她给我留下的难以磨灭的印象。

　　她向我提出结婚申请时，我们已经做了半年毫不含糊的朋友。其间经过无数的考验，最无耻最肆无忌惮的挑拨者也放弃了离间我们关系的企图。可以说这种关系是牢不可破和坚如磐石的，就像没有及时换药的伤口纱布和血痂粘在一起一样，任何揭开它的小心翼翼的行为都将引起撕皮裂肉的痛楚。

　　杜梅是在一个最销魂、最柔情蜜意的时刻之后提出这一申请的，这就使她的申请具有一种顺理成章的逻辑性并充满发自内心的真诚。

　　温情脉脉的摩挲和叹息般的近乎自我遐想自我憧憬的祈使句式使人完全忽略了并不以为这是一个要挟。

　　但我还是出了一身冷汗，像个在警察局接受盘问的罪犯不知道如何回答才能导致皆大欢喜。

　　然后她提到了爱，这个我很痛快地回答了她，有这么回事。接着她沉默了，意思很明显，倒要看看我说的是不是实话。

　　当时我还很年轻，不想太卑鄙，于是答应了她。其实我蛮可以给她讲一番道理的：一个人在餐馆里夸赞一道菜可口并不是说他想留下来当厨师。

新婚之夜，杜梅反复纠缠问我一个问题：她是不是我心目中从小就想要的那个人？

"你以为呢？"我狡猾地反问。

"不知道啊。"她欠身用手支着头说，"所以才问。"

"我呢？"我说，"我是不是你心目中的那个人？"

"当然是！否则我也不会和你结婚。"她斩钉截铁地回答。

"你也是。"

"是什么？"她不容许我含糊其辞。

"我心目中的……那位。"

"你是不是一直在等着我？"

"是的，守身如玉。"

她俯身对着我的眼睛研究地看了半天，露出微笑，显而易见相信了。

她躺下放心地睡觉。快入睡时仍闭着眼睛小声问："你觉得咱们这是爱情吗？"

"应该算吧？我觉得算。"说完我看她一眼。

"反正我是拿你当了这一生中唯一的爱人。你要骗了我，我只有一死。"

"怎么会呢？我是那种人吗？"我把一只手伸给她，她用两只手抱着我那只手放在胸前孩子一样心满意足地睡了。

她睡了，我心情沉重，感到责任重大。

她是吗？这我也不知道。

那天我一去就注意到了吴林栋带来的那个姑娘，她像蒸馏水一样清洁，那身果绿的短裤背心使人看上去十分凉爽充满朝气。

我没有和她过多搭讪，甚至没多看她一眼，只是和朋友们谈笑，和两个粗俗女人调情，说些疯话。

但回家的路上我一直想着她。

几天后的一个夜里，我都睡了，吴林栋打来电话，说他热得睡不着，邀我一起去游泳。

我穿上衣服下了楼，看到她和吴林栋站在马路牙子上等我，她在月光下格外动人。

我们附近有一座公园，公园里有一个带跳台的标准游泳池。很小的时候，我们便在夏天的夜里跳墙进去游泳跳水。

我们三人在月色下翻墙进了公园，穿过飒飒作响的竹林，沿着甬道来到锁了栅栏门的游泳池。

翻越铁栅栏时我发现杜梅十分敏捷，纵身一跳，落地无声无息，站定便四处观望，神态从容，像是一头习惯奔腾避险的牝鹿。

她褪去衣裤，仅穿着游泳衣，裸露的四肢在月光下熠熠闪烁，人像镀了铬似的富有光泽。

动作迅速的吴林栋这时已上了十米跳台，正在上面迎风展翅，作种种豪迈矫健状。我紧随其后沿梯攀援。谁也没说话，我们都迫不及待地想体会那高速溅落瞬间由燠热化为彻骨冰凉由头至脚的莫大快感。

高处的风像鞭子一样唰的一下将我的皮肤抽得紧绷绷的，干燥光滑。

吴林栋从我眼前像只巨大的黑色蝙蝠张翅掠过。接着我登上十米平台，风像决了堤的洪水从四面八方汹涌而来。与此同时，我听到黑黢黢深渊般的池底传来一声沉闷的钝响，那是肉体拍摔在坚硬水泥地面的响声。

这一响过去是一片死寂，我期待着活泼的溅水声，甚至在幻觉中也极为逼真地听到豁喇喇的泼溅声，然而侧耳谛听时，这一切又都消逝了。

连杜梅也仿佛蓦地消失在黑夜之中，再没有消息。

我在十米高空向下面的黑暗中呼喊吴林栋，没人回答。我再三喊，又喊杜梅，同样得不到回答。我感觉就像他们俩共同策划一场恶作剧，把我孤零零地抛在高台上，而他们却手携手地在夜色掩护下溜走了。

第二天天亮，我才重新看见他们。第一缕阳光射进干涸的池底，很快充满了整个凹陷的池子，明亮的光波在雪白的瓷砖池壁跳跃，画出一道道强烈生动的流漾的线条。

吴林栋脸朝下伸开四肢一动不动地趴在池底，如同全身涂满了紫药水，在阳光下仿佛是一个皮肤油亮的男人在酣睡。

他浑身上下的每一根血管都摔裂了，心脏也像一个气球炸开了。每一个关节、每一块骨头都摔得粉碎，以致后来人们把他捞上来时不得不用一块塑料布兜着像兜起一大摊鼻涕。

杜梅坐在游泳池边，迷惘地看着我，好像这事是我干的，而她怎么也想不通我为什么要这么干。

我抖得像个桑巴舞女演员，牙齿为周身韵律打着节拍。我从跳台的梯子上是蹲着屁股朝后爬下来的，脚软得像耳朵一样撑不住任何东西，直到踩着了地面仍感到随时都会扑地而死。

我的脚能走路时我就自己走了。

差不多在整个夏天已经过去的时候，我才再次见到杜梅，那时我已经能绘声绘色不厌其详地对别人讲述吴林栋的死亡之夜了。

潘佑军来找我，他使他的女朋友怀了孕。这是他第一次让人受孕，不免有些惊慌，央我陪他一起处理善后，两个男人同时出面总可以减轻一些当事人的羞愧。

那天早晨，我陪着他和他那个薄有姿色的女友去一家军队医院找人。

我们来到病房大楼后面的单身宿舍，一直上了三楼。这是一幢有上百个房间和很宽很昏暗的走廊的老式楼房，一字排开的数扇大玻璃门上镶有沉重粗大布满锈蚀的铜扶手，很像五十年代的驻军司令部。

三楼住的都是女兵，这从每个房间门上挂着的不同花色的门帘可以看出。大多数房间的门都是敞开的，有风从朝北的那排窗户吹进来，我们从走廊穿过时，南面一侧的房间门帘纷纷飘舞，如同一排纷飞的旌旗。

潘佑军在一扇关着的门前敲门，敲了半天才听到里边有女子慵懒的声音问："谁呀？"

"我。"潘佑军说。

片刻，听到里边问："几个人呀？"

"就我。"潘佑军看我一眼，又说，"还有个朋友。"

"进来吧。"里边道。

潘佑军和他的女友推门进去了，我知趣地等在走廊里。一个头发蓬乱的姑娘穿着睡裙迷迷糊糊从厕所出来，看我一眼，进了隔壁房间用力把门摔上。

潘佑军探头出来，叫我也进去。

我往屋里走，一阵风吹来，门帘呼地兜头包住我的脸，使我看上去像个蒙面大盗。我一把扯开贴在脸上的门帘，看到杜梅坐在被窝里正望着我。

"我把她叫来，让她领你们去产科。"她转脸对潘佑军说。

然后眼睛盯着门口，坐在床上一声一声沉静地叫：

"贾玲，贾玲!"

叫了几声，没有回音，她便攥起瘦削的拳头"咚咚"砸墙，又拿起床头的一把梳子敲暖气管子。

隔墙传来一个女孩子的大叫："贾玲不在，出去了。"

"产科门诊今天谁值班?"杜梅看着墙上的美女年历斜着眼珠仿佛失神地问隔壁。

"不知道。"隔壁回答。

杜梅掀被下床，一边梳头一边对我们说："我领你们去吧。"

她在睡裙上面套了一件衬衫，扎了把头发，穿着拖鞋引我们出了门。自己走在前面，一手食指转着钥匙环，一边不住地打哈欠，偶尔用手遮口，低着头踢踢踏踏地走，看到太阳便仰脸眯起眼。

门诊大楼里病人不少，到处是拿着病历候诊的萎靡不振的军官和士兵，还有很多家属和地方病人，时而人们闪开一条路，让个把身着便衣由年轻战士搀扶的退休将军颤巍巍地通过。

杜梅领我们到挂号室门前，自己进去替我们挂了个号，拿了一份空白病历出来问女的姓名，潘佑军胡乱编了个名字，她随手写上，又随便填了其他栏目，领着我们去妇产科。

她进了妇科诊室，把病历放到一个正在写诊断的老年女大夫面前。女大夫的表情很不耐烦，她全然视若无睹，和颜悦色地和女大夫讲，女大夫显然拒绝了她的要求，掉头自顾自地继续给一个孕妇看病。

杜梅拿着病历站在一边，耐心地等到对桌的一个中年男大夫看完病人，又凑过去和这位男大夫嘀嘀咕咕地说什么，一会儿出来叫潘佑军的女朋友进去。

那个男大夫站起来把潘佑军的女朋友引到里边诊床上去。

"今天能做吗?"潘佑军问杜梅。

"做不了，还得再约。"杜梅坐到一排大肚子"蝈蝈"中间向走廊两头东张西望。

一个小护士领一对青年男女走过来，她站起来和那小护士很亲热地交谈。小护士拿着病历进了诊室，她让那个显然也是来打胎的姑娘坐她的位子。

她就站在我身边，可样子好像没我这个人似的。

她不时对远远近近走过的认识的医护人员堆出一脸笑容，指指她身边的潘佑军和我，以示来此的目的。

潘佑军的女朋友从诊室出来，那个男大夫又把杜梅叫了进去，很严肃地和她说什么。

"怎么啦?"她走回来，潘佑军忙问。

"她这个手术一时还不能做。"杜梅看了眼那姑娘对我们说，"医生说她有妇科病，要先治病。"

那姑娘脸一下红了。

"她是你们俩谁的？"她又问。

潘佑军只得连忙申明："我的我的。"

"那你也要检查一下，她的病传染性很强的。"

这时我在一边笑了。

潘佑军狼狈不堪。

杜梅冷冷地看了我一眼，我立刻恢复了严肃。

潘佑军一定要请杜梅吃午饭。

"不用了，何必呢？"杜梅说，"我中午在食堂吃就行，下午还要上班。"

潘佑军再三坚持，这就像一个人当街摔了个大马趴，一定要迅速站起来，不顾伤痛，佯作无事地泰然走开。

"那就在附近随便找个地方吧，简单点。"杜梅说她要回宿舍换件衣服。

我们说好了要去吃的地方，潘佑军带着他那个女友先去占座，我在医院侧门口等杜梅。

十分钟后她来了，仍穿着拖鞋，只是把睡裙换了，又穿上她那条果绿色的短裤，长长的衬衣下摆很肥大，给人感觉她好像光着两条腿。

医院院墙外也是一条很窄的街，来来往往的人中有不少是医院的干部、医生。她一路走一路和人打招呼，不时站下和人聊上几句。

路上她只和我说了一句话。一个穿军裤的老头在街对面远远用手指点她。

她对我说："我们政委。"

然后把衬衣下摆在腹前松松地挽了个结，这样看上去不那么色情。

我们到了街拐角处的那个大饭庄，进去楼上楼下找了一圈，没发现潘佑军和他的女伴。

"怎么回事？地方说错了？"她站在一厅大吃大喝的人们中间问。

"不会吧？是说的这儿没错。这附近还有别的饭庄吗？"

"那就算了。"她掉头往外走。

"别别，都来了，我请你吧。"

正好靠窗的一桌人吃完，呼啦啦起身离席。我们便在杯盘狼藉的桌旁坐下。

我们坐下又伸着脖子在大厅找了一遍潘佑军，杜梅在椅子上扭来扭去地像个玩具竹节蛇，确实没有潘佑军，我们才规规矩矩坐好。

"你好像不太爱说话？"杜梅说。

我正在专心致志看菜谱，对前来收拾桌子的服务员点了几样菜，把菜谱递给杜梅："你再看看。"

杜梅不接菜谱："我随便，吃什么都行。"

我把菜谱还给服务员，说："就这样儿吧，不够再添。"转脸对杜梅说，"其实我挺爱说话的，只不过在生人面前话少——性格内向。"

她"噢"了一声，看了眼窗外的街景。一辆越野吉普车在马路上猛地刹住，稍顷，一个长发男子从车顶杠下飞出，一骨碌面对面坐在车前马路上，两手抱着右膝神态痛苦地向一侧倒下。

我刚喝了一大口冰镇啤酒，哇的一下从口鼻中喷出来，一脸酒沫儿，放下酒杯连连咳嗽着忙用餐巾纸擦搌鼻子。

"呛着了。"我用餐巾纸用力擤着鼻涕说。

"慢点喝。"她关照了我一句，全神贯注地看窗外。

半个餐厅的人都伸着脖子瞪眼往外看，有好事者饭也不吃了，撂下碗筷跑出去。

一个端着鱼盘上菜的女服务员也歪着脖子看傻了，手里的鱼盘倾斜，汤汁一滴滴落在胁下正埋头吃喝的顾客头发上。

那个神气十足长了一头好皮毛的汉子蓦地警觉。

"像你这样的一个月能挣多少钱？"

"肯定送我们医院去了。"

车祸现场已围起一圈人，警察也从路口的岗亭上下来；几个小伙子抬着受伤者沿街飞奔；肇事司机愁眉苦脸地一边掏驾驶执照一边向警察解释。

满餐厅的人都在互相捅着胳膊肘问："死没死？"

杜梅收回视线，瞅着我："嘿，你刚才说什么？"

这一问倒也把我问愣了："没说什么。"

"以后你跟人有事可以找我。"她蛮有把握地对我说。

"什么事？"

"嗯……"她用手比划半天，也没比划出个形状，"没事就算了。"

"我能有什么事？"我说，"我能跟谁有事？"

"你这么大岁数还没女朋友？"她似乎有些为我惋惜。

"我哪么大岁数了？"我颇为不快，"我还觉得我含苞欲放呢。"

"噢。"她凝神想了一下，忽然来了兴致，"我们宿舍有个女孩不错，今天不巧你来她不在。我觉得她跟你挺合适的。哪天我介绍你跟她认识认识呀？"

她说着看了眼腕上的手表，立刻站起来："接班的时间到了，我得走了，谢谢你请我吃饭啊。"

她转身匆匆走了。

我结了账，出门时又见她一头汗匆匆走回来。

"落什么东西了？"我问她。

"忘了留你一个电话了，到时候怎么找你呀？"她张着手掌对我说，"就写我手上吧。"

"笔呢？"

"噢，没笔。"她转身拦住一个过路人问，"同志，有笔吗？"

那人站住，浑身上下地摸，似乎自己也不知道带笔没有，半天回答："没带。"

又过来一个背书包的小学生，她又拦住人家小孩花言巧语地借笔。

小学生从书包里翻出铅笔盒，她自己挑出一支圆珠笔交给我。

我便把我的电话号码写在她的掌心上。

她往医院走的路上，不时张开手掌歪着脑袋看。

"为什么呀？你为什么看不上她？我觉得她人挺好的。"

"人是不错，她要是一男的，我能和她成为特好的朋友。"

"我觉得你这样特别不好，以貌取人。"

"不不，我觉得我挺高尚的。要帮助一个同志吧，就要帮助最困难的同志。"我说着走过去把她从床上拽起来，搂在怀里。

她一边熟练地和我拥抱，一边继续喋喋不休地说："你是这么说的，可不是这么干的。再考虑考虑，别匆忙下结论，多跟她接触几次你就知道她其实有多温柔，另外她也挺有钱的……"

杜梅陶醉地和我接吻，闭着眼向后仰着头似在寂寞时深深地吸足了一口烟。

外面天色尚亮，她们宿舍的光线已很昏暗。有些女兵在楼下打羽毛球，可以听到网拍击球的"嘭嘭"声和一阵阵骤然而起的清脆笑声。

"我是不会和你性交的。"停了一下她又说，"除非你是我丈夫。"

"这个容易，那就是吧。"我说着还是丢了手。

"你别勉强。"她坐回床边，跷着二郎腿继续嗑瓜子，"我不是有意考验你，你别害怕。"

"我害怕？我就不知道什么是怕。"我大声干笑。

"哎，"她一本正经地对我说，"你要觉得扫兴，可以不理我，现在就走。"

"没有，我不是，噢，你以为我就是专门来跟你干那事的？"

我在她身边并排坐下，茫然看窗外。

她把那袋奶油瓜子递给我，我抓了一把。

"你别着急，现在我还没感觉呢。得等我什么时候有了感觉，我就去找你。"

"行行，不急。"

"现在咱们就好好坐着说会儿话吧。你知道我们宿舍见过你的女孩怎么说你吗？说你特酸……"

"你注意看杜梅。"

我们站在街上，潘佑军眼角瞟着站在不远处商店屋檐下的杜梅小声对我说。

"她站在阴处时脸上的线条很柔和，一旦太阳照到她脸上——有没有一种刀出鞘的感觉？"

我和杜梅保持着一种若即若离的关系。我有什么活动，譬如吃饭、很热闹的聚会或是当时很著名却又难得一见的电影便招呼上她。她有什么一个人办不了的或需要男人陪伴的事，譬如接站、去交通不便的地方取东西也叫上我。有时她值夜班就给我打电话，我们就在电话里聊上几个钟头，海阔天空地胡扯，最近遇到了什么好玩的人和好玩的事，哪个医生对她有意了，我又认识了一个什么款式的姑娘。话题偶尔接触到性，我们也能用科学的态度热烈地不关痛痒地讨论一番。她在电话里很认真地对我说过："真遗憾，我发觉跟你认识时间越长，咱们越不可能成为那种朋友。"

"真遗憾。"我也说。"不过也无所谓，人生得一知己足矣。"

我们从来不谈吴林栋，就像这个人不曾存在过一样。但我自己躺在床上睡不着时，我却更多地想吴林栋。我想象不出他是怎么和杜梅相处的。据我所知，吴林栋是一个毫无羞耻感的甚至有时对女人使用暴力的家伙。也许对这样一个人来说，事情倒简单。可别人不也认为我是个无耻的人吗？很多场合我也确实是那样。但和杜梅没怎么费事我就变成了一个演说家一个政客一个知识分子，简言之，一个君子。

人人都认为我和杜梅是情人，可我从第一次接吻后连手都没碰过她。

我为自己道德上的进化感到高兴。

那天我正在上班，杜梅打来电话，让我马上到她那儿去一趟，带着哭腔说有事。我问她什么事我正在上班。她不说只是坚持要我立刻去。我跟她解释我走不开，能不能等下班之后。她说不行。可我确实走不开我再三跟她解释。她似乎很失望，没再说什么，把电话挂了。

其实我没什么重要的事，她打电话来时我正在看《人民日报》上一篇艰涩的理论文章。我只是不想给我的上司一个自我满足的机会。我刚接电话露出要出去的意思，他就在一边搔首弄姿，把自己搞得庄严一些，只待我去请假，为难半天，斟吟半天，最后作体贴开明状鬼鬼祟祟地批准我——宁肯混到下班！

下班后我随着人流出了公司大楼，才觉无聊。这时我看到杜梅在街对面的公共汽车站下了车，穿过马路向挂着醒目大白木牌的公司门口走来。

她背着沉甸甸的书包在车水马龙的马路上走走停停，东张西望，像是一只鹤小心翼翼地涉水过河。

她一看见我就笑了。当时天凉了，我穿着一身扣子扣到脖颈的深色中山装，挟着个皮包，活像一个道貌岸然的国民党市党部委员。

"本来就是小职员嘛。"我笑说，"在办公室我还戴套袖呢。"

她仍是笑："真没想到你还有这么一副嘴脸。"

我真欣赏她这种率真、大方的态度，毫无有些姑娘的扭捏、斤斤计较。

"请不动你，我就自己跑来了。"

"什么事啊?"我问她。

"没事，就是想你了，一个人在宿舍呆着忽然觉得空虚了。"她说完笑望着我，"没事就不能来找你吗?"

我笑，不说话，一把拉起她的胳膊就走。

"今晚我不想回去了。"她注视着我的眼睛说，"她们都回家了，宿舍里就我一个人，我们那楼里还有老鼠。"

小冷饮店里已经没几个顾客了，我们要的饮料也都喝光了。从下午五点起，我们吃了一顿好饭，看了一场好电影，又在这个冷饮店里坐了几个小时，吃遍了这家店所有品种的冰激凌，花光了我们俩身上的所有钱，再要一瓶汽水也要不起了。

可是我感到幸福，像好天气好酒一样让人周身舒坦。

"去你家。"她要求说。

在灯火通明的地铁车厢里，她靠着我的肩头睡着了。车厢里都是欢度完周末一起回家的恋人，一对一对依偎着喁喁私语。

在我家黑黢黢的楼前，她像夜行的猫一样双目炯炯发光，上身挺得笔直，步履矫健。

我轻轻地开锁，悄悄地进屋，连灯也没开，直接把她带进我房间，但还是被我那个做过情报监听工作的爹发现了，很快把我妈派过来了。

我妈妈敲门把我叫出去，说有事跟我说。

我怕她说出什么难听话，直接批评她："你们干吗总把人往坏处想呢？为什么到死也不相信人间有真诚？好啦好啦，知道知道，你家没出流氓，放心回去睡吧——我到别的房间去睡。"

杜梅正坐在我的桌前开着台灯看书，我觉得这个姿态也大可不必。

我带她到卫生间洗脸刷牙，指给她我的毛巾和牙具。她自己带着全套盥洗用品，关了门洗了一遍，容光焕发地回到房间，她甚至换上了自己带的睡衣。

她在我指定的床上很安静地躺下休息。我坐在床头和她又聊了一会儿。我一边看着她说话同时非常想低头再次吻她，不知为什么总鼓不起勇气，那贯穿了今天一晚上一路的亲密无间的气氛忽然消失了、稀薄了、变味儿了。

她侧身躺着望着我，一接触到我的目光便垂下眼帘。

我客气地关门熄灯离去。

这一夜我睡得很安稳，什么也没想，梦也没做一个。

第二天早晨，我被人捅醒，一睁眼看见杜梅睡眼惺忪站在我床前用手背使劲揉眼睛。

看到我睁开眼，她一句话没说爬上床钻进我被中，头拱到我怀里，枕着我的胳膊，闭眼又睡。

我搂着她，摸着她背上薄薄翘起的肩胛骨，心里感动万分。

我们就那么互相拥抱着又睡了。

中间我醒过一次，看到她已醒了，举着衣袖褪落的一只胳膊在窗外射进来的阳光中来回转着五指伸开的手安静地自己玩呢，腕关节的骨头发出轻轻的"咔咔"响。

我最终醒来已是中午，我父母在房外走路，低声说话，窗外传来不知楼里谁家收录机放的老流行歌曲。

她已经起床，穿戴整齐地坐在桌前眺望窗外的景色，一边吃着不知从哪儿翻出来的肉脯。听到我在身后发出响动，她牙齿咬着一片肉脯转过脸来，把手里的一片赭红色的肉脯塞到我嘴里。

我并不是出于感动才导致后来和她结婚。毕竟感动只是一瞬间的情绪波动，而大部分时刻却是在理智地权衡。

　　那之后不久，我去外地为政府办点事。在长江边一个旅馆的小房间里，我做了一个梦，梦见了她。那梦境不堪入目，她躺在我上司的怀里，似乎比那天躺在我怀里还心甘情愿，看见我出现在床边上也无动于衷。在梦里我就很心酸，醒来仍在流泪。

　　我想我还是对她发生了感情。算不算爱情我不敢说，起码可以说她使我珍惜，如同我对自己的尊严、权利或者健康一样。

　　我回来时她去车站接了我。我立刻发现了她的变化，嘴角起了一大溜燎泡，涂着紫药水。一见我她就拉住我的手用指甲掐我。

　　那疼痛真是钻心。

　　领结婚证那天我们就吵了一架。

　　本来是喜洋洋地去登记，事情办得也非常顺利，办事处的工作人员简直是毫不负责地扯了证盖了章，连我们带去的各种手续都没仔细看一眼。当时我还想：骗个婚很容易嘛。

　　从办事处出来，杜梅无端地就有些情绪低落，低着头走路不吭声。其实我心绪也有些浩渺，没什么获得感，却好像被剥夺了什么。但我就不使性子，还和她开玩笑，既然已经拴在了一起。

　　"从此就不算通奸了吧？"

　　她看我一眼，慢悠悠地说："你是不是觉得没意思了？"

　　"没有，我就是觉得自个儿忽然大了。"

　　"没人管了是不是觉得不舒服？非得做贼似的才过瘾？你要是觉得后悔，现在改正还来得及。"说着她便站住。

　　"走啊。"我拉她，"你瞧你这人，还开不得玩笑了。"

　　"本来就是嘛，我不想留下话把儿，好像我逼着你结婚似的。"

"谁说你逼我结婚了?"

"我听你那话就是这意思,莫大遗憾似的。"

"开玩笑。"

"我觉得不是玩笑,你心里就那么想的。"

"你这人怎么那么小心眼啊?"

"你才发现啊?对,我就是小心眼儿,我毛病多了,瞧不上我早打主意。"

"真他妈烦人!"

"觉得我烦了是不是?现在就觉得我烦了,那将来我看咱们也没什么好结果。"

"不知你什么意思?是不是你后悔跟我结婚了?你要后悔那我成全你,咱们回去离婚。"

一句话说完,她流下眼泪:"我什么时候说过后悔了?自己后悔,又不好意思说,往别人头上栽赃。"

"杜梅杜梅,"见她哭了,我忙上前安抚,"你瞧这本来是喜事,无缘无故地弄得挺伤心。街上人都看你了——咱不这样行吗?"

她背身低头用手帕擦泪,光鲜红艳地掉回身,挽起我胳膊默默地朝前走。

一路上我不住嘴地给她喂好话,解除她的各种顾虑。

"你说我要不是真心对你好,我能跟你结婚吗?我这么自私的人能决定跟你结婚——我完全可以不这样,反正也那么回事了——那就说明我……动了情,你说我会后悔吗?"

"那么多好女孩儿……"

"不不不,你,就是最好的!"

我以为她会笑,但没有,她只是仰起脸瞅我:

"我能相信你的话吗?"

我们在一个餐馆订了两桌饭,请请我和她的狐朋狗友。老板是我的熟人。我给了他二百块钱,对他说:

"多一个子儿没有,还得吃好。"

"没问题。"老板忙道,"酒水归我,我就不单送礼了。"

到了开饭时间,杜梅自己朴素大方地来了。

"你的姐们儿呢?"我忙迎上去问,"我们这儿一帮糙老爷们儿等着和她们认识认识呢。"

"她们都有事来不了,我们自己吃吧。"

她坐下就和我的朋友们干白酒,对他们的粗鲁玩笑报以哈哈大笑,一个人把气氛挑得极为热烈。

老板看到这场面把我拉到一旁夸奖她:"你媳妇——行!"

回家她对我说:"我没通知她们,明天给她们带点糖就行了。"

"是不是没朋友啊?"

"对。"她翻箱倒柜找出我们家存了好几年的奶糖、水果糖,花花绿绿装了一大塑料袋,对我说,"从今往后我就只有你一个朋友了。"

她为再见我父母改口叫"爸爸""妈妈"愁了好几天,最后实在躲不过去,涨红了脸,别别扭扭,声音还没蚊子大地叫了一声,搞得我父母比她更难为情。叫了一次后再没勇气叫第二声。我亲眼看见她为了和我妈说件事,耐心地在一边等了半天,直到我妈转过身看见她,她才张口说那件事。

我不必受此折磨,因为她是孤儿。

结婚后我和她去过一次她姨家，给人家带了一些糖。她是在她姨家长大的，但成人之后和她姨的关系似乎就变得冷淡，很少再去。我们去拜望时，她姨虽然备了一份不薄的贺礼，但并未抱怨她结婚没打招呼，也未过多盘问我，似乎并不关心我是不是个坏人。很客气很周到地留我们吃了一顿很拘谨的饭。倒是她的表妹和她有说有笑的，跟我贫了几句，留了个我们新家的地址，说哪天去参观一下。

她对我说她父母是唐山大地震给砸死的。

我问她有没有遗照，看看我那丈母娘和老丈杆子的照片也可以知道她是什么鸟变的。

她说没有，地震使过去那个家荡然无存。我搜查了她的全部行李，也确实没有。

她告诉我，她长得像她妈妈。

她姨妈送她出门时眼泪汪汪的。

她们医院在宿舍区分给我们一间平房，比过去她住的那栋单身宿舍楼更破旧，是日本军队侵华时留下来的营房。在一个巨大的坡形瓦顶下，上百间标准开间的屋子沿八卦形走廊左右顺序排列。房间里窗户很窄很高，还是双层的，木板地几乎塌陷了，踩上去嘎嘎作响。走廊的地板已经全部损坏、拆除，下面的砖地也坑坑洼洼。即使在大白天走廊里也黑黢黢的，对面走过人来，不走到跟前看不清嘴脸。走在漫长、曲折迂回的黑洞洞走廊里总有一种走在地道或牢房的感觉，不知有多少刚受完拷打的抗日志士被如狼似虎的日本宪兵从这条走廊拖走过。

这组平房另一端被隔离开的几间房子是医院的解剖室。据杜梅讲，总是弥漫在走廊里的福尔马林味儿就是从那边飘过来的。那几间屋子里有三个巨大的尸池，里面泡着几十具男女尸体，从日本军队枪毙的犯人到我们枪毙的反革命，什么身份、年龄的都有。还有大量的夭折的畸形婴儿和器官泡在广口瓶中摆满陈列架。

平房里住满了医院的医生、护士和职工家属。尽管都互相认识，也没有一般居民四合院毗邻而住的人们的亲热劲儿，进进出出都绷着脸不打招呼，彼此存在着深仇大恨似的。

我喜欢这幢大平房中居住的人们身上的那种谁对谁都视而不见的独劲儿。

这条阴森森的走廊使我每次回家都有一种历险感。

我们刚分下这间屋，我的一个骗子朋友就发了财，就是说家里可以达到西方中下阶层的生活水平了。他过去的家具都不要了，被我们捡了回来，都是些八十年代初的时髦家具，在我们看来，已经很体面了。

搬家那天，我们借了一辆卡车，绑来几个朋友当装卸工。杜梅跑前跑后，指挥装卸，也挽起袖子加入到男人中抬大件家具。在狭窄拐角处往往被挤到墙上，身上的衣服蹭得灰一块白一块，依旧乐此不疲。

晚上，大致安顿停当，朋友们也走了，她又开始布置。像旧式深闺里的小户人家姑娘一样，她攒了一箱子嫁妆：杯垫、钩针织物、不锈钢刀叉诸如此类，没一样值钱的。她用这些花里胡哨的廉价货把这间兵营装饰得市民气十足。

一边铺挂一边还沾沾自喜地问我："好看吗？"

我已经很累了，从改革开放以来就没干过这么笨重的力气活，躺在床上乜着眼说："俗气！"

"哎，就是俗气。"她美滋滋地对我说，"你老婆本来就是个俗妞儿。"

"你这架式是打算跟这儿过一辈子？"

她停下手里的忙碌，严肃地望我一眼："你是打算住两天再挪一新窝？"

"当然。"我坦然道，"我还想老死在一个带花园带游泳池的大房子里。"

"做梦去吧。"她笑道，转身继续忙活，唠唠叨叨地说，"住一天就得像个家的样子。"

"门上再贴俩喜字。"我叫。

"那也没什么不可以的。"

"杜梅，过来。"

"等一会儿等一会儿，求你了！我已经是你老婆了，别逮不着似的。"

"你是不是阴冷啊？"

"我还阴冷？我觉得我都有点……快成女流氓了。"

"你见过女流氓吗？你最多也就算个逆来顺受的地主丫环。"

"有什么意思呀？你真觉得特来劲儿吗？觉可以不睡饭可以不吃？"

"你这话我就不懂了。咱们是为了一个什么共同的目的走到一起来的？"

"就为这个呀？那你何必找我？随便在街上找个女的不都可以？"

"你答应吗？不说话了吧？在其位就要谋其政。真逼我走到那一步，回过头来我还要控诉你。"

"这对你是最重要的是吗？"

"哎，我今天觉得你特年轻。"

"除了这个，别的都是可有可无？"

"我可没这么说，你别往这套儿里绕我。这是不可分割的。譬如说一个政权的巩固，枪杆子掌握在谁手里固然重要，但也不能忽视基层组织建设。你是不是觉得我现在有点一手硬一手软？"

"我觉得你无耻！"

"那么你说，在你看来唯此为大是什么？得得，我也甭问了，肯定你也是那个回答。"

"你知道吗？"

"我太知道了，就像知道你姓什么哪国人民族籍贯文化程度。"

"你说我听听，你真那么了解我？"

"就是那最酸的，被各种糟人玷污得一塌糊涂，无数丑行借其名大行其道的那个字眼。"

"你对这个字恨成这样？"

"是是，深恶痛绝。简直都有生理反应了，一听这字我就恶心，浑身起鸡皮疙瘩，过敏，呕吐。一万个人说这个字一万个是假招的！"

"是不是勾起你什么伤心事了？"

"你别跟我开这玩笑啊。"

"……我是真的。"

"对对，你是真的。"

"你不信？"

"没说不信，信。"

"看出你不信，但早晚会让你信！"

我们的蜜月没有出去旅行。本来想过把财政危机转嫁到外地的亲友头上，但我们都觉得累，一身都很紧张，不想再人为地制造更大的紧张了。

那些天，我们除了吃饭、排泄，就整天躺在床上，困了睡，醒了就聊天，不分昼夜。有人来敲门，我们也不吭声，装作屋里没人。

我们聊过去，在我们俩相逢前各自认识的人，遇到的悲喜忧愤，从不想未来，因为我们没有未来。

越聊我们越觉得我们相识纯属偶然，有太多的因素可以使我们失之交臂。纯粹是一念之差，邂逅了，认识了，关系进一步发展了。在此之前，我们能活到与对方相识都是侥幸。疾病、车祸以及种种意外始终威胁、伴随着我们，还有那些危险的人们。

杜梅紧紧拥抱着我，头抵在我的胸前哭泣，我们都感到对方弥足珍贵。

破涕为笑之后，杜梅又问我，在她之前我和多少女人睡过觉。

"没有。"我一口咬定，"你是头一个。"

"有没有比我好的，长得比我漂亮的？"

"没有。"

"就是说她们都长得不如我？"

"既不比你长得漂亮也没不如你，我是说压根没有。"

"好吧，不管有没有，反正从此以后她们就都不存在了，从没存在过，你心里只许想着我一个人。"

"好吧，就当她们没出生过。"

"真能像她们从没出生过那样忘干净？"

"已经忘得一干二净了。"

"啊，你还是有过。不不，不必解释，这不怪你，怪我没有早点认识你，把你一个人孤单单地扔在社会上，社会多复杂呀——我失职。"

杜梅坚决表示不要孩子，激进得像个低年级的大学生。

其实我对孩子也不感兴趣，但她既然已经激进在先，我不妨多表现出一些传统价值观。

"孩子还是应该要一个的，一个家嘛。"

"不不，坚决不要。人家说了，有孩子夫妻感情就淡了。"

"谁说的？"

"人家。我想也是，有了孩子你就会对孩子好不对我好了。我不能容忍我们俩之间有这么个第三者。"

"还是要。现在可以不要，将来一定得要，否则老了怎么办？"

"将来也不要，永远不要！就我们俩，一辈子，老了我伺候你。"

"万一你死在我前头呢？"

"那我就先毒死你，然后自己再死。"

"我的天！"

我们挎着篮子去农贸市场买菜。在一长溜吆喝声此伏彼起的菜摊前挑挑拣拣，讨价还价。杜梅不厌其烦地叮嘱小贩："给称足啊。"

那天是星期天，农贸市场的顾客摩肩接踵，其中有不少医院的熟人。杜梅见到熟人就大声打招呼，对人介绍我是她爱人。我就得对人家笑，腾出一只手和那些素昧平生的人握手。

杜梅挽着我在农贸市场从头逛到尾，我看着阳光下熙攘的人群想：这大概就是幸福吧。

晚上，贾玲和医院的一帮小护士来我家串门，一进走廊就听到她们的吵吵嚷嚷，扯着嗓子喊杜梅的名字。找到我们家门就用脚"乒乓"地踢门，然后疯疯癫癫地一拥而入，大说大笑，在屋里东张西望，看见什么都新鲜。

贾玲大声对杜梅抱怨，"怎么搞的？我回家休趟假，你就匆匆忙忙把自己嫁出去了，也不等我把关，将来吃亏怨谁？"

"怨我怨我。"我对贾玲说，"本来杜梅是想等你回来再说的，可我的魅力实在无法抵挡。"

一屋子姑娘大笑，贾玲也笑，横我一眼，"别臭美了，我要在就没你什么事了。"

"对，那就是咱们俩的事。"

"哎，杜梅，看出你丈夫是什么人了吧？"

"早看出来了。"杜梅倚在桌边笑。

我拿出糖招待姑娘们："吃糖吃糖。"

姑娘们一齐摇头："不吃，太齁。"

"那喝水。"

"不喝。你别忙了，我们呆一会儿就走。"

"你们让他忙，他就爱向女孩儿献殷勤。"杜梅在一边说。

"怎么样，他对你好吗？"贾玲剥了一块糖含在嘴里，坐在床上问杜梅。

姑娘们又笑，笑得杜梅有点不好意思："还行吧。"

"那当然，"贾玲看我一眼道，"这人一看就惯会甜言蜜语，越是这种人才越要提防呢。"

"贾玲经验特丰富，人家什么人没见过呀？"我说，笑眯眯地吸烟。

"反正你要想对我们杜梅使坏，那你就算倒霉了，毁你太容易了。"

我和贾玲你一句我一句地穷逗了会儿。她们起身告辞要走。

"忙什么的，再坐会儿。"我挽留她们。

"还是早点走吧，别影响你们休息。"

贾玲的话又引起姑娘们一阵会意的大笑。

送走贾玲她们，回到屋杜梅望着我意味深长地笑：

"特恋恋不舍是吗？"

"哎，我说你这人怎么那么庸俗啊。"我掩饰着愉快的心情，坐到一边看电视，看了两眼电视忍不住笑了，掉脸对杜梅说，"我不应该对你的朋友们热情点吗？"

"应该应该。"杜梅笑吟吟地说，"贾玲可爱吧？"

"你说的是她性格吧？长得只能算一般，比你差远了。"

"你不是就喜欢她这型的，圆圆的，脸红扑扑的，水蜜桃似的？"

"她腰长。"

"嗬，观察还挺细的，腰长都看出来了。别不好意思承认，喜欢就喜欢呗。"

"你说你这人多没劲。你要那么巴不得我喜欢她，那我就喜欢她——是不错嘛。"

"哼。"杜梅腰一扭，鼻子一哼，"少跟我来这套！我还看不出你那点坏？可迷着了哈，瞧你那兴奋劲儿贾宝玉进了大观园似的，眼睛都不够使了吧？我们医院漂亮姑娘多了，还有更好的呢。"

"好的再多，也得一个个来。"我刺她一句，懒洋洋站起来去洗脚，回头对她说，"你说你吃这没头没脑的醋有意思吗？"

"我才没吃醋呢。"她抖着一条腿撇着嘴说，"多爱搭理你似的。"

"德性！"我斥责她。

杜梅躺在床上就着台灯看一本小说，我躺在一边目不转睛地看着她。

她翻过一页，掉脸瞪我一眼："看我干什么？"

"羡慕你！"我也瞪眼。

"我有什么可羡慕的，整个一个苦命人儿。"她又看书，端起床头柜上的水杯喝了口水。

"能嫁给我还不该羡慕？真是傻人有傻福气，居然能找着我这样儿的还不费吹灰之力。"

"得了吧，你别自我感觉良好了。"她笑，眼珠一转，放下书，偏脸盯着我道，"噢，还想着呢，特替贾玲遗憾是吗？没关系，你去跟她说说，让她当二房，我没意见。"

"别学得这么下流好吗？这不像你。"

她又举起书，虽然眼睛盯着书，可脸渐渐地红了。

她撂下书，埋头钻进我被窝，喃喃地说："就不许你觉得她好。"

杜梅真有股黏乎劲儿，那些天她几乎是没日没夜地猴在我身上，即便是在睡梦中也紧紧地抓牢我。当我重新回单位上班，我感到松了一口气。

我们约好下班后她到我们单位来找我，一起逛逛街，然后回我家吃晚饭。

下午六点她准时来了，一见她我毛骨悚然。老实说她就不能打扮。我见过很多青春期穿着军装度过的女人，一改文职就胡乱穿起来，惨不忍睹莫此为甚。

街上的人都看她，她兴致勃勃在我看来近乎恬不知耻。这种情形下，她再欲和我勾肩搭背作亲热状孰不可忍。

"怎么啦？"我抽开胳膊闪开身，她问。

"大街上。"我不想无礼，另外我也知道她以为她这是为悦己者容呢。

"大街上怎么啦？你还怕谁看见？"她东张西望，"哪个是你'情儿'啊？你指给我看看。"

我没吭声，只是斜眼冷觑她。

"看什么？"

"看你好看。"

她沉下脸，从墨镜后盯着我。

我忍不住数落她："你怎么打扮得跟只'鸡'似的？"

她扭脸朝旁边商店的玻璃橱窗照了一眼。

"你出门照镜子了吗？头上那缕头发用火筷子烫的吧？哪垃圾箱捡的这条黑网眼的连裤袜？再在肩上钉点亮片脖子上挂串玻璃珠子耳朵上挂俩钥匙环你就齐——你去哪儿？"

她扭头就走，我追上去："你到底想去哪儿啊？"

她不吭声，只是大步向前走。

"站住，那个方向是派出所，你要去投案啊？"我低声下气地劝她，"别生气呀，有什么话咱们回家说。"

"别跟着我——讨厌！"她站住，大声对我说。

一街人都闻声回头，马路对面的两个巡逻的武警也站住往这边瞅，眼神警觉。

我大惭，狼狈不堪，她得意地瞟我一眼，傲慢地向前走去。

我一个人回了父母家。我妈妈问我怎么一个人来了？我佯作镇定地说杜梅在后边，一会儿就到。

饭都做好了摆上桌，她也没到。家里人问我等不等，我没好气地说不等了，端起碗就吃。

一顿饭吃完她也没来。我无聊就给潘佑军打了个电话，问他们这阵干什么呢。

"我还问你干吗去了呢？"他说，"至于嘛，不就结个婚嘛，面都不照了？"

我说一会儿到他那儿去。又等了半小时，杜梅还没来，我沉不住气了，也没心思去潘佑军家，直接回家。

我一见家里的窗户亮着灯，气就不打一处来。进走廊摸黑寻路时，在一处拐弯提前拐了，一头撞在墙上，脸都搞脏了。

我一脚踢开门进去，杜梅正一个人一边吃橘子一边看电视，床上摊了一片新买的衣物，神态怡然。

"你干吗去了？"我厉声质问她。

"你不是嫌我给你丢人吗？我自己逛商场去了。"

"约好了去我家吃饭，你为什么不去？"

"我跟只'鸡'似的，怎么去你家呀？一想，算了吧，人家那么爱面子，就别让人家脸上下不来了，还得装亲热，那多不好。"

"你知不知道我最恨什么？最恨女人在大街上跟我耍性子。你嚷嚷一声倒没什么，弄不好我得让人家当流氓抓了。"

她笑了："那谁让你说我的？我还不高兴呢。"

"我说你不应该呀？"我一步蹦到她面前，指着她鼻子大声道，"你说，你自己说你今天像不像只'鸡'？"

"那人家都说好看，就你说不好看。"

"谁说好看？谁说好看谁就是'鸡'。"

"贾玲，我们科女孩儿都说好看。"

"你能听她们的吗？女的说女的那能有好吗？她们那都是毁你呢，唯恐你不难看。"

"人家才没你那么多坏心眼呢。"

"那就只能是一个答案：审美有问题，集体有问题。"

"别人都不行，就你行，你多行啊。"

"这你还真别不服气，别人就是比不了。再说了，你是为谁穿的？别人说好看都不行，得我觉得好看。我不觉得好看你不是瞎耽误工夫吗？"

"依着你，恨不得我穿成柴禾妞儿呢。"

"那也不能……"

"好好，你别说了，我错了，我错了还不行？"

"光说错了就完了？你今天气死我了。首先你穿得乱七八糟就出了门，我向你指出这一点，你不但不接受批评还冲我厉害……"

"哎，你瞧我今天买的东西。"她站起来走到床边拎起一件衣服，"还给你买了一件夹克呢。"

"别打岔，我还没批评完呢，你坐好……约好去吃饭你不去，让我干等。你也是当过兵的人，组织纪律性到哪儿去了？"

我说一句，杜梅点一下头，无比诚恳地望着我："我错了，全我错了，行了吧?"

"知道错了，以后怎么办呢?"

"改。"

"唉，"我叹口气站起来，"比带一个团的兵还累——这件夹克多少钱?"

杜梅跑了，半夜两点从家里跑了。

白天她说出去办点事一早就走了，快到吃晚饭的时间才回来。我正和贾玲站在礼堂前说话，她从大门进来，一身灰尘一脸疲惫，看见我们淡淡地打了个招呼，自己回家了。

我和贾玲又聊了两句，就回了家。

一进门看见她正在发脾气，早晨起来我们都没叠被，还有这几日换下来的脏衣服也没洗，乱扔在屋里。

她一边把脏衣服往地上扔一边嘟嘟嚷嚷地骂："家都成什么样子了，猪窝似的，早上出去什么样晚上回来还什么样儿，就不知道伸手收拾一下，当少爷当惯了。"

我没理她，坐到一边看晚报。

她蹬了鞋躺在床上伸着腿假寐，重重地喘气。

过了一会儿，我问她晚上吃什么。

"烦着呢烦着呢，别理我。"她闭着眼睛连珠炮似的说。

"懒得做就去食堂打点吧。"我站起来装饭盒。

"爱打不打，不吃也可以。"

我装好饭盒，拎着饭盒出门，临出门给她一句："你有什么邪火别冲我发，我又不是你的出气筒。"

说罢扬长而去。

我到食堂排队打了饭，回来路过礼堂，看见有些家属小孩在那儿一堆一堆说话，便站住问今晚什么电影。

回到家里，杜梅还躺在床上，灯也没开，外出穿的衣服也没换，袜底都黑了。

"起来起来，吃饭，吃完饭看电影。"

我把盛着菜的饭盒摆好，盛了饭拿着筷子在饭桌旁坐下。

她仍不动也不言声。

我吃了口饭，道："绝食啊！"

这时她背过脸哭了，我放下筷子，走到床边看她，"怎么啦？"

她埋着头不说话，啜泣声也停了。

"是不是痛经难受啊？"我茫然地问，"那也不能不吃饭。"

"你吃你的去吧，吃死你！"她抱着被子瓮声瓮气恶狠狠地说。

"什么话？"我走回饭桌坐下继续吃饭，"什么时候吃饭也成罪过了？"

我吃完了，她那份也凉了。我看看墙上的钟，问她："你去不去看电影？外国片，据说特感人。"

她不理我。

我又说："你不去我去了！去晚没座儿了。"

她仍不搭腔，我叼着一支烟站起来："我走了啊，饭在桌上。"

说完又停了会儿，看她毫无反应便开门出去了。

电影是外国片，可毫不感人。小孩在过道上跑来跑去，尖声笑叫，对白听得语焉不详。礼堂里没开空调，坐满了人十分闷热。我坚持到片子放到三分之二时实在坚持不住了，昂然退场。

透过放映孔射出的那道粗大的光束，我看到贾玲坐在一排姑娘中全神贯注热泪盈眶。

回到家里，屋内灯火通明，杜梅刚洗过脸披散着头发坐在梳妆镜前搽护肤霜，板着脸，眼中怒气冲冲的。桌上搁的饭菜一口没动。

"怎么回来了？不多玩会儿？"

"电影没劲。"

"人有劲呀，不是约好了一起看电影的嘛，怎么把人家一个人孤单单甩在那儿了——那多有感觉呀，一起坐在黑暗里看着感人的外国片子……"

"你别胡说八道的，我跟谁约好了？"我走到床头坐下拿起半导体找"美国之音"的新闻节目。

"你今天什么时候回来的？你今天上班了吗？"

我低着头仔细调着旋钮。

"我跟你说话呢，你听见没有？"

我一仰身端着半导体躺在床上。

"你不理我是不是？行，你就等着瞧吧。"

她一扭身端着脸盆出门倒脏水，片刻回来给自己搞了点吃的，边吃边看电视，故意把音量开得吵人。

"你能不能把音量开得小点？还有邻居呢。"

"你不是不理我吗？别理我呀。"

"行，那咱就谁也别理谁。"我把半导体贴到耳朵上转身脸朝里。

"还他妈丈夫呢，还他妈爱我呢，连狗都不如。"她在一边骂骂咧咧地骂开了，"狗还知道主人唤一声就跑过来呢。"

"你嘴放干净点，你骂谁哪？"

"我就不干净，我就骂你。骂你个聋子，骂你个哑巴。什么东西？在外边跟人家一聊起来就没完，回家跟老婆就没话。不是个东西！心里不定憋着什么坏呢！想离婚就直说，别不好意思吞吞吐吐的……"

我手里的半导体被她一把夺走。她单腿跪在床上，一手按着我一手指着我居高临下地喝令。

"你理我，你理我！"

我一抬胳膊把她掀到一边，起身捡回半导体，对她说："别碰我啊，小心伤着自个儿。"

"我就碰你了，看你敢怎么着我。还不让我碰你了，谁打得过谁还不一定呢。"

她披头散发张牙舞爪抡着王八拳跪着扑上来。

我一边抵挡，一边下床，警告她："别来劲啊，给你脸了是不是？"

"谁给谁脸呀？给你脸了还差不多。"她追到地上。

我捉住她的两手，恳求她："别闹了，好好呆会儿不行吗？"

"偏闹，就跟你闹！"她手被我捉着，脸直逼到我脸上张嘴就能咬着我。

我把她胳膊拧到背后，把她撅起来。

"你说你也打不过我……"

"你放开我，放开我！"她不屈地威胁我，接着叫了一声，"你把我拧疼了。"

"我放开你那你别闹了。"

她不吭声，我侧脸一瞧，她哭了，连忙松开手。

"你说你，非把自己弄哭了才算完。"

她站在那儿，眼泪成串地往下掉，一声没有。弯着嘴像一钩下弦月，伤心死了。

"行了行了，自己闹的还哭什么？"我摘下铁丝上晾的一条手巾递给她，"擦擦泪。"

她垂着手不接，我就亲自替她揩泪。她一把打掉手巾，扭过身冲墙站着。

"我这可是仁至义尽了，你别不识好歹。自己没事找事还有理了？"

我看她一眼，她泪如泉涌。

过了一会儿，我又看她一眼，她不哭了，站在那儿用手抠墙皮。

"你打算在那儿站一晚上啊？犯什么倔呀？你倔给谁看？你不睡我可睡了。"

我打了个呵欠，见她还是不动，就真脱衣服钻进了被窝，一边说：

"真舒服呀，还是被窝里舒服。就有人那么傻，喜欢站着，也没人罚她站。"

说完，我闭上眼睛蜷缩在被窝里。

再睁眼，她在擦脸擤鼻涕，接着就是换衣服换鞋。我噌地从被窝赤条条站起来，一步跳下床去直扑房门，她也撒腿往门口跑。

我先她一步按住门把手，接着把门锁死，把她从门口推开。

"你要干什么？"

她死盯着我，严肃地说："你让我走。"然后拧身冲上来奋勇拉门。

我再次把她推开："你无聊不无聊？"

"你让我走。"

"先说好你要去哪儿?"

她走到一边坐下,点点头说:"行,你就守着吧。"

"你打算闹一夜是不是?"

"没不让你睡,你去睡你的吧,瞧你困得那样儿。"

我一挪步,她就站起来,我只好又回到门口堵着。

"你到底打算上哪儿啊这么深更半夜的?"

"去死。"

"得了,又不是小孩,都这么大人了。"

"你就等着瞧吧。"她扭脸冷笑,鼻子连哼两声。

我向杜梅求饶:"咱们有什么事明天说行吗?哪怕不过了,离婚,也等明天说。"

"躲开,我要上厕所去。"

"你就先憋会儿吧。"

"好吧。"她想了想说,"我不走了,明天再说。"她脱了高跟鞋换上拖鞋。

"把衣服也换了。"

她重新换上睡衣,走到床边坐下。

我离开门,爬上床钻回被窝:"何必呢你说,到底有多少是不可调和的敌我矛盾呢……"

我话没说完,只见她弯腰拎起高跟鞋离弦之箭似的冲向门口开了门锁一闪跑了。

我追到门口,已是鞭长莫及。

看到自己妻子穿着睡衣拎着高跟鞋光着两只脚丫弯腰沿着黑漆漆的走廊一溜烟地跑远,我心想:这叫什么事啊!

我怒不可遏，看看墙上的钟，已是夜里两点，又不能不去找。

我披上衣裳换了鞋，来到月光依稀的院子里，到处是树丛的重重黑影，四周鸦雀无声，只有一两只野猫在垃圾箱觅食，猫眼闪着幽光。

我走到院门口，问哨兵看到一个穿睡衣的女人出门没有。

哨兵说几分钟前有个女人出了门往北走了。我慌忙往北追到十字路口，四下灯火通明的马路上空空荡荡的不见人踪，只有一两辆载重卡车偶尔驶过。

我心情绝望，又站了会儿，不知该沿哪条路追下去。一个牧羊人赶着一群口外羊从东边过来，羊群挤挤挨挨咩咩叫着从我身边走过。该到吃涮羊肉的节令了，我带着这个念头，哆哆嗦嗦回了家。

躺在床上，我不住地胡思乱想，担了一会儿心，又发了一回狠，不知不觉竟也睡着了。

醒来已经是第二天早晨，房门大开，大概是门没锁半夜被风吹开的。

我迷怔一下，想起昨晚发生的事，随即破口大骂。

我一边骂着一边起床洗漱，刷完牙我又接着骂，到科里去找杜梅。病房里正在开早饭，一群面黄肌瘦的病号围着餐车伸着搪瓷饭盒打粥。护士戴着大口罩，我也没认出是谁，她告诉我杜梅没来过。

我又到单身宿舍的楼上去找。贾玲出来说杜梅昨晚没来，接着她又问我出了什么事，怎么跑这儿来找她。我忍着气说这个小婊子昨天夜里跑了。她笑了说准是你把她气跑的。我气她？我向贾玲诉苦我就差喝她洗脚水了。贾玲说她还是爱你的，平时总夸你这好那好。我喊了一声说当然我受之无愧。然后我们又一起分析她能跑哪儿去，我问贾玲她还有什么熟人在城里。贾玲问我给她姨妈家打电话了没有。我说没有。

贾玲陪我到科里找了部电话。我甚至不知道她姨妈家的电话号码，还是贾玲告诉了我。我拨通电话，杜梅表妹告诉我她在早晨刚进门。我让她叫杜梅接电话，表妹去了会儿回来说她不接。"我马上去。"说完放下电话。

"你说这叫什么事？"我冲贾玲发牢骚，"招谁惹谁了我？她过去跟别人也这样吗？"

"她除了跟你还跟过谁？"贾玲笑着推了我一把，"快去磕头请罪吧。要不要搓板？我那儿有块可以借你。"

"不必了，想必她姨家有暖气管子。"我走了几步又掉头回来，对贾玲说："保密啊。"

"放心。"贾玲笑着离去，"我怎么那么爱传你们这些破事？"

我去杜梅姨家的路上，顺道拐到单位请了个假，说家里有点事，硬着头皮听了上司一通教诲："年轻轻的可别叫家务缠住。要计划生育。别像处里的那些女同志，本来很有前途的，生了孩子就全完了，变得婆婆妈妈。"

杜梅的表妹给我开的门，把我堵在门廊里嘀咕半天，说她表姐正哭呢，让我进去别对她发火，表现好点。我唯唯诺诺答应着，堆出一脸笑进了屋。

杜梅的姨妈正在劝她，一见我进来便让开站到一边。杜梅哭得跟泪人儿似的，倒叫我动了些怜香惜玉之心。偏她穿得一身齐整，又叫我奇怪。

"走吧，回家吧。"我三步两步赶上去，涎着脸软语柔声地半蹲着手按着膝叫她。

"不回去！"她脸一扭，丧声丧气地说，"有本事你一辈子别理我。"

"走吧。"我动手拉她，背对着她姨妈什么的，瞪眼小声道，"别来劲啊！"

"你还跟我厉害？我就不回去。"她一甩手打在我脸上，打得我脸颊生疼，并吼，"少碰我！"

我笑着直起腰，心里感觉受了刺伤："还生气哪，别生了。"

她姨妈在一边说："小两口闹了矛盾，就应该互相体谅，互相多让着点。"

"是是。"我答应着，抬眼瞧杜梅。

"男同志就应该心胸开阔。"

"是。"我又过去叫杜梅，"有什么事咱们回家说不行吗？"

"女同志也不要得理不让人，往后还得一起过日子嘛。"

"你怎么我表姐了？"她表妹问。

"我……咳，不说了，都我错了。"我把杜梅拉起来，暗暗使劲表面上还作搀扶状，"走吧，别拧啦，何必呢？"

"就不走，就不走。"杜梅半推半就，嘴始终硬着。

"回去别吵了，哪说哪了。"她姨妈在后面说。

"哎哎。"我不住嘴地应着。

她表妹给我们开了门，我拖着杜梅马不停蹄地出了她姨妈家。

"你昨晚跑哪去了?"街上阳光充沛,人群闲适。

"你管呢。"

"好好,我不管。冷不冷啊昨晚我出去一会儿就冻得够呛,干吗这么跟自个儿过不去呀?"

"你瞧,你又说这种话。我不走了,回去。"

"别别,"我拉住她,一脸谄笑,"我不说了。"

无轨电车来了,我拉着她上了车。

"你管我上哪儿呢?反正我死我活你也不心疼。"

"哪里,心疼。"我去售票台买了两张票,又回来站在她身边。

"心疼什么?还不照样睡你的觉。"

"你昨晚是不是回来过?衣服都换了吗?"

"我不回来你想冻死我呀?我根本没走远,就看你出来找不找我。"

"找了。"

"你那叫找啊?兜了一圈,连十分钟都没有就回去了。其实我一开始并没有真气,回来一看你,居然睡着了,亏你睡得着!"她说着又来了气,眼泪又流了下来。

"我那是愁得睡着了。"

"呸,还不知梦里和什么人鬼混去了呢。早把我忘到一边,巴不得我这一走就别回来呢。"

她越说越觉得自己委屈,替自个儿可怜,泪也越发止不住了,低下头让泪从鼻尖滴到地上。

我表情沉痛,昂首严肃地看车窗外,主要也是不想让同车乘客有什么下流的想象。

我不说话,她就一路抽泣。

下了车，我对她说："快到院门了，你可别这副样子进院，好像我怎么你了似的——身上有手绢吗？"

她掏出手绢擦泪，理理妆道："你就是欺负我了。"

"是非问题以后再谈。"

"唉——"她把手绢放回包里，长叹一声，"有时真想永远不理你了。"

"你算了吧，别弄得自己多愁善感的。你可以了，还觉得没占够上风？我都叫你弄成什么了？我干什么了究竟？多说了一句没有？我的冤情还没处诉呢！"

"你怎么又说这话？"她惊叫，"原来你心里根本没认错。"

"我认什么错？我有什么错？我千古奇冤应该昭雪的。"

她不吭了，闭着眼使劲挤泪。

"你们政委来了啊。"我侧身挡住杜梅，跟那老头点头哈腰打招呼，顺势带着她走。

她盲人似的任我领着走，进院门时，贾玲正手里拿了一封信往门口挂着的邮箱里投，看见我们，便张嘴指着杜梅掩口用眼睛问：接回来了？我摇手叫她别吭声，这边一分神，那边她闭着眼走路一头撞在传达室旁机动车限速标志牌上。门口所有的人，包括哨兵都不禁一笑，我也笑了，她哇的一声哭出声来。

然后是掉头往外冲，口口声声去买菜刀抹脖子，我奋力阻挡，把她连抱带拖地往院内的小花园弄。很多人都站住看热闹，笑嘻嘻的。贾玲站在一边面有忧色，又不便上前协力。

我好容易把她弄到小花园的白色廊架下，按坐在廊凳上，她还一次次起身欲冲，被我毫不客气地一次次推坐在原处。她力气用尽，开始哀恸地哭。

四周茂盛的柏丛挡住了好奇者的目光，我也在一边坐下，喘出一口气，感到名誉扫地，威信扫地。

花坛里的月季花枝叶扶疏地婀娜开放，一些蜜蜂嗡嗡地在阳光中盘旋；蚂蚁沿廊柱往上爬，爬到光滑的地方把持不住掉了下去，一辆轿车若隐若现地从树丛外驶过。

杜梅还在哭，无声地泪流满面地哭，我吸着烟耐心地等她哭完。

两个老年病号背着手从小径走来，看到我们怔了一下，原路退了回去。

我们就那么坐到吹中午下班号，她哭了一上午，大概自己也哭得没趣了，肿着个眼睛茫然地坐在那儿，想起来又抽噎几下，干哼几声，鼻子像伤了风似的不停吸溜。

“哭完了？”我问她，“这就痛快了？过瘾了？”

“滚，你滚！”她用手使劲推我。

我屁股纹丝不动，只是上身摇摆：“不滚，就不滚，干吗要滚？”我若无其事地东张西望，“哭完回家。”

“回屁家！”

“屁家也得回，哪怕回去接着哭呢。家里哭多舒服啊，哭累了还能躺着，饿了能吃渴了能喝，毛巾现成嫌自己哭单调还可找音乐伴奏……”

“你故意气我是不是？”

“没有，我是气我自己。我怎么就那么不会来事儿？就一个媳妇，眼睁睁地看着哭死，束手无策——平时挺机灵的，也算个拍马高手，关键时刻就不灵了。”

她扑哧一笑，旋即又声色俱厉：“行，回家，回就回，回去就离婚。"

"前边还像句话，后面就不是话了。"

"你还别以为我不敢。"她站起来噔噔走了。

"你敢，你胆大。"我跟在她后面走，"你怕谁呀？"

我打开门，贾玲和另一个姑娘站在走廊里，每人双手端着一个盛满饭菜的饭盒，反扣的饭盒盖上还放着一些切成片的酱肘花。

"你们还没吃午饭吧？"

"一点都不饿。"我没精打采地说。

"都打来了，接着。"她把手里的饭盒递给我。

"谢谢啊。"我朝那姑娘笑一下，把两个饭盒摞在一起抱着。

"她好点吗？"贾玲小声问，踮脚从门缝往里望。

"躺着呢。进来坐吧。"我用脚后跟磕开门。

贾玲明显犹豫了一下，抬腿进门："我看看她。"

我把饭盒放在桌上，让那姑娘坐，问她："喝水吗？"

那姑娘抿嘴笑着摇手："不。"乖乖地坐在一边。

贾玲在床头搬过杜梅身子："哟，哭成这样，怎么啦？"

杜梅翻身坐起："你问他。"

然后她絮絮叨叨向贾玲诉苦："外面累了一天了，回来他都不知道心疼人，还气我，理都不理我。"

"累了一天，谁知道你干吗去了。"

"你说我干吗去了，你说我干吗去了？"

"我不知道你干吗去了，也许是干革命去了吧。"

"你就少说两句吧。"贾玲说我。

"他就这样，一点都不让我。人家心情本来就不好，从他那儿一句好话也听不着。”

“我为什么要让你？谁让我呀？”

“你是男的。”贾玲说。

“噢，男的就该让女的？宪法上有这一条吗？”

“她还比你小好几岁呢。”

“小，不懂事，更应该听大人的。”

贾玲笑着对那姑娘说：“这人是有点无理啊。”

那姑娘眨眨眼，点头笑说：“没错。”

“本来就是嘛。”我也笑，“凭什么让？我只知道服从真理。”

“那为什么真理总在你那一面？”杜梅道，转而又对贾玲说，“你还不知道呢，昨晚上我一气之下跑了出去，你猜怎么着？人家老先生一点没着急，自个儿就睡了。有这样的人吗？自己老婆半夜跑了居然没事儿似的。”

“是太不像话了。”贾玲谴责地瞪我一眼。

“那你为什么跑呀？”

“你甭管我为什么跑，就冲你对我这态度，我还得跑。”

“是你不对啊，”贾玲批评我，“你得检讨。”

“我找了，没找着。”

“我说你这人怎么跟女的似的？她说一句你非得跟一句，什么大不了的原则问题？认个错又不会杀你头，跟自个儿老婆逞那份强干吗？”贾玲板着脸训我，“没见过你这样当丈夫的。”

“他也就会跟自个儿老婆厉害，在外边见了谁都三孙子似的。”杜梅说。

“怎么样，能不能认个错？不能认错我们可动手了，这屋里我们可有三个人。”贾玲笑着望着我，眼睛里却流露出焦灼和敦促。

"你让我怎么说呀?"我脸飞红。

"要不我们走吧。"那姑娘坐不住了,笑对贾玲说,"他当着我们不好意思。"

"那好我们走,不逼你,有个认错态度就行。"贾玲下地往外走,走到我身边用右肘使劲顶了一下我后腰,使我一个跟跄扑到床边,和杜梅近在咫尺。她和那姑娘大笑着离去。

"你瞧你,非得把这事弄得满城风雨,全院都知道。"

"你呢,非得别人下令才认错,我说什么跪着求你都白搭。"

"你脾气也太大了,一点小事就能闹成这样,哭出的眼泪够洗一次澡的吧?"

"那你要早对我好点呢? 一开始我也没哭呀,不过是耍点小性子,你就应该哄哄我,那我早就好了。人家闹不也就是希望你哄哄我温柔点?"

"我够温柔的了,一直在哄你。"

"有你那么哄的吗? 说出话来跟刀子似的。好几回我都自己好了,又让你招起来。"

"那你也不该跑呀,这不是自绝于人民吗?"

"谁让你不理我的?"

"谁先不理谁的? 一回来你就先不理我,跟你说话没听见一样。我能没气吗? 我怎么那么贱呀?"

"你也气了?"

"当然,我气坏了。特别是你这么撒腿一跑,这是他妈电影里的路子,怎么发生在我头上了? 你怎么那么傻呀? 吵架归吵架,跑什么? 不知道城里的坏人天一黑就都出来了,专门收容你这种离家出走的妇女？真出了事你找谁哭去？"

"我没跑远，本来想去我姨妈家的，走了一段路，心里害怕又回来了，加了衣服一直在小花园坐到天亮。"

"这点还算聪明，说明你没傻到家。"

"下回我不跑了。"

"别跑了。真堵得慌不跑难受，也别出院门，就在院里黑处藏会儿。"

"以后咱们别老闹了，好好过日子。"

"我根本就不想闹，每回不都是你挑的头儿？哪次我不是忍气吞声委曲求全？"

"说到最后又是我错了，我就没对过一回。"

"你是错了，你应该正视这一点，以后才能彻底地改。"

"……我老这么闹，你不烦我吧？"

"不。吵的时候有点烦，但吵完就完了，不是真烦。"

"那你还爱我吗？"

"当然，不至于，没那么严重。"

"以后我不犯了。"

"我喜欢你这种痛改前非的态度。"

说是不再犯了，但好了没两天，又犯了。这次是为什么吵起来的我也忘了，不是为一道菜的咸淡就是为了一根烟。我发现她这人像孩子一样情绪不稳，事后我也严正地向她指出"你这人一点控制能力都没有"。她也承认，但就是改不了。一点小事就能要么欢天喜地要么痛哭流涕。像开滦煤矿工人有特别能战斗的光荣传统一样，她也特别能哭。一哭起来十分骇人，常常哭得上气不接下气甚至短暂地晕厥，使你看着可气但不哄又恐怕哭出毛病来。我从来没见过一个人那么全力以赴不顾死活地去哭，我相信如果我置之不理她就有本事把自己哭死。在一个正在痛哭的人面前，你是无法申辩的，只有像个坏蛋一样忏悔。杜梅使我掌握的词汇量激增，很多诸如"认贼作父""不稂不莠"等成语我都是那时学会准确运用的，并对"闻风丧胆""不打自招"之类的成语有了切身体会。我在那些天说过的肉麻话比历史上任何一个最著名的佞臣一生说得都多，妓女听见都要脸红。我吃惊地发现，一旦需要，我胁肩谄笑的本领不比任何人差。

每次大闹之后都是加倍地温存和柔情似水，如同大灾之后必要开仓放粮一样。像虫子会对农药产生抗药性一样，我对杜梅的歇斯底里和恐吓症也渐渐习以为常。有时隔一段不闹，我还会蓦然一怔，若有所失："咦，这阵怎么没闹？"

我曾经试图弄清她发作的周期和间歇规律。有聪明人讲过这和女人的月经周期有关系。还有人认为和潮汐、太阳黑子活动有关。据我观察和记录，也不是十拿九稳、万无一失。有一点可以肯定，她每次单独外出回来，必要寻衅滋事，当天不闹，隔天也要发作。她外出的时间不固定，有时一月去几次，有时数月不去。

她对这种目的不明的外出的解释是：去看一个她家的老邻居，此人曾从生活上关心过她。

制怒。我在白纸上蘸墨挥毫写下龙飞凤舞的两个大字，然后工工整整地题款：书赠杜梅小朋友共勉。

杜梅笑完把纸一把撕了："少来这套。"

"不幸的家庭各有各的不幸，幸福的家庭都是相似的。"潘佑军弹了一遍托先生的陈词滥调，引申道，"我老婆也跟我吵。"

他不久前也结了婚，娶了一个外国企业的女雇员。外国老板和他都是看中了这位小姐的同一个优点：会说一口流利的英语。

"你那个老婆还是不错的，起码还跟你软硬兼施，这也挺可爱。我那个老婆硬就硬到底，给我几天后脑勺看那是常事，所以你现在问我她长什么样我还真说不上来。我说你都会以为是我瞎编的，她现在索性用英语骂我了，就为听不懂她骂的是什么，我真跟她急过几次。"

潘佑军的一个朋友在稻香湖开了一个马场，潘佑军几次提出去那儿玩一趟，找找绅士的感觉。

于是我们约了一帮朋友，找了一辆车，说好不许带老婆。我回家一说，杜梅不答应。

从结婚后，她就成了我的小尾巴，除了我上班她不跟着去，我去哪儿都得挎着她。

"你不带我去，带谁去？"

"谁都不带，一帮老爷们儿，多一个女的你别扭不别扭？"

"不别扭。人家外国总统出门还带夫人呢。就中国，从上到下到哪儿都是一帮男的。"

然后对我下死命令："我要不去你也不许去。"

我只好带她去，车来了一瞧，潘佑军也带了老婆。其他几个哥们儿还带了两个不三不四的女人。

杜梅一脸瞧不起那两个身份暧昧的女人的样子，透着自己是明媒正娶，上车只跟潘佑军的老婆亲亲热热说话。

有四个女人骑马，马场里就是一片尖叫声。只见四匹马一溜排开，在场子里奔驰，每匹马上都高坐着一个头发飘散、两眼发直、狂叫不已的女子。马跑到我们面前时，就有哀求声："让它停下来吧。"

杜梅尚算果敢，虽很紧张，但坚持跑了几圈，下来还很从容："挺好玩的。"

令我自豪。

杜梅在外面总很给我挣面子，除有几分难得的姿色，且举止大方，从不扭捏，令其他男士肃然起敬。

我翻身上马，立于马上缓缓巡视，作统帅状。俄顷，将掌往前一推，叫了一声："部队跟上。"纵马疾驰。

马一跑起来，我才感到头晕，脚踝处也被铁镫磨得生疼。我强撑着跑了一圈，经过站在树荫下的女人们面前还嘶哑地喊了一句："为了斯大林！"心里却为不知如何勒马停住暗暗着急。

那劣马越跑越快，我在马背上颠得像个大包袱，踝骨大概已经被磨出血了。这时，那马大概看见自己爱人了，在正由马场主人勒着缰颤巍巍下马的潘佑军的马前猝然一停，我滚鞍落马，跌入尘埃。

那边树荫下一片狂笑。

杜梅向我跑过来，搀我起来，关切地问："摔坏没有？"

"没事。"我作轻松状，笑着拍了那马一下，"跟我调皮。"

那马打了响鼻，尥我一蹶子，我慌忙躲开。

那边笑声又起。

杜梅周身上下给我掸土，我闪开她，悻悻地道："假关心什么？有什么可大惊小怪的？"

"真不识好歹。"杜梅白我一眼，向那伙人走去。

中午我们在绿如墨玉的鱼塘岸边垂钓，四周田野飘来浓郁的粪香。不远处的一排猪圈，猪们在吃饭，吱吱呀呀拱叫不已。

杜梅一直不理我，与潘佑军的老婆站在树荫嘀嘀咕咕说话。我在这边故意大声喧哗："嘀，又钓上一条大的。"她看也不看一眼。

潘佑军看着自己老婆和杜梅神秘地交谈，忧心忡忡，十分不安："你老婆不会给我胡说八道吧？"

"不会，她不敢。"我替杜梅辩护。

"最好不要让老婆和老婆勾结起来。"潘佑军说，"她们互相传授经验受不了。本来是掏个钱包进了监狱，出来就五毒俱全了。"

一会儿，她两人笑吟吟地走过来，不住地拿眼打量我们，看得我和潘佑军心里发虚，满腹狐疑。

"你们俩聊什么呢？"杜梅坐到我身边，我小声问她。

"没聊什么，瞎聊。"她笑眯眯地注视着水面，若有所思。

回到家一直到晚上，她终是面带一丝笑，不说话，冷眼观察我。

我倒不怕潘佑军的老婆，就怕潘佑军暗地里和她说过什么，这话经她之口传给杜梅。

"干吗老这么看我，盯贼似的？"

"没事，喜欢你，就看看。"她仍是一副高深莫测的样子。

"潘佑军老婆跟你说什么了？"

"你害什么怕呀？心虚什么？你有什么怕人说的？"

"我能有什么?"我故作爽朗地笑,"不怕,一生光明磊落。"

"还是的。她没说什么。"

"没说什么怎么聊那么半天?"

"啊,我们聊自个儿的丈夫呢。放心。"她望着我笑,"我都是说你好,怎么体贴怎么照顾我。我当着外人一向都是夸你,不像你,总跟人家说我不好。"

"我什么时候跟人说过你不好了?"

"那是谁说的我老爱和你吵架,无理取闹?得啦,我不是要跟你算账,你也别紧张。"

"那她呢?都说潘佑军什么了?"我讪讪的,转移话题。

"说潘佑军好,比你对我好。"

"得了吧,我还不知道他,在外边花着呢。"

"甭管人家在外边怎么花,回到家里对老婆就是温柔,这点就比你强。人家每天早晨出门都要互相接吻,互相说我爱你。潘佑军出差在外地还每天一个电话。"

我大笑:"是用英文说的吧?"

"甭管用什么文,这说明他心里有她。你就从来没对我这样过,有时人家想和你黏乎黏乎,你总把我一把推开,还说我酸。人家两口子怎么就能那样?"

"那都是跟外国电影里学的,你怎么喜欢这套?令人作呕。"

"我就喜欢这套。"

"杜梅,咱们是中国人,就要讲究个中国气派和中国形式。"

"中国人怎么啦?中国人都是伪君子。你从来都没说过一句爱我,从咱们认识就没听你说过。不行,今天你非得对我说你到底爱不爱我?"

"这还用说吗？我已经用实际行动证明了。"

"什么实际行动？我就要听你用嘴说，爱还是不爱？"

"当然……"

"别拐弯抹角，直截了当……怎么就这么难呢？比要你命还难？"

"我这人内向……"

"少废话！你说不说？好，你不愿意说，那就说明你不爱我。"

"不不不。"

"那你就说！"

我看着她，嘴皮动了动，话没说出来人先笑了："你怎么那么注重形式？"

"我就是注重形式，你说！"

"爱。"我说完自己脸红了。

她搂住我脖子，兴奋得容光焕发，人像打了一束光，深情地望着我眼睛："是真心话吗？"

"是。"

"你瞧你，你瞧你，我一搂你，你就数我排骨——你都成习惯了。"

"嘿，贾玲，干吗去了？"

我和杜梅出院门，正碰上贾玲一个人低着头从外面回来，杜梅和她招呼。

"没干吗，出去了一趟。"贾玲淡淡地应了一声，和我们擦肩而过。

"你那'情儿'情绪不高。"杜梅笑着对我说，"听说她最近失恋了。好容易看上一个人，人家又看不上她。"

"别老'你那情儿''你那情儿'的，人家还是大姑娘，你老这么说算怎么回事？"

那天我的情绪也不高。上班时办公室里的同事都在议论，说我们单位原来一个辞职不干的人发了财，买了房子买了车，我们单位有的过去跟他关系不错的蒙邀去他家玩，回来说他家搞得和宾馆似的。由此说开来，大家历数自己认识的人中谁出国了谁成"老板"了。聊了一上午，聊得全办公室的人又妒又恨，醋劲十足，造成了一个印象：似乎敢在外边混的人都混出了头，而这些人过去都不在我等话下。接着便是发牢骚，怨分配不公，怨法制不健全，叹老实人吃亏。

下班回到家，我仍无法从嗔怨的情绪中自拔，默默地坐在一边啃着指甲沉思。

杜梅患了感冒没去上班，一天在家，吃饱了，睡足了，见到我回来心情雀跃。走过来往我膝盖上坐，整个身子仰在我怀里，头搁在我肩膀上亲昵地蹭我脸。

"哎，你怎么一屁股就往别人身上坐？"我双手推她，"累着哪。"

她赖着不起来："你累什么呀？上班也是坐着胡侃。"

"叫你说的，我们胡侃？我们胡侃这国家的经济生活早停顿了。"

我双手托起她腰，自己一撤身，把她留在沙发上，自己另找了一把椅子坐下。

她又跟过来，骑坐在我膝上，我腿一伸直，她像坐滑梯一样溜到地上蹲坐在我脚上，仰脸盯着我：

"你就对我这样？"

"别烦了，忙了一天那么累，你还添乱。"我把脚从她屁股底下抽出，令她一下坐在地上，随手拎过一张报纸遮住脸看。

刚看了眼大标题，她就劈手把报纸从我手中抢走，站在我面前说道：

"你还烦了？你烦什么？"

"别闹，把报纸拿来。"

我伸手去夺报纸，她把报纸藏到身后：

"谁闹了？你先说，谁烦你了？"

我没理她，随手又拿起一本书翻，她"啪"地把那本书打掉。

"瞧你那无耻的样子。"我弯腰捡书。

她一脚把书踢得老远，书页狂舞一番卷角皱边地摊在地上。

"你非找我收拾你一顿是不是？"

"你来呀你来呀。"她笑着退了几步。

我看她一眼，毫无表情，扭脸看窗外树叶已经泛黄的树木。

"给你给你。"她把报纸糊在我脸上，走开，"就显得你多关心国家大事似的。"

我接住报纸，低头看起来。她在一边准备晚饭，在一个盆里揉面团，唠唠叨叨和我说着她们医院里的事，谁没按医嘱给药，病人出了问题，家属打上门来；一个老干部嫌医院对他的病不重视，把院长、政委臭骂一顿，还给后勤首长打了电话；保卫科查丢失的吗啡，发现所有护士的更衣柜里都有医院的纱布和敷料，"你那情儿"和保卫科长大吵一场。

她现在提到贾玲，从不说她名字，只说"你那情儿"。

我逐版看报，并不答腔。

"今天谁来了？"她揉好面，拍着光洁圆润的面团用右手托在肩旁，直起腰问我。

"谁来了？"我哗哗往前翻报纸头版。

"我也不知道，出门就见满街旗子，不认识哪国旗。"

"你今天出去了？"

"下午没事上街做了头发。你没发现？"

"特立尼达和多巴哥的头儿。"我放下报纸，看了她一眼，"难看死了，怎么还卷了刘海儿？"

"人说这是今年世界上最时兴的发式。"

"你不适合，你说的是今年世界上老年妇女最时兴的发式吧？芭芭拉似的。"

"你觉得不好？"

"太不好了。跟谁养的什么宠物似的。"

"那怎么办呀？只好明天去削了。"她把面团搁在案板上用力擀开，然后用刀麻利地切成一把把细细的面条，撒上干面，一根根抖落开。

吃完晚饭，我撂下碗又爬上床躺着看书。

她洗完碗，过来说："今晚总政来院里慰问伤病员，在礼堂演歌舞。"

"不去。"

"'腕儿'①全来了，我想去。"

"要去你一人去。"

"哎，你怎么回事？我跟你说话，你就光看书，破书有什么好看的？"

---

① 指著名演员。

我不说话，又翻了一页。

"你放下不放下？不放下我可抢了。"

"敢！"

"哎，你今天怎么回事？是不是心里有什么不痛快？"她在我身边坐下，床垫往下一陷，"你们头儿又找你茬儿了？"

"没有。"

"那是你们办公室谁又提拔了没你份儿？"

"你怎么这么烦呀？"我撂下书露出脸，"你想看演出你就去呗，非拉上我干吗？"

"准是，你们同年的都有当处长的，你连个主任科员还没混上。"

我"啪"地把书往床头柜上一拍："你少拿你那套庸俗观点来想我！我那么爱当那主任科员？我要想当司长也不是不可能。嘁，女人就是他妈势利！"

"那你是为什么呀？"

"不为什么。"我愤愤不平重又捡起书，旋又立地坐起，"噢，没事就不能安静躺会儿了？心情寂寞，思绪惆怅，感时伤怀，小资产阶级情调浓郁——不行吗？"

"看你也像——无病呻吟。"杜梅下了床，对镜理妆，准备出门，"心情寂寞——又想谁呢？感时伤怀——对谁不满？"

我一边看书一边对她连连挥手，让她快走。

"你还别不耐烦，你再撵我我还不走了。"她继续嘟嘟哝哝地说，"摆什么臭架子，就你有情调？傲什么呀？一个小职员，挣的钱还没我多呢。惹我急了，撵出门去，连个住的地方都没有。"

"你少啰唆！"

"我就啰唆!"她在门口一个转身,"人家有什么事都跟你说,你有什么事全藏在心里。要不说你老奸巨猾呢,一天到晚不知都在琢磨什么,阴得跟糖尿病人似的,哪天我叫你卖了还不知道呢。"

我没有接茬儿,她自己忽然动了气,冲我嚷:"别觉你挺了不起的,有什么本事你倒是使啊?就会说。早看穿你了,典型的志大才疏,没什么本事还这也瞧不起那也看不上,好像天下谁也不如你。哼,琢磨也是瞎琢磨,气也是白气,你这辈子也就这样了我还告你!"

我气得脸都白了,心里一阵阵悸痛,别人说这话犹可,你也说这种话。

我由怒转为辛酸,连声冷笑:"看出来是吧,看出来就好。就我这种没本事的人,偏还有人哭着喊着赖上门来,我也不明白了,这种人怎么傻成这样?"

"你还别觉得离了你不成。"她丝毫没察觉我的异样,反而洋洋得意,"追我的人多了。今天我跟你离了,明天我就能找个比你强百倍的。"

"那你找去呀。"

"找怎么啦?不新鲜,明儿我就给你领一打回来。我这样儿的,嗨,别人找都找不着,恨不得把我供起来,顶在头上怕掉了,含在嘴里怕化了。就在你这儿,什么都不是,连个丫环都不如。每天伺候你一句好话都得不到。告诉你,我对你真够可以的了,没我这样的,人家妻子除了穿戴打扮还有几个做饭的?他妈的我也真是贱,放着福不享偏来受你的治。离婚!我还不信天下再没有对我好的了——是个人就比你强。"

她摔摔打打，嘴里一个劲嘟哝着乱骂："什么东西？越对他好越不行。人就是不知好歹忘恩负义越老实他越欺负你。离婚，我下决心了，不过了……"

"离就离，王八蛋不离。"

"你就等着我说这句话呢吧？你就逼着、折磨我好让这句话从我嘴里说出来呢吧？"杜梅恶狠狠地逼到我面前，"你早盼着跟我离婚呢吧？一天到晚琢磨的就是这个。"

"到底谁逼谁呀？又不是我先说的离婚。"

"我说的都是气话，你说就是真的！"杜梅哭了。

"好啦好啦，既然不想离，就别老说气话。"她一哭，我也肝颤，"我又没想离。"

"离，孙子不离！"她倒来劲了。

"你说你老这么说有意思吗？你真敢离吗？你要真想离那咱们就离，真拽着去又不去了。老拿这威胁人你不怕伤感情吗？"

我蓦地心酸了，眼圈也红了："老说我对你不好，我除了有时候不大理人什么时候对你说过……你就什么混账话侮辱人的话可都对我乱说……"

"我不是真那么想的，我就是气，你一不理我，我就心里急……哪么你骂我呢。"

"你气我就不气？可我敢说吗？我随便说一句什么你就觉得我别有用心。老实告诉你，我忍了多时了，我受过谁的气？和你结婚说句那什么的话我的自尊心男子气概……"我哽咽地说不下去了，使劲一吸将要流出的鼻涕，悲愤地仰起头。

"那还不是因为我爱你，特别特别怕失去你。"她看着我脸色，小心翼翼地贴上来，见我没有拒绝，便一头靠在我的胸前。

"没你这样爱的。你得把我当一个人爱，不能像爱件东西，这样你只能失去我。"

"以后我改。"

"你说过多少回改了？你改过一回吗？过后就犯。"

"这回是真的。你不相信我了？"

"老实说，我不大相信你，但不相信又能怎么办呢？又不能和你决裂，我又做不出来，就这么凑合过吧。"

她注视着我的眼睛，我和她对视片刻，把目光移开。

"我不想你这种口气对我说话。"

"不想也没办法，我现在没心情说你爱听的话。"

"你讨厌我了？"

我叹口气，紧紧搂了她一下，看着已经漆黑一片的窗外："别胡思乱想了。"

实际上我最激烈的思想活动没有告诉杜梅。那种令我齿冷令我感到受到严重伤害的感觉一直带到我们上床睡觉，甚至做爱也没有使我忘掉它。尽管我知道她是无心的，但我也不能原谅她。在这个问题上我从来没有原谅过任何人。我可以容忍别人对我的谩骂、攻讦，容忍别人怀疑我的品质，哪怕贬低我的人格，但我绝不容忍别人对我能力的怀疑！此辈我定要穷追至天涯海角，竟我一生予以报复。我活着、所做一切的目的就是要把那些曾经小觑过我的人逐一踩到脚下！

我躺在黑暗的床上，旁边传来杜梅入睡后均匀的呼吸，我情绪激荡，亢奋异常。那些曾经羞辱过我的人的脸孔一张张在我眼前浮现，我想象着他们落入我手之后的情景，咬牙切齿地体验着复仇的快感。

别美！我有一生的时间等着你们。

当我想到将要对她施以报复之后的那个结果，我无声地恸哭了。

她从包里拿出两条"牡丹"烟，又拿出条"中华"烟，都是那种老牌子不带过滤嘴的。现在这种烟在市面上已经不大容易买到了。

她又拿出两筒上海产的"白玉"牙膏，这也是不大时兴的老名牌。

第二天，她外出了一整天，回来照旧疲惫不堪，心情恶劣。

她开始织毛衣，用那种结实的黑色纯羊毛线。

贾玲单身住在医院宿舍里，有时没事或电视里有好节目，她就到我家看电视。医院干部食堂的伙食不好，但经常分一些牛羊肉鸡鱼什么的，她就拎到我们这儿来，吃的时候杜梅也把她叫来一起吃。一次她看到我书柜里有副象棋，便问我："会下吗？"

"当然，高段选手，你会玩吗？"

她说她爸爸爱下，她小时候老在旁边看："会走子儿吧。"接着邀请我下两盘。

"哎哟，你真不知死。好好，陪你下盘指导棋吧。"我忙不迭拿棋清理桌面铺盘摆子，同时招呼杜梅，"杜梅，伺候棋局，倒茶。"

我大模大样坐在桌前，点起一支烟："虽然好久没下，但赢你还是有富裕，要不要让你半扇？"

贾玲光抿嘴笑，不说话，开始有条不紊地走子儿。

一会儿我就认真了，开始思考，贾玲笑了，望着我天真烂漫，叫杜梅:"过来看看。"

杜梅打着毛衣过来看了一眼,说我:"现了吧?"

"好汉不赢头一把。"我胡噜了棋盘重新摆子,"让你一盘,高兴高兴。"

"你别让我,真别让我了,自个儿也高兴高兴。"第二盘我又输了,贾玲笑道。

"那我就真不让你了。"第三盘走了半天后,我说:"这盘还是让你吧。"

我夸奖贾玲:"进步真快。看到年轻人这么有出息,我比自己赢棋还高兴。你下棋真有我年轻时候的神韵。"

"都第几盘了?"杜梅问。

贾玲伸出一巴掌。

"你得算臭棋篓子了吧?连女的都赢不了。"

"你别着急,我招儿都没使呢。"

第六盘我终于取得了优势,逼得贾玲苦苦思索。

"我可以负责地讲:你没戏了。"我含笑站起身喝茶点烟,"不能光输就完了。我为什么这么跳马?这都是有讲的。"

贾玲推盘笑说:"只赢一盘,得意成这样。我是不忍再赢你,怕你想不开上吊。"

"不在赢多少,看出功力来了吧?"我送贾玲出门时对她说,"以后想提高,就来找我,别不好意思。我不像他们,没架子,爱教着呢。"

"你不说我跟你下棋把手都下臭了。"贾玲笑着离去。

从此我和贾玲隔三岔五就要会战一番。她不来我都要去硬拖她,堵着她们宿舍门下战表:"输怕了吧?不敢下了吧?"

一天周末，我和贾玲恶战了一晚上。那天我攻势甚猛，几次和她在局数上战成平局。我已经不满足战术性的胜利，一定要获得整个战争的全胜。我对这次胜利已经盼望很久了。十一点半时贾玲要走，被我拦住了。

　　"那好，再下半小时，十二点我一定走。"

　　十二点时她仍超出我一局。

　　"再下半小时，十二点半走，你现在走不够意思。"

　　"你就让他赢吧，贾玲。"杜梅说。她先还感兴趣，看了一会儿，奚落了我几句，后来电视节目都播完了，她就上床躺着去了。

　　"我是想让他赢，可他赢不了，除非我不走子儿了，等着他吃。"

　　直到一点，我看贾玲实在困了，也没情绪再下，就让她走了。

　　"别走了。"杜梅躺在床上说，"又不是外人，就睡这儿吧。"

　　"那只好你睡地上了。"贾玲笑。

　　"快追去呀。"贾玲走后，杜梅躺在床上乜着眼朝我说，"她们宿舍今晚就她一人。"

　　说完她翻身朝里睡了。

　　下次我领贾玲来下棋，一找棋，棋不见了。

　　"棋呢?"我问杜梅。

　　"不知道啊。"她睁大眼睛，一副无辜的样子。

　　我转身又找，哪儿都没有。

　　"是不是你给扔了?"

　　"哎，你怎么这么说话?"杜梅笑了一下，立刻严肃起来，"我扔棋干吗? 你自己搁哪儿了?"

　　"我就搁这桌子上了，怎么会没有了? 这屋里就这么大地方。"

　　"找不着算了。"贾玲说，"没棋不下了。"

"不该呀，怎么会不见了？"我看杜梅。

"你看我干吗？我又没拿你棋。"

"这家里再没别人，我是不会动吧？你要也没动那咱们家就是进来过小偷。"

"算了，我走了，我还有事。"

"我真没拿，你怎么诬赖好人呀？"

"这事儿真怪啊。"

"我走了。"贾玲开门离去，朝我们笑笑。

她走后，我们都很不高兴，杜梅阴着个脸。

"你还不高兴？"

"你冤枉我。"

"得啦，你那点小心眼谁还不知道？"

杜梅把报纸一撕两半，下床就跑，被我一把薅住，声色俱厉地冲她吼：

"你知不知道我最恨的就是撕书撕报纸！"

潘佑军一进门就对我说："你看我给你把谁领来了？"

肖超英微笑着在他身后出现，低矮的门框使他进门得低着头。

"哎哟，超英，你怎么回来了？"我忙跳下床，高兴地迎上去。
"听说咱们军官来了，怎么没穿军装啊？怎么着，中校了还是上校？"

"人家现在是上校了，滨绥图佳保安第五旅上校团副。"

"上校怎么还是团副？"

"开玩笑你还真信。"

"副参谋长在师里。"肖超英嗓音低沉地说。打量着我的房子，

"你这儿真够难找的。"

"咳，进门就上炕，就这条件。"

"你媳妇呢？"潘佑军问，"上班去了？"

"今儿郊外杀人，她跟着她们医院的救护车去拉没主儿的尸体。"

"干吗呀？"肖超英问。

我比画了一下刀子割肉的动作："解剖用。"

我让他们坐，倒茶递烟，看着肖超英笑："不错呀，一点没耽误。"

"正常。"肖超英道，"咱们那年兵没走的最次的也授少校了。"

"有当将军的吗？"

"那倒没有。过去三连的那个叫崔国力的不知你还有没有印象，刚提了大校，调到军区当作战部长。"

"你怎么样？当将军有戏吗？再混几年。"

"不行，我这已经是到头了，再干几年就不干了。"

"你媳妇已经转业了吧？"潘佑军问。

"去年回来的，工作还没安排。"

"她这种干政工的现在不是哪都要？又吃香了。"

"不行，她这样高不高低不低的最不好安排，又是女的。我劝她别去机关了，进公司得了，可公司也不好进。得早点回来了，否则老了哪儿都不爱要了。"

"你还行，还能再干几年。"

"也就再干几年吧。"

我们聊起军里的老人。肖超英说过去军里的那些头儿都退了，新上来一拨年轻的、四五十岁的。"你回去一个都不认识。"又说起我们团，过去我班里的一个山东兵现在是团长。此人当时让他复员时又哭又闹，不知为什么没走还提了起来。

又说起一些死掉的人，我们军打越南也上去了，有些伤亡。当时最整我的连指导员也被炮弹炸死了，留下老家农村一窝孩子。

说到吴林栋，肖超英叹息不已，说没想到。当时他是我们军的比武尖子，军事技术最好，在军区比赛都拿过名次，在军教导队当过好长时间拼刺教练，他一个能同时和三个人对刺。

那时我们一起入伍的几个人，除了我五大技术一般点，个个身怀绝技。潘佑军枪法极精，肖超英障碍越野和投弹那在全师也是无出其右的。那时一到全军比武，我们团就靠我们几个往回抱锦旗了。我不怎么地也能弄个射击第三名土木作业榜眼。

聊了一通，我说出去请他们吃饭。肖超英连连摆手："不出去吃，就在你家随便弄点，聊着方便，有酒就行。"

我家还真没什么酒，于是我拎着网兜去服务社买酒。告诉他们冰箱里有什么，让他们看着搞。

服务社里只有一些劣质白酒和葡萄酒，啤酒刚卖完。贾玲正好也在买东西，见我问啤酒，就说她那儿还有几瓶，我要急用待客就给我。

"你还喝酒哪？"

"一人没事吮几口。"

我买两瓶红星牌"二锅头"回了家。

没多久，贾玲也抱了两瓶半啤酒来了："就剩这么多了，全给你拿来了。"

"够了够了。"肖超英说，"喝白酒，啤酒就涮涮嘴。"

"不够。"我掏钱央求贾玲到外边商店再去买几瓶。

"我有钱。"贾玲没要我的钱，一路去了。

"够瓷器的。"潘佑军说。

"那是，这是我二房。"我有点忘乎所以。

我们简单拌了几盘凉菜，切了些熟食，就坐下吃喝。

我喝了口"二锅头"，吮了下牙花子，挤眉弄眼地说："不容易啊，又能聚在一起。"

"我是不容易，你们还不容易?"肖超英道。

"一样，别看一个城市住着，一年见不着几回面。"

"主要是你搬这儿太远了。"

贾玲拎着一兜啤酒回来，蹲在地上，一瓶瓶抽出来码成一排。又掏出两个纸包的豆制品给我们下酒。

我们留她一起喝点，她说还有事就走了。

我追出去给她钱，她一甩手皱起眉头："咳，你这人怎么这样?"

喝到中午两点半，我看到医院的草绿色救护车从窗外缓缓驶过，停在旁边的解剖房门口，一些穿白大褂的男女下来抬了两副白被单蒙着的担架进了解剖房。

"杜梅回来了。"我说。

又过了十几分钟，杜梅一脸倦意，脸色苍白地进来。

"这是我过去的战友，也是……好朋友。"我站起来大着舌头给她介绍，"肖，肖……肖超英。"肖超英也站起来。

杜梅冲他点点头："你好。"接着厌恶地看了眼桌上摆着的切开的火腿肠和油汪汪的素鸡腿。

"一起吃点吗?"我脸红脖子粗地问她。

"不吃。你们吃吧。"她走到一边倒了杯水咕嘟嘟仰脖喝，喝完喘了口气。

她大概想上床休息，可另外两个男人在场，她又不便躺下，便走到一边的沙发上坐下。

"一起吃点吧。"我又说。

"不吃，看着就够了。"她声音响了一点。

"她刚摸完死人，劲儿还没过呢。"我劝肖超英和潘佑军，"接着喝。"

"你少喝点吧。"她在一旁说。

"别管我啊，我今儿乐意多喝。喝，喝醉了就在这儿住。"

"酒量不大还爱逞能，回头喝吐了可没人管你。"

"别唠叨好不好？看不出我今天高兴？"

"哟，你们喝的什么酒啊？'二锅头'，干吗喝这么次的酒？"

我放下酒杯，硬着脖子转过身："我说你今天怎么回事？少说两句行不行？"

她不说话了，头仰在沙发背上看天花板。

"要不咱们喝一会儿算了。"肖超英说，"我也觉得可以了。"

"没事。"潘佑军说，"这都是特熟的人，尽管喝没事。"

"那哪成？"我也坚决不答应，"刚喝出点感觉来。忘了？那会儿咱们过年的时候灌连长、指导员，我一人差不多喝了两瓶白酒，全桌人都吐了——就我没吐。"

"你现在是绝对不行了。"肖超英说，"过去我也喝八两没问题，现在三两就头晕！"

"别逗了，照样，不信咱们就喝。"

我们一直喝到下午五点，两瓶"二锅头"基本上喝光了，才觉得饿了。

"杜梅，煮点面条。"我仰着头叫她。

她在沙发上睡着了，醒来起身去煮面条。

潘佑军脸红得像熟透了破了皮儿的桃，呆头呆脑地坐着，如不用手撑着桌子一口气就能吹倒他。

肖超英也喝多了，脸白如纸，鼻尖上额头上挂满细密的汗珠儿，身上也在不住地出汗，脱了外衣，衬衣后背都湿透了。他睁着布满血丝的眼睛不停地说：

"你们要不走就好了，你们要不走就好了……你们要都不走就好了……"

我克制着头晕和恶心站起来，冲杜梅喊："你面条煮好没有？怎么那么慢？"

她头也不抬，用筷子搅着在锅里团团转的面条。

我开门出去，到厕所猛吐了一阵，冲了秽物，擦擦嘴一步三晃地走回来，扶着门框力争对他们做出微笑。

晚上，天都黑了，杜梅开了灯。

我们三个还在呆若木鸡地坐着，桌上放着的三碗面条没吃几口。

"回来吧，回来吧。"我对肖超英说，"回来咱们一起开公司。"

"行啊，"肖超英盯着花瓶里的一束绢花，"应该能赚钱吧？"

"应该！"潘佑军面无表情地吐字。

"哎，"杜梅板着脸走过来，"你们是不是该散了？天不早了，再不回去你们家里人也该等着急了。"

她已经在一边摔摔打打憋了半天了，我们酒后反应迟钝毫无察觉。

"没事，"潘佑军说，"我太太和老板去上海出差了，一晚上不回去也没关系。"

"可我们得休息了，明天还得上班。实在对不起，改天再来玩吧。"

潘佑军和肖超英看我，我脸上十分挂不住，对杜梅说："去去去，不用你管，我们知道什么时候该散。"

"知道什么？都几点了？你身体又不好，喝了那么多酒，聊了一天，还没聊够？"

我大怒："你怎么那么不懂事啊？"

"算了，我们走吧。"肖超英站起来。

"都别走，要走你走。"我指了一下杜梅。

"求你们了，请你们走好不好？我真的头疼了，难受了一天，想睡……"

这时，我脑袋忽地一热，像什么成块成吨的东西忽然迸碎了，衬衣的扣子也绷掉了，站起转身抡圆了就是一个大耳光结结实实贴在杜梅脸蛋上。随即破口大骂：

"你也太不懂事了！轰他妈我哥们儿。我们多少年没见了？告诉你要滚你滚，我们在一起的时候还没你呢！"

杜梅被我一巴掌扇蒙了，捂着脸吃惊地望着我："你打我？"

"打的就是你！再来劲我还扇你。他妈的把你惯得不成样子，就欠揍！"我气得浑身乱颤，对肖、潘二人道歉，"对不起啊，我这老婆没教养。"

肖超英严正地批评我："你怎么能打老婆？你也太过分了。"

潘佑军酒也醒了，连声说："你这太不对了，你这让我们以后都没法上门了。"

这时杜梅哇的一声哭出来，扑过来："我跟你拼了。"我一个嘴巴又把她扇回床边。

肖超英一把扭住我，厉声吼道："你还不住手！"

"你打我?"我看着肖超英,眼圈一下红了。

"不许你打人,懂吗?不许打!"肖超英也十分激动。

相持片刻,他松开我手腕,拿起外衣,对杜梅说:"对不起啊,都怪我们。潘佑军,咱们走。"

一脚迈出门,他忽然哭了,转过身哭着对我说:"你怎么能随便动手就打人呢?有话不会好好说吗?"然后哭着走了。

杜梅痛哭了一夜,我一句话没说,也一直没睡。

那之后,我们照旧上班,做饭吃饭,睡觉,但彼此一句话不说,甚至都不看对方,同在一个屋顶下生活,转个身抬个手都能触到对方身体,但就像两个幽灵或者两个影子彼此视而不见。电影里的相声和幽默小品不能使我们解颐一笑,甚至绝对催人泪下的悲剧我们从头看到尾也始终无动于衷,我们出现在对方面前的脸永远是毫无表情。

我们的家庭陷入了冷战状态。

我反复叮嘱自己:忍,要忍,再忍五分钟。可实在忍不住。

我的上司一下午都在我身后踱步,钉了铁掌的皮鞋在水泥地上像驴蹄子似的"咔嗒咔嗒"有节奏地响。他还在我身后的墙上挂了一块小黑板,想起什么点子就用粉笔"吱扭扭"写上几笔,一会儿又觉得不成熟,用板擦擦了,再写,又擦,搞得我办公桌上落了一层粉笔末儿。

他这么干,不是一天两天了,而是成年累月。我一直忍着,我想我终究会习惯的,可我总也习惯不了,总感到一股火在心里越烧越旺，就像一堆灰烬中的火苗被风不断地吹，终于死灰复燃。

这个该死的小店员出身的一辈子风平浪静只会看风使舵冒充领导干部就像肥肉馅冒充雪花膏的家伙，居然他妈的在头发上喷定型发胶！

我蹭地站起来，扯着嗓子冲他嚷："你少在这儿走来走去的好不好！"

我这一突然动作使他一惊，眨巴着眼看着我："我在这儿走碍着你什么了？"

全办公室昏昏欲睡的同事，也都闻声一齐抬头，鸦雀无声地看着我们。

"烦！甭管碍着没碍着我，不许你在这儿走，想散步到街上散去。"

"哎，奇怪了。"他强作镇定地笑，退了一步看着地面说，"这不是你们家，这是公共的地方，我走走怎么啦？"

"就不许你走，没什么道理。"

"哎，哎，奇怪了。"他干笑着看大家，"莫名其妙嘛！"

"少废话，不让你走你就别走，该到哪儿呆着哪儿呆着去，办公室里又不是没你椅子。"

"你这就没道理了嘛……"

"对，我今天就是不讲理了——你再走一步试试。"

"你今天怎么啦？怎么火气这么大？"看到办公室里没人出头表示义愤，呼应他，他换了一副关心、大人不为小人怪的样子，"是不是有什么不舒服？"

"没什么不舒服，就是看见你烦！告你烦你不是一天两天了，躲我远远的！"

我冲他一挥手，气呼呼地坐下，不看他。

他难堪地笑，站着不动："不要这样嘛，有什么意见可以提。"

"真他妈讨厌！真他妈腻歪人！"我扭脸看着窗外连声狠骂。

"你怎么骂人?"他厉声道。

"骂你了，骂你了，"我掉脸冲他嚷，"就骂你了！"

他脸上的油光像调入了其他中和性颜料刹那间失血了，他像舞台上发脾气的小生拂袖跷靴而去。

我的心情并没有因骂了一顿这个无辜的、平心而论还算和善的老头子好多少。下班以后，我在街上游荡。街上到处是鲜丽的瓜果和动人的少女，可这一切并不能使我产生欲望，街上的欣欣向荣和繁华喧闹使我感到压抑。我不知道自己要干吗，不想去任何地方也不想见人。什么都不能引起我的兴趣。我感到麻木，像被银针扎中了某个穴位周身麻痹，别人撞了我，我也不以为然。

我相信这世界中有我一个位置，就像我过去相信有一个人在等着我，可我不知道怎么走才能到达，也许已经错过了。

从骨子里我是个严肃的人传统的人，可事实没有什么东西可以让我严肃地对待。

我自己选中的我自己感到失望。我尽了最大的努力一切都是零。

别人都认为这是在爱，可无论如何也说服不了自己是在爱。

看着一切都吻合，想想从第一天起裂痕就存在。

可能又是误会，也许永远没个完。

总觉着自己欠什么，心里明白也从未得到过，怀疑中使大家都受到了伤害。

我在街上一直逛到深夜，人群散尽，车也蛰伏，只留下一路路的霓虹灯。

我回到院里，院里一片漆黑，杜梅大概也睡了，房里熄了灯。

我轻轻掏钥匙开门，门被反锁上了。我敲门，里边没动静。我越敲越响，里边就是没反应。后来我开始用脚踢门，凶猛粗野地踢门。邻居都惊动了，有房门泻出灯光，开门探了一下头，嘟嘟哝哝地又掩上了门。

"你不开门，我就把门踢烂。"

我运足气一脚踢出去，踢了个空，一大步跨进屋里，险些在地上来个大劈叉。黑暗中我听到她跑上床钻进被窝的窸窣声和低低的笑声。

我开了灯，她躺在被窝里安详地望着我，用被子把自己裹得紧紧的。

"谁让你回来这么晚的？我还以为你不回来了。"她开口跟我说话了。

我看着她，脚和胯间隐隐地疼。

"你看我干吗？"她挑衅地抬起脸，"你不是有本事不理我吗？一辈子别理我呀。"

我向她迈了一步。

她马上说："你要再敢动我一下，我就把全院的人都喊起来。"

"我不动你，我动你干吗？"我在沙发上坐下，"你也别闹了，我也闹够了。你起来，咱们谈谈。"

"不谈，有什么好谈的？"她裹着被子转身朝里。

"你不谈，那就我说。总这么闹下去，也没意思。我想了，责任也不全在你，当初我们结婚就有些草率……"

她倏地翻过身来，被子也松开了："你什么意思?"

"没什么意思。"我泰然道，"我觉得我们性格太不合，这不是说你，我性格也不好。再这么凑合下去也过不好，不如分开……"

"噢，"她盘腿坐在床上，盯着我，"你想跟我离婚?"

"我的意思是先分开……"

"别吞吞吐吐的!"

"对，是想离婚。"我的态度也坚决起来，"老这么下去对谁都不好，你也怪受罪的。房子家具我都不要，一切都归你。"

"你是不是外头有人了?"

"不是，随你怎么想吧。"

"你想让我同意?"

"嗯，好说好散，咱们都是受过一定教育的人……"

"不，我不同意。"她掀被赤脚下地，趿着拖鞋似要去干什么，又不知干什么，愣在书柜旁。

"你不同意也没用，我不是来征得你同意，而是亲自通知你。"

"啪!"她把书柜上摆的一对小瓷人摔到地上打碎了，接着一路扫过去，把上面的所有她心爱的小摆设：唐三彩马、小鸭标本、瓷卧猪、永动不锈钢分子式以及镜子、小钟表、我的丁烷气筒、茶叶筒、润喉糖罐还有那只花瓶统统扫到地上，摔得乱七八糟，怒冲冲地回过头盯着我：

"离婚，离吧，不过了。"

她又开始从书柜里抽出书一本本撕。

"都砸了，都撕了，反正也不过了。"

"这些东西都是你的了。"我提醒了她一句，"你现在是在破坏你自己的东西。"

"我都不要了!"她怒目圆睁冲我嚷。

"那你随便吧。"我绕开地上乱七八糟的弃物,往门口走,顺路一脚踢开了挡道的茶几。"改天咱们再谈,等你冷静一点。"

"你别走!"她在后面喊。

一瓶"果珍"从后面飞过来砸在门上,"啪"地粉碎,溅起一阵呛人的橘粉烟雾。

我鼻子不是鼻子脸不是脸地转身吼:"你要干什么?"

她笑,手拿一只打火机"啪啪"地打着火苗:"你要走,我就把这家点喽。"

"你吓唬谁呢?敢点你就点。"

她二话没说,坐到床上,掀起床单一角就用打火机引燃。

我冲过去把她推倒在床上,用手扑火。她咯咯笑着又用打火机点枕巾。

我一把将她揪起来,从她手里夺打火机:"你疯了!"

她反手环腰将我紧紧抱住:"你要走我就去死。"

我用力掰她的手指:"你何必呢?又不是谁离了谁不能活。"

"我离了你就不能活。"她忍痛不松手,更紧地抱着我。

我早就知道女人身上蕴藏着惊人的力量,这次更有体会了。她像一条钢丝缆绳紧紧缠在我腰间,两条手臂几乎勒进我肉里。

"你把我腰都勒断了。"

"那你还走不走?"

"好,好,我今晚不走,你放开我吧。"

我揉着被勒疼的皮肉,蹒跚地走到一边,满怀怨愤地冲她喊:"你这是干什么吗?寻死觅活地给谁看?哎哟,我腰扭了。"

"我看看。"

"去，一边去！"我厌恶地躲开她，"你到底要干吗？"

"不干吗，"她平静地说，"不让你走。"

"你就是把我扣留下来又有什么意思？"我在沙发上坐下，牢骚满腹地抱怨，"我有什么好的？又没钱又没本事，长得也一般，性情古怪还是乙肝病毒携带者，你跟我离了再找个好的不行吗？"

"不行。"她说，"我就看上你了，赖上你了，你毛病再多我也不嫌，别人再好我也看不上。"

"蠢嘛！愚昧！"

"就是蠢，就是愚昧——因为我爱你。"

"哦——"我全身像被抽了筋似的一瘫，爱在这儿居然变成了一种赤裸裸的要挟。

"我爱你，所以不放你走。"

"你爱我，可你没问问我是不是爱你？"

"我不管你是不是爱我，反正我爱你。"

"这叫什么逻辑呀！"我用拳击额，转念一想，问她，"你说你爱我，你了解我吗？"

"了解。"

"了解什么？我都不了解自己。从一开始你就是盲目的。"

犹如被人一棍打昏，只有醒过来，呆上一会儿，才反应得过来发生什么事，才感到头疼欲裂，才知道伤势有多严重。

杜梅潜然泪下，边哭边说："从一开始我也不是盲目的，就是真心爱上你，觉得你好，你对我好。谁说我不了解你？就了解你，你那会儿也是真心爱我的，别到这会儿又不承认。"

"好啦好啦，别动不动就哭鼻子，又不是三岁小孩。就算我那

343

会儿爱过你，就冲你对我这样，我还爱得起来吗？"

"我对你哪样了？就算我有时爱跟你吵，那也是人家……那人家还不是最后每回都跟你承认错误了？我也没说我对呀。"

她这么一句，倒把我怄笑了，没词可说，指指地上："你瞧你砸这一地东西，这家还像个家吗？"

"我砸的我捡，我扫，我再去买。"

看着她穿着单薄的内衣站在那儿抽抽噎噎地哭，我也不忍。

"行啦，别哭了。"

她越发委屈地哭得伤心。

"行了，别再哭了！"我提高嗓音喝道，"不许再哭了！"

她的哭声小了，没了，仍在流泪，因为竭力忍也忍不住，虽无声，脸仍是一副哭相。

"拿簸箕来，把地上收拾了吧。"我弯腰捡起两块摔断的马身，又捡起一本撕坏的书。

她吸溜着鼻子拿了簸箕和笤帚哗哗地扫一地碎屑。

我拾起摔裂了玻璃蒙子的小钟，放到耳边听了听："还在走呢。"

杜梅拎着笤帚鼻子嚷嚷地说："明天我拿出去换块表蒙子。"

"再别闹了咱们。"杜梅偎在我怀里低声说，"再这么闹下去，我真害怕。"

"以后我一定对你好好的，绝不再惹你不高兴。"第二天早晨起床，她又说。

星期天一早她就出去了，我醒来后一个人躺在床上，窗外秋

344

日和煦的阳光，射在我脸上，有一股暖意，令我想入非非。我想到我的未来，我希望自己能操纵命运。

走廊传来鸡的咯咯叫，接着是一片惊呼和杂沓奔跑的脚步声。

我从窗户看到一群邻居的孩子在捉一只血淋淋的鸡。然后杜梅出现在视野，她拿着一把雪亮的菜刀，在草丛中东扑西扑，跟着孩子们转着一棵树仰脖张望，又一窝蜂地跑进树丛深处消逝了身影。

片刻，她头上粘着树叶草屑从树丛里出来，仍拎着那把一尘不染的菜刀，表情失望。

原来是她雄心勃勃地想杀一只鸡，可还是给那只负了重伤的鸡跑了。

"跑了就跑了，它跑了我们吃别的肉。"我安慰她。

她还是很扫兴，嘟嘟哝哝怨自己笨："那刀没割到地方，手软了，应该一刀先把头切下来。"

她拿出一瓶很贵的"郎酒"，说这是她给我买的。"你不是爱喝酒吗？喝就喝好酒。"

其实我并不喜欢酱香型的酒，包括"茅台"，那种过于浓郁的香气令我恶心，尤其不堪回味。可我没说什么，拿起那瓶酒端详着表示欣赏。

我提议我们到外边去吃上一顿，她十分欣喜。从结婚后我们就很少去外面吃饭，也许这是现在我们的关系显得不那么浪漫的原因之一。

我们打开报纸看街上现在正在演什么电影，准备饭前去看一两部受到吹嘘的片子。

我们都想使自己的生活变得有一些情调。我甚至陪她去听音乐会，我们像多数人一样盲目地认为西洋音乐是高雅的东西。在一般情况下，我们仅能接受柔和一些的小提琴和钢琴。那天很不幸，整场音乐会都是歌剧选段。

尽管如此，我们听得很认真。当女高音不无炫耀地在她的高音区萦回不止时，我发现杜梅闭上了眼睛。初还以为她不堪忍受，继而发现她深深受了感动，睁眼时眼眶中充满泪水。我相信这并非是受到了歌唱的感染，她对意大利文和我一样一窍不通，一定是剧情使她悲悯，那是《蝴蝶夫人》中的一段咏叹调。如此一想，我也觉得那段旋律扣人心弦。

接下来不管台上走马灯似的轮换登场的男女胖子们唱什么，我们都沉溺在同一种情绪中不能自拔，哪怕是在唱《费加罗的婚礼》这样的轻歌剧。

实际上我们已不在听了，仅仅是在一种宜人的气氛中遐想，犹如躺在波涛上。眼前的华丽景象可以使我们貌似受到吸引借以摆脱无端忧郁的困窘。

在看一部通俗得只能说是胡编乱造的故事片时，杜梅索性呜呜咽咽地哭出声来，当时女主人公的厄运刚露萌芽，同看电影准备了手帕的女人们还都镇定自若，她便抢先一步哭了。当女主人公苦尽甜来，安享富贵，全电影院哭成一片的女人们都破涕而笑时，她仍是哭泣不已。

散场时，她是那群红眼兔子中眼睛最红的一个。

我知道是什么使她这么易动感情，但我无法安慰她。我已经尽力做到善待她。那夜之后，我们从未再吵过一次嘴，相敬如宾，每到谈话出现争执的苗头，必有一方停下来，不再说话，或是干脆附和对方。我们同出同入，夫唱妇随，惹人羡慕。若不是我坚决、近乎粗鲁地拒绝，居委会险些把我荐上去竞选全市"好丈夫十佳"。

杜梅总是对我微笑，直到我对她报以同样的一笑，才放心地继续去干别的。即便是在做爱过程中，她也不忘准时对我投来一笑。

我们去潘佑军家玩过几次，他那个汉奸妻子做作到了令人作呕的程度，总是当着我们面表示她和潘佑军多么如胶似漆，无论是多么窄小的一张椅子，她也要和潘佑军挤着坐——那是在她家呀！无论是多么小的一块食物，譬如半个苹果，也要你一口我一口像鸟一样地互相喂。我毫不夸张地说，她称呼潘佑军就像宋美龄称呼蒋先生一样叫："大令。"

到她家里只给喝速溶咖啡和酸葡萄酒这些我都不说了。她喝酒时能把冰块嚼得嘎巴嘎巴响就可以知道她的牙齿是从小吃什么锻炼得这么结实。

我特别不能容忍的就是她说话居然有口音，一个货真价实的本地丫头，中国话词汇单一得只会说："很有趣儿。"

杜梅就很欣赏她。当然她还没俗气到喜欢白兰地和毕加索。她只羡慕她能如此外露地表现爱情。当我批评她装腔作势和矫揉造作时，她便为她辩护："女人就是这样，爱一个人就真爱。只有男人才会觉得这过分。"

"这不叫爱，这叫演戏，演给别人看。"我反驳她。

"总要有所表示，否则怎么才能让人知道？"在这点上，她一向执拗，"不说，不做，我怎么知道你爱我？"

"可即便是说了，做了，也未必就证明了谁爱谁。这一套花花公子和浪荡娘们儿最拿手。"

"我宁肯被一个人甜言蜜语哄骗一时，也不愿一个人沉默一辈子哪怕他心里爱得最深。"

有时她也学潘佑军的老婆，怯生生地走过来坐在我腿上，我也不撵她也不说话，坐了一会儿，她便没趣儿地自己走开了。

她夜里常做噩梦，我经常被她的搐动和呻吟弄醒，拼命摇她，她才从噩梦中惊恐万状地醒来。

她很爱给我讲她都做些什么令她恐惧的梦。都是些荒诞不经、超现实的梦，很多是发生在欧洲。我有印象的其中之一，是第二次世界大战末期，她在捷克领导了一次武装起义。反抗谁不知道，反正是些穿呢子大衣拿自动枪的男人。起义失败后，她在城里受到追捕，几次中弹都没死，从尸堆里爬出来，然后找到了残存的队伍和撤退的德军一起撤往德国。在翻越阿尔卑斯山时累得筋疲力尽，队伍里有很多她们医院的人，包括贾玲。好容易撤到了德国边界，边界那边的法国已经全都解放了，斯塔隆领着一帮弟兄在巡逻，而且一眼发现了她，机枪就扫了过来。她一边气喘吁吁地又往山上跑，一边想：不行，我得叛变了。但是贾玲她们还是一副坚持到底的大无畏样子。后来醒了，回到中国。

还有一个梦是一群皮夹克党在城里杀人放火，无法无天。她在街上简直是丧魂落魄，拼命想跑回有人站岗的院内，可院门都关了，她只好找地方爬墙。终于进了院，又发现院内气氛很阴森，院长、政委嘀嘀咕咕，她一下就明白他们想里应外合。于是想到家里安全，就想回家，可在黑洞洞的走廊总也找不着自己的家，推开一扇门不是，推开一扇门不是，里面全是正在密谋的武装匪徒。她忽然发现自己走错了地方，家在窗外另一所房子里。她跳窗奔向另一所房子。一进门，发现进了匪徒总部，再想跑已经来不及了，枪打得她睁不开眼……无数人压在她身上，压得她透不过气。

我从来没在她的梦中出现过。

有一次，她在极端恐惧中，曾在梦中找过我，到处找找不着。所有人都不告诉她我在哪儿。街上有几个人很像我，她认错了人，那些男人拉住她就要非礼。非要如此这番后才告诉她我在哪儿。她答应了其中某些人，可那些人事后还是不告诉她我在哪儿。

她的血流在床上，连被子都给搞脏了一块。她一声不响地拆被子撤床单，泡在冷水中，用手攥着一点点搓洗，直到全部洗净。

她疼起来的时候，脸色苍白，佝偻着腰，咬紧牙关闭着眼躺在床上一动不动，仿佛挺不过这场磨难了。

这时我就静静地坐在一边注视着她，整日不发出一点声息。

我每天晚上都喝酒，不管什么酒，只要够度数就行。她先是陪我喝几口，怕我喝多了，就把剩下的自己喝了。后来她自己也喝。经常是我们两人很随意地就喝光了一瓶白酒。然后眼睛通红地互相凝视，醉醺醺地上床，不到八点就昏昏沉沉地睡了。

就像童话中两个贪心的人挖地下的财宝，结果挖出一个人的骸骨，虽然迅速埋上了，甚至在上面种了树，栽了花，但两个人心里都清楚地知道底下埋的是什么。看见树，看见花，想的却是地下的那具骸骨。

"你从什么时候开始不爱我的?"半夜,她忽然问。

我没说话。

"是那次我轰你的朋友?"她自顾自地说,"还是那次我骂你没本事挣钱不如我多之后?"

"行啦,你睡觉吧,瞎想什么?"

"还是更早,那次我夜里跑出去当着好多人和你发脾气之后你就不爱我了? 你不会是从一开始就不爱我吧?"

"当然不是,我现在还爱你。"

"你别骗我了,我知道。"她平静地说,"我感觉得出来,你现在早就不爱我了。"

"那我为什么现在还和你在一起?"

"那是你怕伤我,怕我出事,这说明你还是爱过我的。"

"……"

"我不会总缠着你的。"她隔了一会儿又说,"放心,我只要你再给我三年,把你最好的三年给我,三年之后我就让你走,跟你离婚。"

"别胡说了。什么事都没有净瞎琢磨。"

"三年,就三年,有三年我就知足了。"她喃喃低语。

这个月的晚些时候,潘佑军离婚了。

那天,我和杜梅从我父母家做客出来,顺道去看看他们,杜梅借佑军妻子的一本美容书还要还她。

到了他们楼门口,就看见路边停了辆卡车,有几个男人从楼里抬出家具、电器往车上搬。

上了楼,才发现那些家具是从他们家搬出来的。潘佑军和他

350

老婆都在，潘佑军还叮嘱工人："别动冰箱，冰箱是我的。"

看见我们，他迎了上来。我问他是不是要搬家。他说："哪儿啊，离了，我们离婚了。"

我以为他是开玩笑，先还不信。他说真是离了。还扭头叫他老婆证实："是不是离了？"

那女人回头看见我们，证明道："是离了。"还朝杜梅一笑。

虽然我对这女人有看法，但还是感到突然。

"怎么说离就离了？"

"可不说离就离了。我们不像那些俗人，还得打几年。"潘佑军无所谓地说，"你不是也挺瞧不惯她？我更瞧不惯她。"接着又补充一句，"她早在外边有人。"

这时，那女人走过来问潘佑军："我那大瓶法国香水呢？"

"不知道，"潘佑军摇头，"没看见。"

"卑鄙！"那女人横潘佑军一眼，扭身走开。

潘佑军笑着对我说："偷了她好几件东西，回头她还有不见的玩意儿呢。"

那女人和杜梅说话，给她写了她的电话和新住址，让杜梅以后找她玩去。那本美容书就送杜梅了。

潘佑军对我说："以后你也来找我玩吧，我这儿清静了。结婚没劲，现在我逮谁跟谁说。幸亏当时没要小孩，现在看来这点还是比较英明的。"

他又跟我开玩笑："你也离了得了，回头再劝肖超英也离了，咱们几个光棍住在一起多乐儿。"

看到杜梅转过身来，他又改了口气，诚恳地说："别听我的，能不离还是不离，能凑合就凑合。你可不知道离回婚多伤身子骨，虽然咱们都是想得开的人。"

回到家，我一直没说话，杜梅也懒懒的不开腔。看得出来，她受惊的程度比我严重。

第二天，我正站在窗前边抽烟边看着外面几个小女孩在扔沙包玩。她在一旁开口道：

"特羡慕吧？"

我看她一眼，没理她。

"特羡慕人家说离就能离了，是不是觉得我特赖，没潘佑军老婆那么好说话？"

"你知道个屁。潘佑军老婆早在外头有人了。"

"你是不是也就差在外边有人了？"

"你是不是又想跟我吵啊？别没事找事。"

"有话别不敢直说，憋在心里再憋坏了。瞧人潘佑军，多男子汉，敢做敢当。"

"没精神跟你吵架。"我离开窗口，坐到沙发上。

她又跟了过来："瞅着我烦是吗？连吵架都不爱跟我吵了。留着精神跟别人使去。"

"你存心找茬儿怎么着？潘佑军两口子离婚你冲我撒什么气呀？"

"你们都是一路货，都不是好东西！"杜梅愤然道，"早看穿了，全是假的，没一样是真的。"

"你才知道啊。"我冷笑。

"对，才知道，晚吗？"她往我对面一坐，疾言厉色，"说吧，你打算什么时候和我离婚？"

"你真想离?"

"真想。"

"可我没想跟你离。"我把头一扭。

"那你就对我好点!"她挺胸发怒道,"别一天到晚不阴不阳,死人似的,做这副委屈样给谁看?"

"你叫什么叫?你撒什么野?你还想把这家再砸一遍吗?"

"那也没什么难的。"她眼圈红红地指着我,"告你小子,别惹我。我为你哭的次数太多了,我这一辈子都没这么哭过——就为了你!"

"你真有本事,快赶上三岁小孩了。你这副样子太不可爱了,照照镜子去,你看你都成什么了。"

"别气我,别气我,你听见了没有?"她嘴唇哆嗦,脸颊的肌肉也哆嗦,忽然弯腰使劲冲我没头没脑地狂叫一声,"你别气我!"

"你折磨我,故意折磨我,对我进行精神摧残!"

"霸道,你就是这么霸道!你所做的一切都是强加于人,而我不吃这一套!"

那天夜里我们翻江倒海地吵了一夜,激烈地互相指责,把所有陈芝麻烂谷子都抖搂了出来,连平时开玩笑的话也说出来用于攻击对方,唯恐话语不恶毒,不能刺伤对方。

"我只爱过你一个人,可我发现,我爱错了!"

"是只我一个人吗?不止吧?吴林栋也得算一个吧,不提那些我也知道。"

"你在认识我之前十足就是个流氓!"

"鱼找鱼,虾找虾,你也不干净。"

"你当年到广州倒过东西，到他妈公安局检举你去。"

"你还在背后讲过国家领导人的笑话，告你们政治处就能定你个反革命。"

"你什么东西？臭流氓一个！"

"你什么东西？小贱人……我要骂你就太难听了。"

吵到最后，我们什么都骂出来了，就像一对不共戴天的仇敌。我们互相太熟悉了，因而我们刺向对方的刀刃格外锋利，弹无虚发，沉重打击了对方。

杜梅用蔑视的眼光看着我。

我感到体无完肤。

那天夜里最终的结果是：分居。我在长沙发上布置了一个铺位——我看也不要看她一眼！

我有一种深刻的失败感，我的荣誉、我的自尊荡然无存，就像一个被奴隶造反推下王位的小国寡君。

如果我压根对她没感情像一个囚犯对他的看守那倒也干脆。事实却不是这样，毋宁说我的感觉更像一个经营不善面临破产的企业老板，一想到真要和她分手，我就难过，就心酸。

"你这就叫懦弱，玩物丧志。"潘佑军对我说，"女人就像眼镜，度数不合适，继续戴着只会损坏视力——哪怕是金丝眼镜！"

我现在经常和潘佑军在一起，成天泡在他家。我对他絮叨我的感情，这感情就像一封地址不详的信，屡投屡误，无论是挂号还是专递，最后总是又退回发信人的手中。

"砸手里了吧？"潘佑军抽着烟，对我高谈阔论，"说你像个诚实的寄信人不如说你更像个专门制造伪劣产品的乡镇企业家。用户不买你的账，说明你的产品质次价高。另外包装怎么样？广告做得如何？噢，闭着眼睛挨你坑啊？用户就是上帝你懂不懂？"

"我……"我刚要分辩，他打断了我。

"得得得，你甭对我宣传，我也不买你的东西。我了解你老兄，你也就属于那种一次性商品，咱们都属于，可人家女的想买的是耐用消费品，所以矛盾就产生了。你瞧大凡人家有扔筷子扔碗的，没有扔彩电冰箱的就是这道理。"

"你别跟我胡扯了，我这跟你说正经的呢。"

"可不就是胡扯吗？光棍在一起还不就是胡扯？"

"谁光棍？我还没离呢。"

"你呀，跟我两个月前一样，就是个怀有二心的丫环，一方面怨活儿累，一方面又贪恋这家给的钱多吃得好。只有两条路，要么老老实实给人家干，要么去他妈的。这老婆我还有一比——记住，将来你要写小说，版权是我的——好比手里这烟。这烟对身体有害是谁都知道的，为什么还有那么多人抽？皆因一口成瘾。除非你真有毅力，除非你得了肺癌，说戒也就戒了。"

潘佑军把烟扔在地上，用脚踩灭，站起来伸了个懒腰打了个哈欠说："改抽白面了。"

我笑，望着他："叫你一说，什么事都成扯淡了。"

"仔细一想不就是这么回事！"他又坐下，活动着十指，"你瞧我，活得比谁差了？刚离婚时也挺难受，可是哥哥挺过来了。封锁吧，封锁个十年八年，我们就什么都有了。"

他信心十足地望着我："离了，趁早离了。这样老婆也要不得了。还想检举你，这是品质问题啊！你要张不开嘴，我去替你跟她谈。不离不行，想赖没门，咱上边还有各级人民法院呢。"

我和潘佑军四处去玩。没事就到开公司在饭店里包房的朋友那儿坐着,人家谈生意,我们就和朋友手下的姑娘穷逗,到吃饭时间就跟着一起下楼去吃。

打电话,给全国全世界认识的人不管熟不熟都敲电话,胡扯,开玩笑,要不就骗人家说有发财的生意给他做,弄得好几个远在美国和香港的朋友都急匆匆坐飞机赶回了国——电话通了,开口第一句总是:"你猜我是谁?"

有时我们自己在饭店里敞开了玩,游泳、洗桑拿、打保龄球,甚至在外汇商店买进口巧克力和洋酒,都用朋友的卡签单。

朋友被闹得直求我们:"你们饶了我吧。"

"不饶!"我们振振有词地说,"凭什么就你一人过得好啊?皇上还有三门穷亲戚呢。你要那么多钱干吗——干吗?"

"唉,"朋友叹口气,"有上两个离了婚的朋友顶上一个小队的日本兵了。"

尽管吃得昂贵,玩得豪华,可我不快乐。也闹也笑,可笑完就像被别人笑了一场。

我每天都回去很晚,每天回去杜梅都没睡。一个人开着所有的灯,坐着听收音机。收听的节目十分芜杂,有时是歌曲有时是京剧有时是新闻。

雪亮耀目的灯光下,她像一个魂儿轻飘飘地没有质感。

她什么也不说,我一回来她就立刻上床睡觉。我知道她畏惧黑夜,每天洗完脸洗完脚就等着屋里再有一个人,才敢上床睡觉。

每当看到她这副样子,我心里就有某种坚硬的东西在融化,某种被压抑的东西在复苏。我想对她温柔一点,起码和气一点,可她对我那种不答不理的态度,又使我望而却步,无从表达。

我给过她一个笑脸，可她视而不见。

那天，我们在歌厅认识了两个打扮得很过分的年轻姑娘。她们似乎很为我和潘佑军的风采与口若悬河所吸引。我们坐在一桌喝酒，聊得很放肆。潘佑军公然挑逗她们，她们不以为忤，反觉得很刺激。后来我们出门叫了一辆车，把她们带到了潘佑军家。

我那个姑娘很温顺，又很会制造气氛，讨男人欢心，正是我想象中的那种令人心满意足的效果。

我甚至对她产生了一点怜惜之情。

我不感到羞愧，只是一种沮丧，一份没精打采，连占了点小便宜的感觉都没有，只是觉得无聊，像吃了很多又都吐光了之后的那种空虚。

第二天早晨，潘佑军和两个姑娘又是留电话又是留地址，约时间再来。我一个人趴在床上，脑子空空如也。后来，在上班的路上，我认为自己是够卑鄙的。

下班后我没再去找潘佑军，直接回家了。

门锁着，杜梅不在家。

我开了门进去，随便弄了点东西吃，坐下看电视。我很久没有真正在这个家呆上一会儿了。我边吃边打量这个家，看着看着发现有些异样，也说不上变化在什么地方，只是觉得和我熟悉的那个家不同了，陌生了。我放下盘子仔细瞅了半天，蓦地发现是那些小织物小绣垫没有了。所有家具、器皿都赤裸裸摆在原处，露出原有的质地、纹路、擦痕和污垢，旧了，粗糙了，狰狞了。

这发现使我触目惊心。

《新闻联播》完了，杜梅仍未回来。我坐不住了，出门去院里溜达。

天已经暗了，灯光球场开着灯，警通排的战士在和附近一所中学的校队打篮球，球场边围着很多人在看。

我走过去，在人群中发现贾玲。她扭脸看见我，便出了人群向我走来。

"看见杜梅了吗？"我问她。

"她一下班就出去了，会不会去她姨家了？"她的脸在暮色中带有几分忧伤。

"哪儿和哪儿赛？"

"你们怎么啦？"她看着我。

"没事，挺好。"

"何必闹成这样呢？原来不是挺好？多不容易呀，能凑到一起。"

我心中一动，不禁感触，要是杜梅能像贾玲这么善解人意，哪怕脾性随和点，我又何至于……

我无言地看她一眼，低头走开。

她又回去看球。

将近十点钟，杜梅回来了，大概她在外边看见屋里亮着灯，知道我在家，所以一进屋就是满脸凛然之色。

"回来了？"

她没理我。

"我觉得，我想了又想，咱们应该好好谈谈了。"

她拿了脸盆毛巾和牙具就出了门，把门"哐"地带上，到水房洗漱去了。

我耐心地等她。

片刻，她端了半盆凉水回来，放在地上，我拿起暖瓶，她一把夺过去，把半暖瓶热水倒进盆里，自己坐在床上，挽起裤腿，开始脱袜子。

"你不想跟我谈谈吗？"

两只丝袜一前一后扔到我旁边的沙发上。

"你不要以为我对现在这种样子无动于衷无所谓。"

她两只脚把水撩得哗哗响。

"这是干吗呢？离又不离，谈又不谈，就打算这么耗到哪天耗一辈子吗？"我蓦地立起，喉头一阵哽咽。

这时，她擦着脚慢悠悠地说话了："噢，你着急了。你怎么不出去玩去了？出去玩多开心呀？何必回来跟我着急？"

"你别用这种口气，我今天是想跟你好好谈谈。"

她站起来，一步跨过洗脚盆："这不是你惯用的口气！"

她端起脚盆往外走，我把她拦住。

"你就不急？你觉得这样挺好，挺舒服？"

"我觉得这样挺好，谁也不管谁，爱干吗干吗，也用不着一天老吵架了。"她出门把水泼在走廊里。

"算了算了，"我站在原地对自己烦躁道，"离了算了，这样也没意思。哎，杜梅，我们还是离了吧。"

杜梅拎着盆进来，把盆"咣朗"一声扔进一摞盆里："不离，你有本事就让法院判吧。"

"你这是折磨谁呢？这么做你自己能得什么好处？"我跟着她的走动转身。

"好玩。"她说，上床铺开被子拉到肩膀上躺下去。"就想看你难受。"

她躺下后忽地又坐起，冲我大声说："这回你甭想让我向你认错！"

说完蒙头大睡。

"嘁——"我哭笑不得地走到沙发前脱衣，"不谈算了。"

第二天晚上，我正躺在长沙发上就着台灯看书，她下床主动走过来对我说："我想谈。"

我连忙放下书，坐起来，眉开眼笑："想谈好啊，坐吧。"

她坐到一边的单沙发上，垂着眼睛问我："你说咱们的感情还能维持吗？"

"照目前这个样子，我觉得没必要维持。这些天，我也很痛苦……"我伸手拿了一支烟，看到她诧异的目光，不由尴尬，"啊，我说的是这也是我所不希望看到的。"

她拽过我被子上的毯子盖住自己。

"怎么搞到这一步的？"我问她。

她摇头："不知道。"

"当初我和你结婚的时候，我没想到短短几个月后就会变成今天这种样子，当初我以为是个……幸福美满的结局。"说到这里，我动了点感情，眼睛也湿润了。

杜梅察觉到我的情绪变化，向我投来忧郁的一眼。

"我也是。"

我接着往下说："为什么我们总是争吵？为一点小事就吵？和那些平常关系的人我们都不这样，都比较客气，善于容忍。偏偏我们反而互不容忍。"

"不知道，不知是怎么回事。别人说什么哪怕冷嘲热讽我都不生气，就对你，我不能容忍你对我一点不好。"

"可在一开始，你什么都能忍。"

"那不一样，那不同。不单是我，你在那时对我也不像现在这样。那会儿你……那会儿你很温柔。"

"我一直就是这样，并没有这会儿和那会儿的区别。我以为你那会儿很欣赏我这点。"

"你的意思又是说责任在我了？"她怒气冲冲地反问。

"不是，我是说我们都有责任。"

"谁的责任更大一点呢？那会儿你对我什么样？现在你连多看我一眼都不愿意，我想和你亲热点，可你毫无反应。"

"我不愿意结婚后两个人还老是那么酸溜溜的。我有我的感情表达方式。你非逼我那么做我别扭。我有自己的好恶，我有权利按我自己的意愿处世为人，你不能强迫我，这也不代表我一定对你怀有反感。"

"可你过去不这样。"她坚持道，"我们刚好的时候，你每天都亲我、抱我，就愿意一天到晚和我在一起，哪怕什么都不干，光呆着。那时候你说想我爱我一点都不难为情，张嘴就来，为什么你现在就觉得这一套酸了？"

"根本没有'那时候'！这一切都是你的幻想！"我尖酸刻薄地指出，"你对现实失望，就躲入过去。没有一个过去，你就制造一个过去，在梦呓中把过去想象得无比辉煌、无比灿烂，一方面聊以自慰，一方面借此指责我——自欺欺人！"

"你连事实都不承认？"

"好啦好啦，不争了，再争我们就又吵起来了。就算过去有……"

"不是就算，而是就是有！"

"就算有，难道你现在还想让我像过去那样：每天对你表忠心，痛哭流涕地跪在你面前，一天八百遍对你说：我爱你我爱你，没有你我就不能活——你烦不烦呀？"

"我也没有非说要把这搞成仪式，形成制度。事实是你现在根本不爱我了，不是形式，是从心里讨厌我。你为什么这么讨厌我？我哪点对不起你了？"

"这不是事实。"

"就是事实，别以为别人都是傻瓜，看不出来。我对你还不够好？伺候你吃伺候你喝，每天把一切都给你弄得好好的，家里的大小事不都是我在忙，用你操过一点心吗？瞧你都胖了，还不满足？你满世界打听打听去，上哪儿找我这么贤慧又能干的老婆？怨不得人家说男人全是老婆是人家的好——你找个潘佑军老婆那样的试试，就你这样的一天和她也过不下去。"

"我没有否定你的丰功伟绩，我承认你做了很多事情。话又说回来了，这不都是你该干的？你是主妇啊，在这位置上你要不干，每天好吃懒做，走东家串西家，横草不拿竖草不拈油瓶子倒了都不扶——你不能把应该做的算成恩德，你这得算丑表功吧？"

"我不是想给自己评功摆好。我做这些事是应该，我为你做我也愿意，再苦再累也心甘。人家图什么？不就图你念个好儿，别做了跟没看见一样。可是你呢？倒成冤家了——我寒心！"

我倒一下给她说愣了，没词了，一肚子要和她好好理论一番的想法都被风扬了。我只是说："这是你的逻辑，典型你的逻辑……"

"甭管谁的逻辑，对不对呀？你不是总说：服从真理。我今天也不是要跟你算账的，目的还是想把这个家维持下去。从你刚才说的话来看，你还是爱我的，对我有感情的，我没说错吧?"

"是，当然有感情，这么长时间了。可这个问题十分复杂。"我想了一下，尽管这个话很难说，但我还是决定开诚布公，不要最后又糊涂了事。

"我看没什么复杂的。"杜梅又说，"只要感情还在，我们双方又都能从今天起从头做起，重新做起，就不会再出现今天这种状况。"

杜梅又很认真地对我说："我发现一个问题，我们总说'双方''双方'，好像是在谈判，其实我们是一家人。"

"你还爱我对吗? 你还爱我对吗?"她反复盯着我问。

我发觉当我面对她时我缺乏应有的勇气和坦诚。忽然，我的思路顺了。

"这与感情无关，这是两回事，虽然我还爱你但我照样无法忍受。你别打断我听我说完! 我承认你对我生活上照顾得很好，给我吃给我喝，婚后比婚前生活水平提高很多，这我不抱怨，瞧，我都胖了。但，我说了你别生气啊，但我不是一个衣食无忧就完事大吉的人。和你在一起，老实说，我精神上感到压抑。"

我停下不说了，喝水。

她说："可是我并没有从精神上管制你，我还是想方设法想创造一个愉快的环境的，没事我们不也常去看电影、听音乐会?"

"这是两回事。"

"怎么是两回事? 我觉得是一回事。你觉得我在思想上不关心你?"

"不是!"我直接大声道，"我觉得你在思想上太关心我了! 都快把我关心疯了！一天到晚就怕我不爱你，盯贼似的盯着我思想上的一举一动。稍有情绪变化，就疑虑重重，捕风捉影，旁敲侧击，公然发难，穷原竟委，醍醐灌顶，寸草不生，一网打尽。杜小姐，你不是对我不好，你是对我太好了！你对我好得简直我粉身碎骨无以回报，而你又不是一个不要求回报的人！"

"我没听明白，你这是夸我呢还是骂我呢？"

"夸你呢！说你好！你对我情重如山而我使尽浑身解数也只能是高山仰止。你对我的'好'给我造成巨大的精神压力。不客气地讲，你用你的'爱'就像人们用道德杀寡妇一样奴役了我！我那么在乎每天下班回来能捏着小酒盅啃猪蹄子你坐在旁边含情脉脉地望着我？我那么在乎冬穿皮夏穿纱那么在乎被窝里有个热身子？我向往的是想心所想，为心所为，不赔不赚，平安周到。"

"我明白了，你是怨我没有给你乱搞的自由。"

"我×……好，好，你要非往这庸俗下流去想我也没办法。唉——有时候真是还不如和没心肝的人混在一起来得痛快。"

"我觉得你有点变态。对你好还不行？非得对你恶狠狠的一天打着骂着你才舒坦？"

"两回事，不说了。"

"我看你也没什么可说的了，不通嘛。"

"好吧，还是用你可以理解的词句说吧。我不爱你了，我不愿意这么过下去了。"

"……"

"你别激动。"

"我不激动，我没事，眼泪早哭干了。我不相信你的话，你说的不是真心话。我知道，你还是爱我的。"

"我说的是真心话。"

"不是。"

"是！你现在这样已经不能激起我真挚的感情了。"

"可你当时选择了我，不能才过了几天就变卦。"

"我当然可以变，因为人，你我都在变。"

"你认为你当初选中了我就是错的？"

"当初选你是对的，现在不选你也是对的。我没卖给你。你不能像……你是什么呀？信仰、国籍、姓名？你给我说一个不能变的东西？性别都不是一成不变的。"

"我们的结合是有婚姻做保证的。"

"婚姻可以解除，协议可以撕毁，承诺可以推翻。我不喜欢了不中意了，一切纸上的东西都是一纸空文。"

"就是说，你下决心了，不计后果了？无论我说什么，做什么都无可挽回了？"

"我觉得，我确实觉得，我们目前还是分开的好。我们不合适，在很多方面存在分歧，从根儿上，我们是两种人，继续绑在一起，分歧不但不会弥合，矛盾还会愈演愈烈，最终才是真正的无可挽回。也许分开后，我们冷静了，有了更多的比较和思考，没准将来还会走到一起，起码会成好朋友，人生知己。人生不过百年，最后仍要分手，永世不见，我们不过是提前了五分钟而已。这一生能认识你，我也很幸运，我会到死都想着你的。使我一生中的一段时间有过快乐。能被你这样优秀的姑娘爱过我觉得没白活，很好。希望你对我印象也别太坏，权当是不小心被狗咬了一口……"

说着说着我的语气就开始变得无耻，我完全没料到就像今天晚上我开始谈时根本没想要和她离婚。

"反正狗不咬你这条腿也白长在你身上，百年之后仍要变成一根白骨。创伤都在肉上，而肉总要烂的，与其活生生腐烂，不如喂狗。再去找一个嘛。你瞧人家潘佑军两口子，离就离了，没什么痛苦，现在都有新人儿了。感情是不变的，对象可以替代，就像一江春水向东流，此路淤塞，改道而行，反正我总是要向东流。"

杜梅含泪道："有人可以不爱谁了，或人家不爱她了，再去爱一个，我不行。"

"你可以的，你没试过怎么知道不行？吴……"我犹豫了一下，吞回了下半句话。

"我没爱过他！"杜梅尖厉地说，"我跟人睡过觉也不代表我就爱他——我只爱你！"

"你太执著了，这样对你不好。"我对杜梅说，"我们都一样，总是把最新的这一个当做最爱的这一个。"

"不是这么回事。"

"不争这个问题，睡觉，已经不早了，抓紧时间还能再睡两个小时。"

我在长沙发上躺下，对杜梅开了句玩笑："再见吧，来世再见。"

她的眼泪唰地下来了。

她坐在那只沙发上动也不动，呆呆地不知在想什么。我再三劝她去睡，她就是不肯，只是说，你睡吧，我再坐会儿。

她想一会儿，眼角就沁出泪花，于是用手背抹去，又想。

她对我说："说一千道一万，理由只有一条：你玩够我了。"

我迷迷糊糊地快要睡着了，也没听清，嗯嗯地点头。

那盏台灯很刺眼，我翻了个身用被子蒙住头。

她又在那边说话，似在感叹，我听到长长的叹气声。我很快睡着了。

我再次醒来，天已经蒙蒙亮了，房间里有些朦胧的光线，台灯仍旧开着，台灯猩黄夺目。

杜梅俯脸全神贯注地望着我，眼神中带着一种深究的意味。

"你干吗?"

看到我睁眼开口，她后退了一步，这时我看到她手里拿着那把锋利的菜刀。

"你干吗?"我顿时全醒了，挣身欲起，这时才发现我的手脚都被她用晾衣绳捆住了。我奋力挣扎，她上前一把按住我，将菜刀横在我脖子上。

我大怒，高叫："你放开我，放开我! 我看你敢杀我!"

我的下巴碰到了冰凉锋利的菜刀刀刃，声音顿时低下来，转而威胁她："你要考虑一下法律后果。"

她平静地说："不考虑。"

"你要干吗?"我软下来，"有什么话好好说嘛。"

"不干吗，我就是想问问你到底还爱不爱我。听你说句真话。"

"可是我在屠刀下是不回答问题的!"我趁她一松，再次奋起，再次被她刀架着脖子躺下去。

"你还挺坚强。"她莞尔一笑。

"那是。"我甚至有点自鸣得意，待发现自己的处境，又火冒三丈，"你等着。"

"你爱不爱我？"

"我恨你！"

"别演戏，说真的。你一生都在撒谎，死到临头就说句真话吧。"

"不爱不爱——不爱！"

"你爱过我吗？"

"没有没有没有——没有！"

这时，一道晨曦从窗帘缝中射进来，像舞台上的一束追光打在她脸上，她的脸被照亮了。我魂飞魄散，那是一张陌生的脸，用冷酷生硬的线条和痉挛的肌肉构成的脸。

"说你爱我。"她命令道。

"我被割破了。"

"说你爱我！"残忍和疯狂在她大睁的双眼中像水底礁石露出，赫然醒目。

"我爱你。"我被刀压得几乎透不过气来，声音喑哑。

有人"咚咚"敲门。

"救……"我的喉咙咕噜响了一下。

"你要叫，咱们就死在一起。"

她把刀背在身后去开门，露出一道缝问来人："什么事？"

一个女人急切地说："陈医生叫你马上去，八床昏迷了，问你昨天怎么给的药。"

"糟了，我忘了给药。"

"你马上去吧，陈医生都火了。"

"好好，我马上去。"

杜梅放下刀，六神无主地在屋里团团转换鞋换衣服，一阵风似的冲出去跟等在门外的那个白衣白帽的护士跑了，临出门把门锁"哐"的一声重重带上。

两双高跟鞋的"嗒嗒"奔跑声在走廊里消逝了。走廊里有人开门，走路。

"救……"我喊了半句，感到羞愧，闭嘴不再出声。

我扭着身子，十指抓挠想解开腕上的绳扣，她捆得很紧，系了死结，我手指都酸了也无法解开。

我一滚，摔到地上，坐起来，看着脚腕子上的绳子，想用牙去咬，可无论怎么弯腰佝首也够不着，我真恨自己平时缺乏锻炼。

屋里已经很亮了，我用屁股蹭地像划船一样一点点挪到床边，挺腰站起来，一头栽在松软的床上。

这短短的几步路已使我累得气喘吁吁，我闻到床被中杜梅身上的气息，这时，我感到屈辱。

我在阳光中趴在散乱的被中默默流泪，手脚和脖颈上的疼痛像虫牙啮咬着我的内心。一阵阵汹涌袭来的巨大悲哀吞没了我。我觉得我太惨了，太倒霉了，简直就是个可怜虫。我的一生都是这么被人捆绑着，任意摆弄。

一种悲愤油然而起，我停止了哭泣，心像浸泡在刺骨的冰水中阵阵紧缩。我冷眼睥睨厄运，已不再委屈，自怨自艾。我感到坚定，情感凝固犹如重创之后的厚厚血痂，我将悍然拒绝——对一切！

上午十点，我一头撞破了窗户上的玻璃，满面鲜血，像人们狩猎归来缴获的兽头悬挂在墙上。

正在外面园子里玩的几个小孩，当场吓得哇哇大哭起来。

我始终神智清醒，看着人们惊慌地跑来，七手八脚地把我抬往急救室，路上费力地解开我手脚上的绳子。打麻药缝针时，我仍清醒得像块干净的玻璃，每一个微小的疼痛，针扎进皮肤，线在肉里穿行，甚至人们抬我时攥着胳膊的一只手稍稍用了点力，我都感觉到了。

　　我躺在病房里，每一秒时光的流逝都在我的记忆里留下了印象。

　　我伤得不轻，右耳被落下来的玻璃削掉了一块，双颊各有一道很长很深的口子，加上脖子上的一处割伤，缝了七十多针。

　　我想我有权利对别人粗暴一些了。

　　隔着两栋楼，一个花园，无数堵墙壁，我就对杜梅闻讯后向这里奔的神态看得一清二楚。她不住地流泪，不停地对贾玲辩解："我没想真砍他，我就是想吓唬吓唬他，让他说实话。他老爱开玩笑，我以为他这次还是开玩笑。我一直在等着他对我一笑，说没事了，跟你逗着玩呢。我一直在等着……"

　　她进了病房，眼睛哭得红肿，躲躲闪闪地不敢上前，向隅而泣。

　　她擦干泪，上前看我。我脸上伤口疼，不能大声说话，就用手推她，用脚踹她，她忍疼坚持在床前，一步不退。

　　她亲自端碗喂我吃东西。

　　我吃一口，对她说一句："滚，你滚！"

　　"我和你离婚。"她低着头站在床前小声对我说，"你一出院我们就离婚。"

贾玲找我说了很多，希望我原谅杜梅。她声情并茂地说了一大通后，我对她说："你也滚。"

　　烧退了，还没拆线我就出院了。杜梅早早为我准备了一个箱子，里面装了我的全部衣物，家里的全部现款和存折也都在里面。

　　我拎着箱子就走，对迎面而来和我打招呼的医护人员一概置之不理。

　　杜梅在贾玲的陪伴下，一直在后面远远地跟着，目送着我出大门，看着我在街上叫了一辆计程车。

　　当我钻进车里坐定后，司机刚要开车，她离开贾玲一个人跑上来，脸贴着玻璃睁大眼睛凝视我，如同照相机深幽的镜头，要把我的面貌纤毫不差地拓印下来。

　　汽车开走了，她一下落出老远。

　　我回到父母家，沿途看到我的人，无不骇然。

　　冬天，寒风凛冽，我一个人坐在家看书，听窗外的北风呼号。有时电话铃响，响了一阵就没声了。杜梅给我写过几封信，我看也没看就烧了，我不想激动。

　　离婚的事正在进行，街道的办事员一定要我们亲自去谈一谈，而我现在这样没法见人，就暂时拖着。

　　我的伤口愈合得不错，给我缝针的那个医生，是她们医院最好的整形外科大夫，拆了线后小感染了一次，后来就全长平了。我对着镜子看，不仔细观察几乎看不出刀口，仅仅疤口的颜色比周围皮肤的颜色稍红一点。我的脸形因此有所改变，真正刀削般地富于棱角，倒比我过去剽悍了一些，不免窃慰。

为了掩饰那只残耳，我留了一头长发。

过了年的一天中午，外面还不时有零星的鞭炮声。潘佑军给我打来一个电话说杜梅找他，让他告诉我，她有事要见我，她给我打电话我总不接。

"你问她有什么事，先说清有什么事。"

"她就在我这儿呢，要不让她自己跟你说。"

我刚要再说什么，潘佑军已经放下话筒。

话筒里传来贾玲的声音："她怕你，不敢跟你说话，让我跟你说，她有要事一定要见你。"

"有什么事就在电话里说吧。"

"不行，这事电话里说不清，一定要和你当面谈。你就见她一面怎么啦？至于那么深仇大恨吗？"

当时，我正在和我过去十分倾慕但始终没勾上手的一个女同学聊天，她如今也是残花败柳了，刚离了婚，也不那么清高了。我不愿意此刻有人来打搅。

潘佑军接过电话说："你干吗呢？是不是有事？"

我看了一眼那女人，说："没事。"

"没事就见一面呗，人家大老远的已经来了，别弄得事儿似的。"

"……好吧。"

我说："你让她们过来吧。"

十分钟后，我听到她们上楼的脚步声，然后敲门。

我开了门，看到她们穿着大衣，戴着围巾，一副生客造访的拘谨。杜梅比过去憔悴了，脸色暗黄，和贾玲冻得喷红的光滑脸蛋恰成对比。

她看到我那个女同学没什么反应，默默地坐到一边，倒是贾玲无所顾忌地看了人家几眼。

女同学说："你这儿要谈事，我先回去了，一会儿再来。"

"好吧。"我没更多表示。

女同学走后，我又看了眼杜梅，问贾玲："什么事？"

"你跟他说吧。"贾玲对杜梅说。

杜梅看我一眼，张了张嘴，又垂下眼睛。

"还是我说吧。"贾玲道，"她想求你一件事，陪她去见一个人。"

"什么人？还得我陪她一起去见？"

贾玲看看杜梅："我看这件事也不能再瞒他了，否则也说不清楚。"

杜梅点点头。

"我全告诉你吧。"贾玲说，"这个人是她父亲。"

"她不是没父亲吗？都死了。"我看杜梅。

"没死，她妈妈死了，她父亲还活着。"

"活着？为什么不早说？"

"不早说是有原因的。"

"什么原因？自己父亲还有什么不可告人的？"

"这你就不必打听了。"贾玲道，"她父亲想见你，所以劳驾你务必去一趟。"

"我觉得没必要。"我看了眼杜梅说，"过去要见还可以，现在我已经和她没关系了，我去算什么？"

"请你务必帮这个忙，就去一趟，装装样子，不要求你别的，完了你就回家——因为她父亲快死了。"

"我装不了，装不像，她父亲死跟我有什么关系？"

"你不该这么不善良，不该这么冷漠。我觉得你还是应该有点起码的同情心和……不说是助人为乐吧。这是一个临死的人对你请求。就算杜梅有什么对不起你的，伤害了你，可她父亲……"

"你少跟我来这套！少跟我说什么同情心和善良！你指责我？你凭什么指责我？我不善良？对，我就不善良了！同情心？谁同情谁呀？谁知道打哪儿又冒出个快死的爹来？谁知道你们想干吗？你以为我那么傻呢？你们说什么我就信什么。"

"算了贾玲，"杜梅第一次开口说话，"他不愿意去就算了，反正也没两天了，我编个借口哄得过去。"

"不行，必须让他去。这点要求他都不能答应，那他还算个人吗？都告诉他得了，反正这次完了各走各的路，他知道了，也没什么。"贾玲对杜梅说。

"她父亲……"

贾玲刚开口，杜梅便打断了她："我自己说吧。为什么一直没告诉你我父亲的事，因为他犯了罪，是个犯人，一直关在监狱里。他把我妈妈杀了，用绳子勒死的，他想和他的一个学生结婚。因为他对国家的一项事业有特殊贡献，上面有人替他说了几句话，所以就没杀他，判了无期徒刑，从一九六五年到现在——他今年有七十了吧？"杜梅掉脸问贾玲。

"整七十。"贾玲说。

"我妈妈比他小十一岁。我不太记得她了，只看过她的照片，不漂亮。"

那天风很大，街上的人都被刮得腾云驾雾地走。我穿着大衣竖起毛领，戴了一个大口罩，跟着杜梅换了几次车，到了一所医院。

这医院过去是公安部的直属医院，现在交给了地方对市民服务。但仍保留了一个病区，专门收治一些高级犯人。"四人帮"及各个历史时期的反党集团重要成员都曾在此就医。

那个垂死的老花花公子已经不能说话了，像具木乃伊躺在病床上，盖在他身上的被子没有一点隆起。他的眼睛仍很有神，一望可知他当年一定是那种能力和欲望都很强，敢想敢干，习惯于支配别人的人。

尽管他已经形销骨立，仍可依稀看出他当年的风采。杜梅骗了我，她其实相貌酷肖其父。

我允许她挽着我，并肩站在老人床前。

老人的那只手从被子底下伸出时，我吓了一跳。似乎是一只断手，不和他的身体任何部位相连，枯瘦、灵活、相当有力。他一把抓住我的手，紧紧攥了一下，像是一个意味深长的暗示。他的眼睛露出些许笑意，接着像字幕一样轮换出现恳求、乞望和信赖的神情。最后出现了一股凶光，一道咄咄逼人的锐利寒光，我清楚地意识到这是一个威胁，一个警告。

他的眼光黯淡了，像关了电源的电视屏幕渐渐变黑，他的手也无力地松开，耷拉在床边。

他急促地呼吸，喉咙发出"呼呼"的痰声。一个医生进来看了一眼，神态平静。没有一般病人临终前手忙脚乱的各种措施，人们似乎并不着意抢救他。

"你恨他吗？"出来的时候我问杜梅。

她没有回答我，指着一个正在医院门口的水果摊上挑橘子的臃肿的老年妇女说：

"这就是他爱的那个人。"

"离你就下决心离，要么就不离，离了也别再另娶，天下乌鸦一般黑我还告你！"潘佑军一本正经地望着我。

"你就别再跟我说这些提纲挈领的话了，我本来就在犹豫，再叫你一撺掇，更拿不定主意了。"我一根接一根抽烟，把手里的一个硬币抛上抛下。

我们协议已定，正式办了离婚手续。那天杜梅穿得很俏丽，薄施脂粉，我想她是不想使我伤感，搞一个凄凄惨惨的告别式。她的性格中有一种刚强的东西，或者不妨说，她也有很自尊的一面。

收了大红结婚证，发了黄皮书，我们客气地感谢了办事员，一同走出办事处。

"就在这儿告别吧。"她含笑向我伸出手。

"不，我送你。"我跟着她往东去的公共汽车站走。

"不必，就在这儿分手很好。"

街上行人不多，空气干冷，一些建筑物上还插着节日后未曾撤除的旗帜。

"反正我也要去拿些东西，就一路走吧。"

公共汽车来了，我们上去，我为她占了一个座儿。

"我站着可以。"她还要推辞，我不由分说把她拽在座位上。

一路上我们都没说话。到了医院门口，我把口罩戴上。

屋里很冷，暖气不热，我们都没脱大衣，杜梅倒了两杯热水，一杯给我，两手捂着滚烫的杯子对我说：

"不用一分为二地半斤八两分了吧？你看着什么好就拿什么，我都无所谓。"

"我就拿几本书走，其余的都留给你。"

"不用。"她态度坚决地说，"留给我也没什么用，值钱的你统统拿走。"

"拿走我那儿也没地方搁，你又何必再花钱置。"

"那好，算先存我这儿，你什么时候需要随时来取。"

一时无话，我提醒自己该走了，可不知为什么，迟迟不愿告辞，也说不上是对什么留恋。

"有什么东西可以吃吗？饿了，身上冷。"

"有，一天没吃东西我也饿了，又不好意思留你吃饭。"

"我想留下来吃饭，想。"我连忙说，把大衣脱下。

杜梅忙着准备食物时，我在屋里溜达，捡起她床头扣着的一本看了一半的书翻翻内容，那是本政治辅导材料。

"看这种书干吗？"

"没事，看着玩。"

"多出去找找朋友，别老一个人闷在屋里看书，会把情绪弄消沉的。老实说，我担心你。"

"……"

"希望你别觉得我假惺惺的。我真的愿意你……怎么说呢？一个字：好。"

"你瞧我不是挺好？"她抬头笑，"我知道你不是假惺惺，你也用不着假了。"

我们坐下吃简单的热饭时，杜梅抱歉地说："按说应该大吃一顿才对，来不及准备。"她又问，"你喝酒吗？这儿还有你喝剩的半瓶酒。"

"不喝。"我说。

"喝点暖和暖和，我也喝点。"

"那就只喝一点。"我伸过杯子接酒。

"怎么说呢？这话特难说，可不说我心里又实在憋得慌，总像什么事没做彻底。"

"说吧。"她说，"现在我们还有什么不好明说的？可以说点实话了。"

"不谈具体问题，只说情绪。我觉得我有点对不起你。是的，就是内疚。不认为自己这事办得不对，但就是摆不脱内疚。"

"我知道了，我很高兴。"

"噢，你不必为我解脱。"

"不是为你解脱，而是我真高兴，就对你这么说了。"她抿了一口酒，咂咂嘴道，"既然你对我推心置腹，我也不妨对你实话实说。这些天有时，我也总想我们在一起时的情景，一静下来脑子里就一幕一幕地过电影。偶尔一恍惚，总觉得你还在，只是有事出去了，走廊里一响起人走路的脚步声，就尖起耳朵听……噢，我这么说不是想让你同情我。"

"我知道我知道。"我再三点头，"我不会那么认为的。"

"想来想去，觉得你不都错，有的也有道理，倒是我有时显得太无礼了。"

她放下酒杯深深叹气。眼睛亮晶晶地望着我笑："自己瞎折腾，把你这么个好人白白赶上山了。"

"哪里，我哪里算得上好人，你这话真让我惭愧。我无礼的时候比你多，大部分的时候是我无礼。其实很多时候我当场就感觉到了，就是转不过来。"

"好啦，我们不必互相检讨了。来，干一杯，希望你再找别找我这么厉害的。"

"你不算厉害，你其实挺温柔，只是我太自私。干！下次千万别找我这样自私的男人。"

她一笑，捂捂一侧的脸蛋："没准找来找去，都是你这样的。我怎么才喝两口就头晕？"

"还有什么话想对我说？"

"说了你别生气。"

"不生气，今天说什么都不生气。"

"我一直怀疑你从一开始就不是真想娶我。不过是巧了，当时你想结婚，而我又是你当时认识的女的里最好的。"

"也许，我自己说不清。反正当时我觉得挺可怕的，一点没有书上描绘的那种陶醉感。还记得吗？咱们领结婚证那天就吵了一架。"

"也怨我自己，那么仓促就同意和你结婚了。我太自信，太相信自己看人的眼光了。"

"也算是遇人不淑吧。"

我们一起哈哈笑起来。杜梅也晃了一阵，定下神来盯着我认真地说：

"也有点身不由己。"

我没说话。

"哎，"她忽然高声，胳膊肘放到桌上，"你说咱们那算爱情吗？我指咱们好的那一段。"

"得算吧。"我还是那么说，"不过如此。"

"可我们老吵架。"她皱着眉头说，"我一想起我们在一起的事就净是怎么跟你吵架，别人也这样吗？"

"不知道别人什么样，可我们这个，尽管老吵，我觉得还是算！"我这次的语气十分肯定。

她迟疑地看我一眼，旋即眉开眼笑："那我就觉得够本儿了。"

"过把瘾就死是吗？"

"过把瘾就死！"

我忽然感到这话说得不祥，忙岔开话道："还有呢？还有什么要说的？"

她暧昧地瞟我一眼，脸上浮起一丝坏笑："真希望我那一刀砍下去，不砍死，光让你残废。"

我要走了，一边穿大衣，一边酒气冲天地不断指着她唠叨：

"不许胡来，好好过你的，我要定期检查的。你要过得不好，我可不答应。"

她笑嘻嘻地说："几天检查一次呀？"

"别嬉皮笑脸的，你必须对得起我。"我走到门口，又转回来，郑重地向她建议，"我做你最好的朋友好吗？"

"不要！"她正色道，"我不要你做我的朋友！"

"那就算了。"我穿好大衣，夹起要带走的一摞书，刚要开门，她在后面叫我，"等等。"

我转过身，她严肃地走上前，轻声说："再抱我一次。"

那摞书噼里啪啦接二连三地掉在地上。

我搂住她的头，下巴贴在她毛茸茸的头发上，眼泪就一滴滴流下来了。

我和几个朋友去了趟南方。他们去谈生意，想带一桌牌，包吃包住包玩，我就作为"牌架子"去了。脸上的伤疤也可以冒充杀手，在交易现场起一种威慑作用。

我不打算在原单位混下去了，准备出来做生意，只是还没想好是先当马仔还是自己直接空手套狼。

潘佑军也准备和我一起干，出了上百个大胆的设想，其中我能记住的两个：一个是给陶然亭公园盖个顶，变成亚洲乃至全世界最大也是唯一的室内公园，当然这要吸收一部分外资；另一个是成立全国性病防治宣传基金会，一人捐一元钱全国就是10亿，刨去1亿铁公鸡，另外还可以下辖一些由从良妓女组成的福利工厂，专门生产供外贸出口的绣花枕头。

这期间我有过几次艳遇，都是些没文化的妇女，连她们自己也瞧不起自己，要是不上床连一句话都没有。几次艳遇都像是哑剧大师的表演。

我和我的那位女同学关系发展到了一定程度，也再也进行不下去了。她倒是位堪称文雅的妇女，相当知趣儿，也不乏幽默感。我们在很多方面很默契，偶尔也会出现一些柔情蜜意。只是有一次，她毫不唐突差不多是顺水推舟地随意问了我一句："你爱我吗?"

我的反应之强烈事后令我自己也很吃惊，可以说是相当粗暴无礼，连起码的体面都未顾及。

我大声厉喝："不! 不爱!"

与其说她为我的回答所激怒，不如说我的反应令她畏惧。

她奇怪地看了我一眼，轻声道："你也用不着使这么大劲回答呀。"

之后，她对我仍是一如既往，倒是我自己惭愧了，不肯再与她见面。

我想解释我的情感，但想来想去所有的缘由都是托辞，只能显得虚伪。

我几乎不太上街，城里发生的任何声势浩大或激动人心的事情，于我都是隔世之嚣。我的朋友都在城西郊区，离婚后，我的生活圈子也就局限在城西郊。

有时我也想到杜梅，独处时或看电视时思绪会突然飘落到她身上，过去我们共同生活的一些片断会有声有色极其生动地出现在我眼前，令我久久怅然。

有时去城东有约，乘车经过杜梅她们医院那条街，我也会不由想起她，不知能不能在街上熙攘的人群中发现她。

初春的一天夜里，我们去一个人家谈了点"事"回来，几个人挤在一辆微型车里，一边聊天一边沿着南三环路往西开。

当时已过十二点，南三环又偏僻，马路上除了偶尔呼啸而过一辆车，人迹皆无。

快到六里桥时，前面出现一个骑车人，车骑得飞快，忽而没入树荫，忽而出现在路灯之下。我们的车超过这个人时，潘佑军忽然捅我："杜梅。"

我急忙回头，骑车人已隐入树荫。

"慢点开，慢点开。"潘佑军对司机说。

汽车减速了，杜梅清晰地出现在一盏路灯的光晕下。她两眼发直，神态严峻，两脚机械有力地蹬着车，照直前冲，头发像一朵妖娆蛊惑人的黑花狂舞蓬奓在脑后，似乎那柔软的根根黑发绑了钢丝统统变得强直。

她身后是黑压压的田野和苍郁如墨的一排排树冠，她在这黑白分明的边缘轻盈如烟地掠过。像是波涛掀起的一朵浪花，失去控制地向前急急奔去，只待在空中或撞上什么坚硬的东西顷刻粉碎，化为乌有，方才心甘。

"她一个人跑到这儿来干什么？"潘佑军担忧地问。

"停车，停车。"我朝司机喊。

汽车刹住，我开了车门跳下来，站在马路中间，她箭一般地冲过来，根本没看见汽车和我。

我一把抓住她的车后架，自行车的冲力险些给我带个跟头。

潘佑军也下了车，抓住她的车把，对她说："杜梅，是我们。"

"放开！放开我！"她野蛮地朝我们喊，似乎完全不认识我们。

她耸着身子在车梁上站起来，用力蹬着已经被定住的车子，人高出我们一截，头发披散，眼冒凶光，像个巨大凶猛的猩猩。

"杜梅，是我。"我抓住她的肩膀，把她拉下车，"你去哪儿？"

她劈面给我一掌，我的半边脸立刻肿了起来，我捂着脸叫："你干吗？你怎么了？"

她冷笑，扬手欲再打，手被潘佑军抓住。自行车哗的一下倒了。她红着眼睛对我和潘佑军又踢又咬，声壮如牛地吼。

"你怎么啦？你怎么啦？"我惊恐地冲她嚷，悲怆地问潘佑军，"她怎么啦？"

"不能放她一人走，把她弄上车。"潘佑军果断地说。

其他人也从车上下来，帮我们抬她。杜梅又叫又吼拼力挣扎，那声音已近非人。她的力气十分惊人，我们一帮男人也按不住她，每个人都挨了她的抓，她的踢，我已花得像面星条旗了。

我们终于把她抬上了车，几只手用力把她按在后座，挟压着她。她的吼叫变成一种哀号，在高音区不歇气地长啸，车上的每一个人无不毛骨悚然，司机手抖得几乎把不住方向盘。

那哀号长时间回荡在空无一人的马路上。

我们把她拉到潘佑军家，她已陷入昏迷。我们把她抬到床上，脱了鞋，盖上被子。她脸色惨白，浑身一身一身出汗，很快就湿透了枕巾、床单。我摸她的手，像冰块一样扎手。我束手无策，惊慌难过，只是一个劲问潘佑军：

"怎么办？她怎么办？要不要去门诊部找个大夫？"

潘佑军在部队干过卫生员，很沉着，摸了摸杜梅脉搏说：

"问题不大，脉搏跳得很快，但也相当有力，估计很快会醒过来，要防止她再闹，应该打一针'冬眠灵'让她睡。"

"你这儿有药吗？"

"没有，有也没注射器。我这儿倒有几片安眠药，我们给她灌下去，多少会有点作用。"

我们撬开杜梅紧闭的牙关，给她喂了几片药，水从她嘴里漫出，湿了一脸，我用毛巾把她颊边的水擦掉。

"她怎么会这样呢？"

潘佑军没答话，意味深长地看了我一眼。

后半夜，她醒了。看来那几片安眠药没起太大作用。别人都去睡了，我独自坐在她床边打盹，听到动静一下醒过来。

她目光柔和，眸子像罩了一层纱蒙眬绰约。她像猫一样慵倦无声地坐起来，看见我，微微一笑，接着纳闷地问："我们怎么在这儿？这是谁家？"

"唔……"我不知说什么好。

"我怎么睡着了？怎么不回我们家？"

"你困了，就睡了。"

"噢，这是潘佑军家。我们是不是打麻将打太晚了？他和他爱人呢？"

"你都不记得了？"

这时，她发现我脸上的累累血痕，立刻下床，捧起我脸，皱起眉问："怎么搞的？跟谁打架了？你瞧你呀，都出血了！"她跺着脚着急心疼地埋怨，"我一会儿不见你就惹事，我看看，疼吗？"

她冰凉的手指轻轻抚摸我脸上的血道子，引起一阵阵刺痛。

我一下把她搂过来，紧紧地搂在怀里，哭了起来。我发现我还是爱她，那么爱她，这一发现令我心碎。

那天夜里，我体会到了一种从未有过的激情。那种巨大的、澎湃的、无可比拟的、难以形容的、过去我从来不相信会发生在人类之间的激情！

这情感的力量击垮了我，摧毁了我，使我彻底崩溃了。我不要柔情，不要暖意，我只要一种锋利的、飞快的、重的东西把我切碎，剁成肉酱，让我痛入骨髓！

枪声回荡在山谷，在手枪的"啪啪"单响中夹杂着冲锋枪和机枪短促有力的阵阵点射。

我们在长辛店的一个军用靶场打枪。这儿的一个"八一"队射击教练是我们的一个朋友，他可以让我们免费过枪瘾。

我端着一支带瞄准镜的大口径比赛专用步枪，以标准的射击姿态斜步站着，飞快地毫不停顿地连连扣动扳机，把一发发子弹射向二百米开外的靶心。

灼烫的弹壳像鲜虾一样活蹦乱跳地从枪膛里弹出，接二连三地跳在水泥地上铿然有声，团团打转。

靶子在远处的强烈阳光下承受着连连弹击，岿然不动。我闻到刺鼻的硝烟味儿。

一匣子弹打光后，我回身装子弹。我看到贾玲正在和另外几个军人在旁边隔间里戴着耳塞打手枪。

她眼角一瞟也看见了我，仍姿态不变地沉着放枪。她放完最后一枪拎着枪口仍在冒烟的手枪向我走来。

我坐在椅子上，把子弹一发一发压入枪膛。

她对我说："杜梅不让我告诉你，但我觉得还是应该让你知道——她怀孕了。"

(原载《小说界》1992年第4期)